MW00760853

Гибель Имперіи

Владимир Вест

Гибель Империи

Том 1
Демон

Москва 2005

УДК 821.161.1-311.6Вест В.
ББК 84(2Рос=Рус)6-44
   В38

Художник Андрей Рыбаков

Вест, В.

В38   Гибель имперіи. [В 2 т.] Т. 1. Демон / Владимир Вест. —
М.: Зебра Е, 2005. — 350, [2] с.

   ISBN 5-94663-200-0 (Т. 1)
   ISBN 5-94663-210-8

Приключения капитана Костина и его друзей необычны. Начало их пришлось на трагическое время, когда темный Демон ворвался в жизнь Имперіи. Исторические события, описанные в книге, захватывают как детектив. Детективные сюжеты помогают увидеть эти события изнутри. С точки зрения тех, кто и не вымысел
даже, а человек, втянутый в безжалостный вихрь войны.

CIP РГБ

УДК 821.161.1-311.6Вест В.
ББК 84(2Рос=Рус)6-44

© Вестер В., 2005
© Юзефович Л., 2005
© Рыбаков А., макет и оформление, 2005
© Издательство «Зебра Е», 2005

ISBN 5-94663-200-0 (т. 1)
ISBN 5-94663-210-8

Содержание

Глава первая
ДЕМОН
7

Глава вторая
ЧЕРНЫЙ ГОЛУБЬ
70

Глава третья
ПРОРОК
127

Глава четвертая
ЭШЕЛОН ИЗ АРХАНГЕЛЬСКА
189

Глава пятая
КОВЧЕГ
239

Глава шестая
ТЕЗКА ИМПЕРАТОРА
289

Глава первая

ДЕМОН

2 (15) июня 1914 года

«*Государь с семьей покинул Ливадию, выйдя в море на знаменитом «Штандарте» для следования в Констанцу на свидание с королем румынским. ... По прибытии в 10 часов в Констанцу государь был встречен королевской четой. После обычных приветствий и взаимных представлений лиц Свиты государь прошел со своей семьей к королеве-матери — писательнице, известной в литературном мире под псевдонимом Кармен Сильва и жившей в конце мола в доме из стекла.*

До завтрака государь посетил собор Петра и Павла, где был встречен епископом Нижнего Дуная Никоном. Затем на катерах совершена была прогулка, во время которой был осмотрен строившийся колоссальный элеватор и произведен высочайший смотр конвоиру «Штандарта» — крейсеру «Кагул». Семейный высочайший завтрак был подан в павильоне королевы-матери, а Свита была приглашена министром Братиано на завтрак в местное казино.

Тем временем на «Штандарте» большая группа безбородых людей стояла в ожидании представления его величеству. Оказалось, что это делегация от русских скопцов, живших в Бухаресте и занимающихся по преимуществу извозчичьим промыслом. Как принадлежавшие к секте, преследовавшейся в

7

России, эти скопцы хотя поневоле и покинули родину, но в душе оставались русскими людьми.

Стоявший посреди остальных с хлебом-солью оказался из-возчиком, который возил во время турецкой компании генерал-адьютанта императора Александра II, сопровождавшего с 1868 года царя-освободителя во всех поездках до дня мучени-ческой его кончины.

Перед обедом был парад войск Констанцинского гарнизона, проходивших по одной из главных улиц города, а по его оконча-нии в местном небольшом дворце состоялся парадный обед с неизбежными в таких случаях тостами и речами.

В 11 часов вечера «Штандарт» ушел из Румынии, пребыва-ние в которой, несмотря на кратковременность, оставило са-мое отрадное впечатление. <...>

Посещение государем короля Румынского совпало с приез-дом германского императора Вильгельма II на свидание с эрц-герцогом Францем-Фердинандом. На этом свидании будто бы обсуждали вопрос о необходимости начать войну против Рос-сии и Антанты в 1914 году, в предположении, что русская ар-мия с каждым годом будет значительно увеличиваться и борь-ба будет более затруднительна. Говорили, что единственный голос, раздавшийся тогда против войны, принадлежал эрцгер-цогу Францу-Фердинанду. Приписывали это тому обстоятель-ству, что будто бы в молодости гадалка предсказала эрцгер-цогу очень счастливую жизнь, которая закончится в год войны, к возникновению коей он сам даст повод».

15 (28) июня

Поезд остановился на каком-то полустанке. Костин, вы-сокий, широкоплечий человек в форме капитана, спустил-ся на платформу. Левой рукой в черной инвалидной перчат-ке он прижал спичечный коробок к груди, другой рукой чир-кнул по коробку спичкой и закурил папиросу.

Глава первая. Демон

Утренний мягкий туман стелился по платформе. Было очень тихо, тепло и безветренно. Он подумал, что лето только начинается, до августа еще далеко и какой он будет этот август — неизвестно.

Длинный гудок локомотива нарушил тишину.

— Залазьте, барин, отъезжаем, — сказал кондуктор в густых усах и железнодорожной фуражке.

Костин встал на подножку. Состав дернулся и медленно двинулся в сторону Петербурга.

Костин прошел по узкому коридору и сел на свое место в вагоне второго класса.

Гудел вентилятор под толком. Люди за дверями еще спали. Можно было предположить, о чем они станут говорить, когда проснутся — наверняка о безалаберности на российских железных дорогах, грядущих подорожаниях, военных приготовлениях, Распутине, императрице и вообще о том, что творится в России. Вагон гремел и раскачивался на железных рельсах.

Господин в сюртуке, крахмальном воротничке и в очках вошел с небольшим саквояжем и сел напротив, поставив саквояж так, что в свете нового дня тускло засветились стальные замки. Некоторое время ехали молча.

— Из Будапешта домой, господин капитан?

— Домой, но не из Будапешта.

— Тогда из Вены. Я верно определил?

— Более чем.

— Малера, наверное, в венской опере слушали?

— Слушал.

— Ах, какой хороший, умный композитор! Сумбурен, но философ. Только у нас в России все равно его не понимают.

— Почему вы так думаете?

— А потому что немец.

— А как же Штраус, он же вроде тоже не японец?

— Штраус — это другой вопрос. Он легкий и безмятежный. Под Штрауса можно с дамами танцевать и руки дамам целовать.

— Да, обе сразу и со всех сторон.

— А вы ироничный человек, господин капитан. Я, впрочем, тоже умею пошутить. Хотя и сентиментален стал, сам это чувствую. Без слез не могу относиться к вещам нашим, кровным, изначальным, присущим нам, как говорится, по духу, а не по обязанности. Вот давеча читаю в «Новостях»: «Державным гостям Кишинева был предложен в Дворянском собрании чай. Во время чаепития воспитанники кишиневских учебных заведений делали на плацу перед домом гимнастику и, нужно отметить, очень хорошую зарядку делали...»

Человек помолчал и добавил:

— Не будет этого всего в самое ближайшее время. Ни чаепитий, ни гимнастики, ни державных гостей. Совсем не будет.

— А что же будет?

— Да ничего, ничего. В разнос все пойдет, вот чего.

Он отвернулся и стал глядеть в окно.

В голубом небе солнце стояло высоко. Под ним раскинулся июньский день, обещавший быть жарким. Косогоры, поля, леса, водоемы составляли картину, которую Костин видел много раз, но теперь, казалось, и в этой картине что-то изменилось.

— Вы, значит, тоже думаете, что теперь уже скоро, — сказал он.

— Да все уж так думают.

— А кто эти все?

В это время поезд стал замедлять ход. Кондуктор за дверью служебным голосом крикнул:

— Минуту стоим, господа! Минуту стоим!

Человек быстро поднялся и, попрощавшись, вышел.

Глава первая. Демон

«...девятнадцатилетний наемный убийца Гавриил Принцип, австрийский подданный, убил выстрелом из браунинга австрийского эрцгерцога Франца-Фердинанда и его супругу герцогиню Гогенберг. Это было второе покушение в тот же самый день после неудавшегося первого, когда Габринович бросил бомбу в мотор, в котором эрцгерцогская чета ехала по улицам Сараева в городскую ратушу».

В тот же день

Подпоручик Штольц стоял у окна с черным конвертом в руке и смотрел на Кресты.

В одну из одиночных камер этой тюрьмы по подозрению в шпионаже был накануне вечером помещен молодой человек по фамилии Зеневич.

Этот Зеневич все отрицал и на вопросы отвечать отказывался. Точнее, на те вопросы, которые занимали контрразведчиков. А на разные другие отвечал охотно и пространно, объясняя, в частности, что он, Зеневич, работает в качестве монтажера на кинофабрике «Светотень», производящей мелодрамы. Одна из этих мелодрам имеет рабочее название «Демон». Сценарная основа — поэма Михаила Юрьевича Лермонтова, посвященная полету вымышленного демонического существа над горами Северного Кавказа.

Из всего этого ни Штольцу, ни его напарнику, унтер-офицеру Стрельникову, ничего не было понятно. Кроме одного: явный настрой Зеневича на «быстрое забывание» смысла и содержания черного конверта, который нашли у него при личном досмотре.

Ему был задан прямой вопрос: «Так откуда ж у тебя, мил человек, конвертик в пиджаке?»

Он снова сказал, что это ему, видимо, в бакалее подбросили, так что все, что с ним теперь происходит, — нелепость и комедия.

11

Тут Стрельников насупился, отошел к стене, там от досады тихонько охнул и, вернувшись, совсем уж собрался дать арестованному по уху, но Штольц его удержал:

— Не надо бить талантливого человека. Он все равно ничего путного нам не скажет. Завтра приезжает Костин. Он его разговорит.

В поле зрения контрразведчиков Зеневич попал, как и многие другие: посредством донесения одного из внештатных осведомителей. Тот, правда, назвал Зеневича не шпионом, а «опасным левым радикальным социалистом», собирающимся в ближайшее время кинуть с аэроплана бомбу в царский автомобиль. И к этому добавил, что в комнате Зеневича хранится пачка документов, указующих на насильственное свержение царя.

В комнате Зеневича, находившейся на последнем этаже, в доме на Гороховой улице, побывали, но, все перерыв и заглянув даже в чайник, никаких документов не обнаружили. Не подтвердили агенты в Берлине и предположение насчет бомбы для императора. После чего в Петербурге стали думать, что зря заплатили осведомителю пятнадцать рублей за представленную информацию. Однако наблюдения за подозрительным работником студии решили не снимать. И год назад все тот же бдительный информатор сообщил, что видел Зеневича в одном из петербургских ресторанов в компании некого должностного лица, исчезнувшего почти что сразу во тьме ближайшего переулка, но, как выяснилось, имевшего связь с майором Штромбахом из посольства Германии. Этому немецкому майору Зеневич и собирался передать конверт. Но не успел.

Штольц обернулся и, вытянувшись, двумя пальцами отдал честь.

— С прибытием, господин капитан!

— Спасибо, — так же двумя пальцами отдав честь, отозвался Костин.

— Осмелюсь доложить, господин капитан... — Штольц нервно сглотнул и замолчал.

— Что такое?

Костин повесил фуражку на вешалку, прошел и, сев за стол, сцепил пальцы и пристально посмотрел на Штольца. Тот явно хотел сообщить нечто важное.

— Зеневич...

— Что Зеневич?

— Повесился.

— Когда?

— Сегодня ночью.

— Где это случилось?

— В Крестах.

— Как он туда попал?

— Мы его с поличным взяли.

— Зачем?

— Ну, он же Штромбаху секретные данные вез.

— На трамвае?

— На трамвае.

— А взяли где?

— По выходу из трамвая и взяли, неподалеку от Николаевского моста. А утром Стрельников пошел забирать его из камеры, чтобы вы могли с ним побеседовать. Дверь смотритель открывает, а парнишка на своем брючном ремне висит. То-то я еще вчера внимание обратил, что глаза у него какие-то безумные.

— Та-ак... Вместо того, чтобы он вывел нас на Штромбаха, вы его до самоубийства довели. Что мы теперь этому кайзеровскому майору предъявим?

— Так ведь у него же дипломатическая неприкосновенность...

— Без вас знаю. Однако одного такого конверта было бы достаточно, чтобы из страны выдворить.

— Виноват, вашбродь...

13

Костин медленно повернул голову.

Унтер-офицер Стрельников, вытянувшись, стоял в середине комнаты.

— Это все я, вашбродь, — произнес с горечью унтер-офицер. — Это я его брал. А потом такое стервец стал наворачивать, что я ему по уху хотел звездануть, да вот меня господин подпоручик удержали. Не надо, мол, не бей ты его. Так и сказали мне Карл Иванович... Мол, капитан Костин утром его все равно расколет. Ну, я его в камеру-то и запер. Виноват, вашбродь, что ремень у него не забрал, а ведь хотел, очень хотел...

— Пишите объяснение!

Костин вытащил из кармана вечное перо и положил на чистый лист бумаги.

— Чего писать-то?

— Все и с самого начала. Как было, где было, кто такой, откуда взялся, сколько времени в разработке и почему нарушили приказ. И про ремень напишите, обязательно про ремень!

— Так ведь...

Костин посмотрел на вконец растерявшегося Стрельникова и понял, что тот не в состоянии чего-либо путного написать.

— А черт с вами!

Он скомкал бумагу и швырнул в урну.

— Начнем все с начала, всю эту чертову операцию... Штольц!

— Слушаю, господин капитан!

— Вы когда-нибудь были на кинофабрике?

— Никогда не был.

— А в германском посольстве?

— Тем более, господин капитан!

Колоссальное здание посольства Германской империи располагалось на главной площади города, между Исаакиевским собором и Мариинским дворцом. Казалось, что его построили не люди, а циклопы — настолько внушителен был фасад из финляндского гранита и тяжелы главные балки, составлявшие нижнюю часть антаблемента. Это циклопическое великолепие дополняли два громадных бронзовых коня на крыше, которых с помощью поводьев удерживали двое туповатых гигантов. Словом, символическое было строение, но для обычного глаза весьма отвратительное.

Внутри помпезного здания, в просторном служебном кабинете за столом сидели майор Штромбах и напротив него — лейтенант Ригерт в униформе шофера.

— Герр Штромбах, — сказал Ригерт. — Вчера они шли за вами до самого места встречи. Вас спасло только чудо.

— Не чудо, а неопытность русской контрразведки... Интересно, откуда они обо всем узнали?

— Вероятно, наши номера подслушивают на телефонной станции.

— Я не назначаю такие свидания по телефону.

— Ну тогда у них повсюду свои люди.

— И у нас в посольстве?

— А что? Посол, по-моему, излишне сентиментален. У его жены французские корни. Он сочувствует Франции и испытывает нежные чувства к русскому царю. К тому же коллекционер. Граф Пурталес помешан на картинах и безделушках эпохи Возрождения...

— По-вашему, все это имеет отношение к тому, что у нас в посольстве действует русский осведомитель?

— Не знаю. Я говорю лишь то, о чем информируют нас из Берлина.

— Информация из столицы... Это очень серьезно. Тем более сейчас и тем более здесь, в Петербурге.

В тот же час на невысокое каменное крыльцо здания Окружной разведки вышли двое: Штольц и Стрельников.

Штольц все еще не мог успокоиться.

— Ну чего ты его схватил? Можешь мне сказать? Кто тебя просил? — негодовал подпоручик.

— Виноват, Карл Иванович! Нервы не выдержали. Но вы-то тоже в допросе участие принимали.

— А что мне было делать, если ты его уже схватил? Что мне было делать? Нервы... Они есть у меня, у господина капитана, у нашей императрицы Александры Федоровны, а у тебя два класса приходской школы. Интеллигент!.. Какие у тебя могут быть нервы?

Стрельников слушал эти неприятные слова и угрюмо сопел, роясь в карманах.

— Ты что потерял?

— Обойму запасную... Сунул куда-то.

— Куда же ты ее сунул?

Обойма выпала из дыры в кармане и звякнула о камни как раз тот момент, когда рядом с крыльцом остановился автомобиль. Рядом с шофером, на переднем сиденьи пятиместного мотора сидел Костин. Он приложил два пальца к козырьку и с брезгливой иронй произнес:

— Ну, господа прикомандированные к окружной разведке, работать будем или стоять?

Оба в ответ дружно козырнули. Стрельников, прежде чем сесть в машину, успел подобрать злополучную обойму.

— Ёж твою мышь! Из штанины выпала, — смущенно сказал он. — Карман дырявый. Зашить-то некому. Всё сам.

— А ты женись, — посоветовал Штольц, когда автомобиль уже выруливал со Знаменской.

— Да вы что! Баба, что жаба. Вздохнуть не даст.

— Ладно... Ты про Зеневича все уточнил?

— Так точно, вашбродь. Не соврал господин удавившийся: на кинофабрике служит... То бишь служил.

Вскоре автомобиль остановился у ворот с надписью КИНОФАБРИКА «СВЕТОТЕНЬ». Это были витые чугунные

16

ворота в киномир, уже набравший к июню 1914 года значительную художественную силу.

Фильмов во всем мире производилось сотни. Россия входила в число самых передовых кинематографических держав. Началось же отечественное кино с прибытия на коронацию Николая II очень подвижного и словоохотливого французского господина в котелке.

С помощью странного ящика с фотообъективом и «заводной» ручкой этот господин, поставив ящик на треногу, запечатлел на пленку торжественный выход государя императора из Успенского собора и царский поклон народу с крыльца Грановитой палаты. 18 мая 1896 года французский оператор заснял высочайший смотр государем войск на Ходынском поле. В то утро сотни людей были задавлены в толпе, пришедшей получить нечто высшее и желанное — «царский подарок». Это была удачная хроника, развлекавшая публику вплоть до осени далекого теперь 1896 года.

В 1914 году кинохроника публику развлекала значительно меньше: огромной популярностью стали пользоваться комедии и мелодрамы. Хотя прилежные придворные операторы методично запечатлевали все выезды и выходы самодержца. В том числе и его встречи с разнообразными державными гостями. Что же касается синематографа как хорошего и необычного аттракциона, то об этом в газете «Новости дня» было сказано:

«При помощи электричества зрителю дается полная картина... природы днем, ночью, утром и вечером, во время грозы, дождя и бури. Тут картина восхода солнца и закат его, и постепенный переход к звездному и лунному небу. Неожиданно начинается буря, раскаты грома, отблески молнии и т. д. Все это исполнение очень удачно. В горах проходит поезд, между скал журчит ручеек, на мосту зажигаются фонари — вообще соблюдены все характерные детали».

Различные характерные детали стремились соблюсти и в съемочном стеклянном павильоне, оказавшемся за воротами небольшой петербургской кинофабрики мощностью не более двадцати мелодрам в год.

На плюшевом зеленом диване, сцепив пальцы, сидела брюнетка в длинном розовом платье, с круглой брошью и немного обиженным, капризным выражением. Этой брюнеткой была актриса Горская, считавшая себя талантливей и ярче Веры Холодной. У ее ног стоял на коленях актер с внешностью героя-любовника: прямой нос, аккуратная стрижка на косой пробор, усы темные и холеные. Он походил на Макса Линдера, с которого, как известно, поклонники и поклонницы срывали на память пуговицы, а Линдер при этом отрывисто хохотал, словно озвучивая великий немой экран. Сбоку — в жилетке, клетчатых брюках и при галстуке — стоял режиссер Ермильев, небольшого роста человек, полагавший, что он — в известной степени — Петр Чардынин, которого он очень уважал и даже преклонялся перед ним, но в плане качества и количества картин резко ему уступал.

«Нет, пуговицы с них срывать не станут, — раздумывал Костин, стоя за бутафорской римской колонной и с интересом наблюдая за репетицией. — Никто из них не может состязаться с американцем в полосатой визитке и лимонных перчатках, в которых, говорят, тот даже спит».

— Милая! Милая! — рычал актер, пытаясь поцеловать Горской колени. — Милая вы моя!

Горская, закатывая глаза, обеими руками отталкивала его.

— Стоп, стоп! Не так! — кричал Ермильев. — Алина, вы же робкая провинциальная девушка! Вы сначала понемногу отодвигайтесь от него в угол дивана! Вон туда! Потом уж начинайте его отпихивать!.. А вы ползите за ней на коленях!.. Начали!

Актеры снова разыгрывали эту сцену, а Ермильев, страдая и морщась, их корректировал:

— Я сказал, на коленях! А не вприсядку!.. Энергичнее! Энергичнее! У нас тут не Художественный театр!..

И все повторялось. Актер добросовестно подползал на коленях к провинциальной девушке, а девушка очень робко и провинциально отодвигалась в угол дивана и там замирала, испуганно глядя на подползающего.

— Хорошо! Хорошо! Но живее. Еще! Мне нужны чувства! Она тревожит вас, она волнует вас! Вы весь горите! Вы весь дрожите! Вы хотите ее! А вы, Алина, боитесь его! Вы — еще девственница, впервые в столице и вам очень страшно! — кричал режиссер.

В это время кто-то тронул его за плечо.

Ермильев резко обернулся. На него в упор смотрел высокий плотный человек в форме армейского капитана.

— Прервитесь ненадолго. Мне нужно с вами поговорить.

— Что такое?!

— Мне нужно с вами поговорить, — еще раз, но более раздельно произнес капитан.

— Уберите этого сумасшедшего! — от возмущения покраснев, вскричал Ермильев и даже приподнялся на мысках. — Уберите! В картине нету военных! Кто впустил? У меня репетиция! Через час съемка!.. Кто вы такой?

— Капитан Костин. Вот мои документы.

— Санкт-Петербургский военный округ, — буквально выхватив документ, вслух прочитал Ермильев, — разведочное отделение... Вы из разведки?

— Окружное разведочное отделение — это контрразведка.

— А-а, шпионов ловите! Они сейчас повсюду в Петербурге. Все булочники, сапожники, почтальоны, дворники, иностранцы и бродячие собаки — все, все сейчас на шпионов похожи!.. А что вам от меня-то нужно?

— У вас тут служит некто Зеневич?

— Да, в монтажной... А в чем дело?

— Все объясню, но не здесь, — сказал Костин и, вдруг повернувшись, подчеркнуто вежливо отнесся к актерам, которые сидели теперь на диване и внимательно слушали, о чем капитан беседует с Ермильевым:

— А вы, господа, продолжайте, продолжайте. У вас съемка через час. Ее никто не отменял.

Потом он и Ермильев с трудом пробирались между декорациями.

Фанерные части зданий и десятки разных предметов стояли хаотично, и трудно было понять, какие из них уже применялись для создания киношедевров, а какие еще только предстоит применить. Тут можно было найти все, что угодно, вплоть до обстановки в ставке Наполеона, бутафорских реалий Крымской войны, фундусных щитов для «Княгины с Мойки» или сумеречного интерьера какой-нибудь кельи.

В маленькой монтажной, куда они попали, было светло, но очень пыльно и душно. В комнатке стояла пальма в кадке, висел черный шланг на стене, и повсюду громоздились коробки с уже отснятым материалом. Костин из черного конверта вынул и разложил на столе перед Ермильевым несколько кусков кинопленки.

— Что это?

— Ваш монтажер пытался передать это сотруднику германского посольства.

Ермильев молча взял кусок пленки со стола и некоторое время разглядывал кадры на свет, потом сказал:

— Это из картины «Демон», по Лермонтову. Мы весной ездили в горы, снимали натуру. Съемки производились с аэростата.

— Зачем?

— Ну как же! Полет Демона. Он над горами вечно летает.

— Где это снято?

— На турецкой границе. В районе Карса.

— Почему не в Грузии? У Лермонтова действие происходит в Грузии.

— Кто же сверху-то разберет — Грузия, не Грузия! Да хоть Армения! В Карсе — военные, штаб армии. Там бесплатно обещали нам аэростат для съемок, вот мы и поехали туда.

— Хорошо. — Костин убрал куски пленки обратно в конверт. — Этот разговор должен остаться между нами.

— Понимаю, понимаю...

— Выход там?

— Пойдемте, я вас провожу... И вы уж извините меня...

— Это за что же?

— За то, что вас сумасшедшим назвал.

— Пустяки.

— Нервы порой не выдерживают. Актеры фальшивят, снимаем по мизерной смете, а снимать-то надо. Процесс, знаете ли, заразительный.

По дороге к выходу режиссер хорошо отзывался о Зеневиче. Он называл его «человеком, преданным искусству и до мелочей знающим свою работу». И к этому добавил, что именно Зеневич придумал, как еще можно использовать эту ленту.

— Ну и как же? — открыв дверь в тенистый переулок, спросил Костин.

— Есть аттракцион в Демидовском саду... Электричество плюс синематограф. Того, кто голосом озвучивает действие, зрители не видят. Им кажется, что это голос откуда-то сверху, а сами они летят над горами... Иллюзия полная.

В тот же день

В германском посольстве все шло своим чередом. Документы уходили в Берлин и приходили из Берлина. Барышни и клерки сновали по этажам. В комнатах стучали пишущие машинки. Но все решал один человек — все остальные исполняли. Он один знал, что надо делать, когда, зачем, почему и с какой целью. И казалось, что даже молодая горничная протирает тряпкой массивные дверные ручки и старинные зеркала так, как в Берлине считает правильным их протирать кайзер Вильгельм: быстро, тщательно и словно на века. Она так и делала, и лишь тогда, когда, ознакомившись с очередным документом, из кабинета вышли Штромбах и Ригерт, прервалась и присела в изящном книксене.

— Добрый день, герр Штромбах!

— Добрый день, Луиза. Как здоровье вашей кошки?

— Спасибо, герр Штромбах. Ее здоровье значительно улучшилось. Сегодня утром она уже попила немного молока.

— Рад слышать. Будьте добры прибрать у меня в кабинете.

— Обязательно, герр Штромбах.

— И ничего не разбейте.

— Ну что вы, герр Штромбах. Я девушка аккуратная.

Тем временем на кинофабрике режиссер Ермильев возвратился на съемочную площадку. Он думал о том, что мог означать визит капитана, но так ничего и не придумал. Единственное, что что-то тягостное сжало сердце режиссера, когда Костин исчез в переулке, и он представил колючую проволоку, ров и убитого на снегу. «Скоро кончится мелодрама. Хаос грядет, да еще какой!»

— Алина! — крикнул он Горскую.

Она ему не ответила, поскольку, занимаясь своим лицом перед зеркалом, уходила в это занятие вся целиком, без остатка и не имела привычки реагировать на внешние раздражители.

— Горская! — значительно громче крикнул Ермильев, но только с третьего раза голос режиссера долетел до актрисы.

— Господи! Да иду я, иду...

Актриса вышла на площадку. Ермильев взял ее под руку, молча увел за колонну и там негромко сказал:

— У тебя с Зеневичем что?

— Что — что?

— Сама понимаешь...

— Нет, я не понимаю.

— Хорошо, спрошу напрямик: у тебя с ним роман?

— Вот еще! — фыркнула Горская. — Кто он, и кто я!.. Он мой воздыхатель.

— Ты с ним поосторожнее...

— Почему?

— Он — темная личность.

Своим чередом шла работа и в трехэтажном здании на Знаменской.

В служебном кабинете находились Костин, Штольц и Стрельников. Капитан больше не выговаривал своим подчиненным, считая, что уже сказал им все, что думает о них и допущенном ими промахе. Он знал, что эти двое теперь будут землю рыть и постараются сделать все возможное, чтобы Штромбаха можно было объявить «персоной нон-грата».

Тогда же в помпезном здании рядом с Исаакиевским собором Луиза, напевая, тщательно убиралась в кабинете Штромбаха. Она вытерла пыль со стола и подоконника, тщательно протерла дверные ручки, зеркало и стекло, за которым был портрет внушительного кайзера во весь рост и в парадном мундире. Ей оставалось только вынести мусор, осмотрев при этом содержимое мусорной корзины. Что Луиза и сделала и, надо сказать, что не зря: одна бумажка привлекла ее внимание. Эту бумажку она из корзины вынула и спрятала за пазуху.

Засим хотела выйти с корзиной, но не вышла, а вернулась к письменному столу, где лежал том Лермонтова в издании Сытина и раскрыла его на закладке.

Том раскрылся на поэме «Демон» с узнаваемыми иллюстрациями художника Врубеля. В тексте — какие-то пометы карандашом.

Закрыв книгу и оглядываясь на дверь, Луиза стала поочередно дергать ящики письменного стола.

Все ящики были заперты, кроме одного.

Она его выдвинула и не увидела в нем ничего интересного: разные канцелярские принадлежности и пустые почтовые конверты. Здесь же почему-то были пара селедок в оберточной бумаге и кусок дешевого мыла.

Закрыв ящик, Луиза понюхала свои руки и поморщилась.

— Фу! Держать такую дрянь герр майор себе позволяет! А еще Лермонтовым увлекается!

С мусорной корзиной она покинула кабинет.

«Согласно конфиденциальной информации (а у меня на этот счет имеются самые различные источники), растущая мощь России вызывает величайшие опасения в Берлине. Правительственные круги здесь придерживаются того мнения, что наша крупная артиллерия будет готова к 1916 году, и к этому времени Россия будет устрашающим соперником, с которым Германия уже не сможет справиться».

«Россия стала производителем. В добавление к своим шахтам и сельскохозяйственному производству она имеет сейчас текстильные фабрики и сахарное производство. У нее огромная сеть железных дорог, позволяющая ей думать об экспорте... Россия, о которой говорили, что ее народ сокрушен, становится с каждым днем богаче и все более независимой по отношению к странам-соседям».

«Нет иного пути, кроме как осуществить превентивную войну и разбить врага, пока мы имеем шансы на победу... Ориентируйте нашу политику на более раннее начало войны».

В тот же день за воротами с большой и богатой вывеской: *«ДЕМИДОВСКИЙ САД. Кафе, летний театр, качели, увесе-*

Глава первая. Демон

лительные аттракционы. Вход 10 коп.» оркестр играл стремительно входившее в моду танго, но не аргентинского, а французского происхождения.

Костин и Штольц шли по аллее, наступая на тени от листьев и, естественно, не замечая этого. Отчетливо и на все голоса пели в кронах птицы.

— Месяц назад, — сказал Костин, — в Берлине состоялась командно-штабная игра для офицеров германского Генштаба. Отрабатывался план вторжения в Россию со стороны Восточной Пруссии. Известно, что участникам игры были розданы карты-одноверстки приграничных уездов нашей Ковенской губернии. Карты такого масштаба являются строго секретными.

— Как же немцы их получили?

— Думаю, через того же Штромбаха.

Вскоре аллея кончилась. Они подошли к большому макету новейшего летательного аппарата — цеппелина — по имени немецкого конструктора Ф. Цеппелина — представлявшего собой дирижабль с жестким металлическим каркасом в виде сигары, наполненного водородом или гелием и обладающего большой грузоподъемностью, но незначительной скоростью. Рядом с макетом находилась деревянная касса, возле которой стоял владелец аттракциона. Он был, несмотря на жару, в шарфе и в шляпе. Раздувая щеки, он отчаянно потел и трубно объявлял в рупор:

— Незабываемое зрелище! Полет Демона над вершинами Кавказа! Кавказ с высоты птичьего полета! Всего тридцать копеек! Дети до шести лет — бесплатно!..

День в Демидовском саду был будний, но желающих погрузиться в макет летательного аппарата было много. Основную массу составляли няни и мамаши с детьми в чистеньких костюмчиках, а также студенты, курсистки, провинциалы и какой-то тучный господин в салатовой летней сорочке. Вся эта публика, в том числе Костин и

Штольц, заплатив мелочь в кассу, заняла места внутри цеппелина, где вместо окон были два матерчатых экрана, а у противоположной стены располагались два проектора. На стуле сидел молодой скучающий киномеханик в серой кепке.

— Сейчас посмотрим, как это выглядит в натуре, — шепнул Костин.

Владелец аттракциона серьезным голосом закричал:

— Включить мотор! Отвязать канаты! Мы поднимаемся. Дует сильный боковой ветер. Прошу соблюдать хладнокровие, господа! Машину ведет опытный экипаж...

— Да уж дурню какому навряд ли доверили, — опять шепнул Костин.

Цеппелин слегка стал покачиваться. Одна из дам испуганно взвизгнула.

— А женщины боятся, — тихо сказал Штольц.

— Да они всего боятся. Хотя обман налицо: никто никуда не летит. Просто за небольшие деньги пара рабочих парней раскачивают модель. Вот и все.

Свет в салоне погас. Владелец аттракциона включил граммофон. Игла зашипела, затем шипение кончилось, и зазвучала ария из оперы Рубинштейна «Демон»: «*На воздушном океане, без руля и без ветрил...*»

Оба проектора зажужжали. На экранах появилось и поплыло мимо ночное небо со звездами.

— А иллюзия полета все-таки есть, — признал тихо Костин.

— Да, Сергей Павлович. В иллюзии люди легче всего верят.

Тотчас, бог весть откуда, зазвучали слова:

> *Средь полей необозримых*
> *В небе ходят без следа*
> *Облаков неуловимых*
> *Волокнистые стада...*

На экранах плыли белые облака.

Глава первая. Демон

Непритязательная публика была потрясена. Дети с нянями и мамашами, курсистки, тучный господин в сорочке. Слышались восхищенные возгласы.

Наконец появились снятые с высоты виды Кавказа.

— *И над вершинами Кавказа, изгнанник рая пролетал*, — с пафосом декламировал находившийся снаружи владелец аттракциона. — *Под ним Казбек, как грань алмаза, снегами вечными сиял...*

— На самом деле никакого Казбека тут нет и, стало быть, снегами вечными он не сияет, — шепотом комментировал Костин. — Это район Карса. Я там был. Небольшой и грязный городок.... Правда, виден хорошо Арарат. Вот он появился, с двумя снежными головами. Видите?

— Вижу.

— Так что кадры весьма занимательные. Если их вывести на план, наложить на них топографическую сетку, то карта наших приграничных укреплений готова... Вон там — Турция.

— Значит, Арарат находится в Турции?

— Да. В случае войны она будет на стороне Германии... Зеневич это понимал.

— Но пока еще мирное время.

— И что?

— Приговор ему был бы относительно мягким. Почему он покончил с собой?

— Этого я не знаю. Знаю, что мир теперь очень шаткий. У дряхлой Австрии есть повод показать наглым сербам, кто хозяин на Балканах, — мрачно сказал Костин. — Мы войны не хотим, но обязательно вступимся за сербов, а Германия — за австрияков. Дело пахнет такой войной, какой еще не знало человечество.

Костин и Штольц вышли из развлекательного аппарата и пошли по аллее к выходу из Демидовского сада. Подул ветер, и неизвестно откуда утренняя газета оказалась под ногами идущих. И опять те же слова на первой полосе, когда на Лиговском подбежал к Костину мальчишка-газетчик: «Сегодня в Сараево...»

— Таких поводов и раньше было сколько угодно, — сказал Штольц, отбросив газету ногой. — Война же не началась. Я хорошо помню, что еще в 1909-ом могла начаться...

— Да, тогда до этого не дошло.

— А теперь почему дойдет?

— Дело в том, что в Германии знают, что перевооружение русской армии будет завершено если не к шестнадцатому году, то уж к семнадцатому наверняка. Значит, удар нужно нанести раньше. К тому же в Берлине уверены, что Франция еще не готова к войне, а Англия занята внутренними делами и колониальными проблемами. Вот немцы и спрашивают себя: должны ли мы ждать, когда наши противники будут готовы, или мы воспользуемся благоприятным моментом, чтобы решить наши проблемы?

— Ну и должны они ждать?

— Это мы скоро спросим у немцев.

«...германское правительство, чьи границы простирались бы от Юлианских Альп, едва ли позволило бы России доминировать на восточном побережье Адриатики. И венгры не позволили бы никакой державе решать за себя свою судьбу. Раздел Австрии вызвал бы жестокие конфликты, которые вскоре же привели бы Германию и Россию к противоречиям. Партнерство Германии с Россией за счет Австрии было столь же невозможно, как и партнерство России с Австрией за счет Германии...»

Раздумывая о запутанном раскладе сил на мировой арене, Костин поднимался по лестнице в свою холостяцкую квартиру. Он отпер ключом дверь и вошел.

В квартире он давно не был. Наверняка на вещах — толстый слой пыли. Между тем многие вещи свидетельствовали о том, что их хозяина видели в разных частях света: вот эта курительная трубка из Лондона, вот этот меч из Японии, а вот эта бутылка из Франции.

Зазвонил телефон. Костин взял трубку.

— Это я, Луиза, — послышался голос в трубке. — Три месяца я звоню вам каждый день. Никто не отвечает... Где вы были?

— Далеко.

— Есть срочное дело... Мы можем сегодня встретиться?

— Да. Где?

— В кинематографе «Лотос». Начало сеанса в восемь. Купите два билета. Один возьмите, а второй оставьте в кассе на имя Амалии Вайс.

— Кто это такая?

— Амалия — это моя кошка. Она белая. «Белый» по-немецки «вайс».

Кинематограф «Лотос» располагался там же, где был открыт в 1912 году: в Аптекарском переулке. Говорили, что великий Макс Линдер специально из Америки приезжал, чтобы посетить «Лотос». С тех пор дух кинозвезды в лимонных перчатках не может выветриться. А вообще-то, все хорошо и пристойно: два фонаря при входе, массивная дверь и зеркальное толстое стекло. На плакате — герой-любовник с белым букетом в руке. Он стоит на коленях перед испуганной девушкой; она сидит на диване; рядом, на тумбочке — мраморный ангел.

Костин купил билеты в кассе, и, покупая, не обратил внимание, что стоит в очереди за ним какой-то неприятный белобрысый парень в широких штанах. Не заметил он и того, что парень украдкой что-то положил ему в карман.

— Второй билет возьмет дама... Запишите, — сказал Костин кассиру. — Амалия Вайс.

Он вошел в зал, когда сеанс уже начался.

Играл тапер на дурно настроенном инструменте. Проекционный луч выхватывал из полумрака то сновавшие по клавишам руки, то мечтательно задранный вверх подбородок. А на экране — хроника: государь император проходит вдоль шеренги военных, затем едет в автомобиле по улице. Восторженные горожане бросают букеты в автомобиль. Стреляет пушка. Какой-то великосветский прием. Государыня императрица сидит рядом с французским послом.

«Любопытно, о чем они говорят?»

Лицо государя. Неожиданно рядом с ним оказывается человек двухметрового роста, в мундире и с бородой клином. Это — великий князь Николай Николаевич. Он на голову выше царя.

В зале перед Костиным сидела элегантная женщина в шляпке-каскетке с перьями. Перья то и дело заслоняли экран. Вот и теперь, когда великий князь подошел к государю...

— Виноват, мадам... Не могли бы вы снять шляпку?

Женщина обернулась, Костин увидел ее лицо.

— Пересядьте, если я вам мешаю. Вон сколько свободных мест!

Костин молча смотрел на женщину, и... вдруг услышал треск ружейной перестрелки. И увидел, как рвутся снаряды, и на гребне холма показываются наступающие японские солдаты. В отъезжающей санитарной фуре — молодая женщина в костюме сестры милосердия. Она оборачивается. Костин смотрит ей вслед.

Внезапно снаряд разрывается рядом с фурой.

— Что с вами?

— Ничего-ничего... Простите, бога ради... Вы напомнили мне... Вы напомнили мне... Вы одну женщину напомнили мне.

— Если решили со мной познакомиться, могли бы придумать что-нибудь пооригинальнее.

Выразительно дернув плечом, женщина отвернулась.

— Я чуть-чуть опоздала, — прошептала Луиза, садясь рядом с Костиным.

— На двадцать минут, — уточнил он, достав хронометр и щелкнув крышкой.

— Зачем уточнять? Фу, как это скучно! Вы говорите так, будто вы немец, а я — русская. Женщине положено опаздывать на свидание, чтобы мужчина немножко понервничал.

— Извините, Луиза, у нас с вами не те отношения.

Должно быть, последнее было сказано слишком громко. Дама в шляпке встала и, бросив испепеляющий взгляд на Костина и Луизу, пересела подальше от них.

На экране появилась с пушками в чехлах английская эскадра. Кайзер Вильгельм с воинственно загнутыми вверх усами и в парадном мундире поднимался по трапу.

— Почему вы назначили встречу именно здесь? — внимательно глядя на английские корабли, спросил Костин.

— Штромбах тут был третьего дня, — зашептала Луиза. — Я нашла у него использованные билеты в этот кинематограф. Вам ведь интересно побывать там, где бывает Штромбах?

— А вдруг он сейчас опять придет?

— Не придет.

— Почему?

— Он уже видел эту программу. Мне тоже захотелось ее посмотреть. Да и вам полезно немного развлечься. Вы такой бледный! Наверное, много работаете и плохо кушаете. У вас есть жена?

— Это вас не касается.

— А мой муж сбежал в Америку. Я выплачиваю его долги.

— Знаю.

— Почему вы всё про меня знаете, а я про вас — ничего?

— Потому что я вам плачу деньги, а не вы мне.

Вздохнув, Луиза вынула из сумочки и подала Костину найденную в мусорной корзине бумажку. Он зажег спичку и

31

в ее свете увидел карандашную надпись по-немецки: «*16 июня. 15.30. Ст. Донон, каб. 12*».

— Это ресторан «Старый Донон» на Большой Морской, — пояснила Луиза. — Сегодня пятнадцатое. На завтра Штромбах заказал там кабинет номер двенадцать. Видимо, с кем-то встречается. Вы можете узнать, с кем.

— Все это вы могли сообщить мне телефону.

— Я хотела увидеть вас... Мы так давно не виделись.

Костин достал бумажник, отсчитал несколько ассигнаций и вручил их Луизе.

— Выйдем по отдельности. Идите сначала вы.

— Но я хочу досмотреть фильму.

— Тогда я пойду.

Костин встал.

Он шел по проходу к выходу из зала, когда в передних рядах поднялся парень в широких брюках.

— Какое старье! — громко объявил он. — Сколько раз можно показывать эту картину! Безобразие! Обманывают публику! Тьфу!

Он зычно сплюнул, выбрался в проход и двинулся к выходу. В этот момент на него навалились двое: директор-распорядитель «Лотоса» Ефимов и сбежавший со сцены тапер.

— Сволочь!.. Щас я тебе!

Плечистый Ефимов крепко держал парня. Тапер, оказавшийся моложавым человеком с неестественно тяжелым подбородком, смачно бил «сволочь» по лицу.

— На! На! На! Получай!

— А ну прекратить! — скомандовал Костин.

— Не лезьте! — огрызнулся тапер и снова ударил парня.

Он бы наверняка ударил его еще раз, если бы Костин ловким приемом не заломил таперу руку и не швырнул его на пол. Тот с грохотом упал на паркет. Луиза бросилась на помощь Костину и зонтиком принялась лупить Ефимова.

Тот стал уворачиваться. Костин прижал его к стене. Парень тем временем куда-то скрылся.

— Чего вы за него заступаетесь? — прохрипел Ефимов.

— Вы — служители искусства, а навалились двое на одного... Что он вам сделал?

— Этот мерзавец от нас публику отваживает. Его же подослали!

— Кто?

— Из кинематографа «Триумф». Тут рядом...

— А-а, конкуренты.

— Ничего не разобрали, ничего не выяснили, а сразу в драку, — тапер, морщась от боли, держался за ушибленную руку. — Танюша!.. — неожиданно крикнул он в сторону какой-то шторки. Шторка зашевелилась, из-за нее показалась приятная шатенка лет девятнадцати, в белых туфлях и голубом летнем платье.

— Танюша, садись вместо меня, — сказал он.

Таня кивнула и, сев за инструмент, обеими руками ударила по клавишам.

Сеанс возобновился. С очень мирного эпизода: царская семья в большой беседке пила чай.

Костин, Ефимов и тапер вышли в фойе. Луиза с зонтиком шла за ними.

— Фильму не дали досмотреть.

— Так идите досматривайте. Кто мешает?

— Теперь настроения нет.

— Тогда идите домой.

— Сначала зайду в туалет.

— Тоже нужное дело.

Луиза ушла. Костин полез в карман за папиросами. И наскочил на сюрприз, достав из кармана не папиросы, а какой-то раздавленный шарик. Оттуда на руку ему текла липкая вонючая жидкость. Костин понюхал руку и скривится.

33

— Это он вам возле кассы подложил, — объяснил Ефимов. — Они такие штучки публике в карманы подкладывают. Чтобы запомнили и больше к нам не ходили.

— Мало ему еще досталось! — со злобой произнес тапер.

— Водки налей! — закричал Ефимов буфетчику и снова повернулся к Костину. — Я владелец этого кинематографа. Конечно, это не дело — по морде-то. Но войдите в мое положение...

Буфетчик принес рюмку водки. Ефимов смочил водкой носовой платок.

— Ручку позвольте... Как-то же надо их учить! — сказал он, вытирая Костину руку. — Этот мерзавец тут не первый раз.

Наконец рука была вымыта и вытерта. Костин обернулся к буфетчику:

— Налей еще рюмку.

Он выпил водку и достал бумажник, чтобы расплатиться.

В бумажнике лежала фотография Штромбаха.

Костин вышел на вечернюю улицу и закурил.

— Сергей Павлович! Подождите!..

Он быстро свернул в подворотню и прижался к стене. Луиза бежала за ним, но он так быстро свернул, что она не увидела его. Внезапно Костин, выдвинувшись из подворотни, схватил ее за руку и притянул к себе. Она вскрикнула от испуга.

— Боже, как вы меня напугали!

— Я же ясно сказал вам — не ходите за мной!

— Я бы не пошла, но у меня есть одна мысль...

— Хорошо хоть не две.

Костин взял Луизу за руку и вывел в пустой двор.

В окнах высокого дома горел свет. Костин увидел, что в нижнем этаже какой-то человек сидит за столом и читает газету.

— Напрасно вы подозреваете Штромбаха в шпионстве, — услышал он голос Луизы. — Мне кажется, он любит Россию.

— С чего вы взяли?

— Он интересуется русской литературой. У него в кабинете есть книга Лермонтова. Заложено на поэме... Забыла название. Про нечистую силу.

— «Демон»?

— Да-да, «Демон». Мне кажется, майор внимательно читал эту поэму.

— Вы сами это видели?

— Нет, этого я не видела, но на полях есть пометки...

— Что еще?

— А еще селедка.

— Что? Какая селедка?

— Самая обычная, какую продают в бакалее. В ящике его стола спрятана селедка.

— По-вашему, это тоже доказывает его любовь к России?

— Да. Наверное, ему нравится выпить водки и закусить селедкой, как любите вы, русские.

— Мы и другую закуску любим. Что еще есть в этом ящике?

— Ничего интересного. Перья, кнопки, скрепки. И целая куча пустых почтовых конвертов.

— Обычные конверты? — теперь уже с интересом спросил Костин.

— Да... Еще там лежит мыло.

— Какое мыло?

— Не знаю. Оно без обертки. Какое-то дешевое. Я никогда не моюсь таким.

Из двора они по отдельности вышли на улицу, которая медленно погружалась в белые сумерки. В ресторане играла музыка, и кто-то пел: «Меня волнуют ваши плечи...» Из дверей вышел пожилой выпивший господин и, обращаясь к Костину, сказал:

— А кайзер-то дерьмо!

16 (29) июня

На другой день все газеты описывали подробности сараевского убийства и строили версии, кто за этим стоит и что за этим последует. Предполагали, что за этим «крупнейшим преступлением XX века» стоят социалисты, анархисты, националисты, а также австрийцы, немцы, венгры, чехи и турки. Писали и о том, что Россия устала и не хочет войны, и о том, что царь Николай II — человек миролюбивый, честный, добрый, очень начитанный и очень набожный, хотя и находится в почти болезненной зависимости от императрицы Александры Федоровны. При этом, по цензурным соображениям, о страшном, циничном и развратном Григории Ефимовиче Распутине почти не упоминали или упоминали в очень сдержанных тонах. Что же касается миролюбивости государя, то ее доказывают его слова, которые он произнес еще в 1897 году, предлагая великим европейским державам созвать в Гааге конференцию по разоружению: *«Сотни миллионов посвятили себя созданию ужасных машин разрушения, которые, хотя они сегодня считаются последним словом науки, обречены завтра потерять всю свою значимость вследствие новых открытий в той же сфере».*

В тот же день

Миновав гулкий и многолюдный операционный зал столичного почтамта, Костин прошел на служебную половину и открыл дверь с табличкой «ЦЕНЗУРА ИНОСТРАННЫХ ГАЗЕТ И ЖУРНАЛОВ». Пожилой, с большими залысинами чиновник сидел за столом и просматривал какую-то газету.

— Мне нужен начальник кабинета перлюстрации, — Костин, войдя в комнату, остановился рядом с чиновником.

— Перлюстрация запрещена законами Российской империи, — важно ответил тот. — В любом цивилизованном государстве запрещена. Вы же не станете этого отрицать?

— Не стану.

— А раз так, то вскрытие чужих писем является, знаете, чем?

— Знаю. Данное действие является уголовным преступлением.

— Правильно.

Чиновник помолчал и без всякого интереса спросил:

— А вы кто, собственно, такой?

Костин вытащил из верхнего кармана и предъявил документы. Изучив их, чиновник начал вставать. Встав, он вышел из-за стола и подвел Костина к настенному шкафу.

— Тогда вам сюда.

И, распахнув обе створки, подобострастно воскликнул:

— Прошу вас!

Костин, усмехнувшись, вошел в шкаф и оказался в соседней комнате, где несколько столов были завалены грудами писем. Узкогрудый мужчина лет сорока в форменном сюртуке и с необычно длинными пальцами держал в одной руке конверт, в другой — специальное приспособление, весьма похожее на маленький чайник с длинным прямым носиком. Из носика под клапаны конверта с шипением била тонкая струйка пара. От чайника тянулся электрический провод к штепселю.

Костин подошел к хозяину чайника и, по своему обыкновению, глядя в глаза, представился:

— Капитан Костин. Окружное разведочное отделение.

— Старший цензор Мардарьев, — ответил мужчина, выключая свой «чайник».

— Замечательный прибор, — похвалил Костин.

— Мое изобретение. Жаль, нельзя взять на него официальный патент.

— А работы, я вижу, у вас немало.

— В России есть только два человека, чья корреспонденция не может быть вскрыта ни при каких обстоятельствах.

— Я догадываюсь, кто эти двое.

— Да, это государь император и министр внутренних дел... Чем могу быть полезен?

— Скажите, ваши люди есть во всех почтовых отделениях Петербурга?

— Практически во всех.

— Пожалуйста, в циркулярном порядке попросите их, чтобы они обратили внимание на такие письма, от которых пахнет селедкой и мылом.

— Редкий букет!

— Да, очень редкий. Но если все же таковой обнаружится, сразу дайте мне знать... Вот мои телефоны.

В то же время в ресторане «Старый Донон» на Большой Морской вежливый и подтянутый официант провожал майора Штромбаха в отдельный кабинет, располагавшийся в самой дальней части зала. Официант не любил немцев, как и вообще людей, но любил чаевые и в этом вопросе был предельно интернационален. Так что если бы среди белого дня в «Донон» пожаловал призрак убитого вчера австрийского кронпринца, то он бы и у него, не колеблясь, взял свой законный полтинник, а то и рубль: в газетах писали, что убиенный не был жаден.

— Пожалуйте. Только что освободилось, — надеясь на щедрые чаевые, пригласил официант, — пожалуйте сюда. Вот меню. Выбирайте-с.

— Не надо меню... Принесите бокал красного вина.

— Есть французское, итальянское, венгерское...

— Любое.

— Слушаюсь. Еще что?

— Больше ничего.

— Бокал вина, и все?

— Пока — все.

Официант вышел из кабинета, ругая про себя «скупых и заносчивых немцев».

Глава первая. Демон

Оставшись один, Штромбах осторожно провел по скатерти ладонью, словно пытаясь нащупать на ее поверхности что-то невидимое. Наконец ему удалось нащупать это невидимое. Он вынул из портфеля блокнот и положил его на обнаруженное место.

Официант принес на подносе вино в высоком хрустальном бокале.

— Прошу-с... Что еще?

— Потом, потом... Ступай.

Официант вышел из кабинета.

Штромбах убрал блокнот, а на его место вылил немного вина из бокала.

На скатерти стали проступать написанные симпатическими чернилами строчки, состоявшие из арифметических дробей: 8/4, 24/13 и т. д.

Тем временем Костин ехал на автомобиле в сторону Большой Морской улицы.

Дорогой он почему-то вспомнил, что когда-то в качестве «праздно катающегося велосипедиста» принял участие в оперативной разработке германского военного агента барона фон Лютвица, имевшего тесную связь с австро-венгерским военным агентом князем Гогенлоэ. Дело было шумное и завершилось высылкой обоих агентов из страны.

Теперь же с высылкой агента ничего не получалось, и Костин пробовал определить ошибки в организации операции. Тут и путаница, допущенная тайными информаторами, и гибель Зеневича и, как следствие, потеря основных улик против майора Штромбаха. Однако глупо было искать ошибки только в одной этой операции. В конце концов она — лишь частный случай. Важный, но частный. Во всей российской контрразведывательной деятельности ошибок хоть отбавляй, включая и межведомственную неразбериху.

«Мы и технически отстаем, и жалованье у Штольца и у Стрельникова мизерное... А ведь еще в 1903 году Канцелярия Военно-ученого комитета Главного штаба Военного министерства подготовила проект, о котором генерал-адъютант А.Н. Куропаткин доложил государю императору. Согласно этому проекту, предполагался довольно эффективный вариант организации службы: *«Деятельность сего органа должна заключаться в установлении негласного надзора за обыкновенными путями тайной военной разведки, имеющими исходной точкой иностранных военных агентов, конечными пунктами лиц, состоящих на нашей государственной службе и занимающихся преступной деятельностью, и связующими звеньями между ними — иногда целый ряд агентов, посредников в передаче сведений»*.

Но опять сводилось все к тому, чтобы доказать, кто главнее, кто ближе к царствующей особе и запросто может позволить себе отобедать с министром внутренних дел или с главным распорядителем Двора...

Внезапно дорогу загородил жандармский офицер в синей фуражке, синем коротком мундире и с красными суконными полосами на рукавах.

— Остановите машину!.. — гаркнул жандарм.

Шофер затормозил.

— Куда едете?

— На Большую Морскую.

— Туда нельзя. Заворачивайте!

«Черт бы вас всех побрал со всеми вашими "нельзя"!»

Вслух Костин этого не сказал и молча подал удостоверение.

— Сожалею, капитан, в течение часа проезд запрещен, — значительно мягче сказал жандарм, возвращая документ.

И добавил:

— Там будет проезжать государь. Принимаются меры безопасности. Говорят, подручные господина Савинкова опять замышляют... Сам он в эмиграции, а они-то тут.

Глава первая. Демон

В вестибюле полупустого ресторана, куда из-за мер предосторожности с целью обезопасить проезд государя, Костин прибыл пешком, он подошел к официанту и показал ему фотографию Штромбаха.

— Видел его. Бритый, чопорный, с зализанными волосами... Он только что ушел.

— А сидел он где? В двенадцатом кабинете?

— Да.

— С кем?

— Ни с кем. Один.

— Часто он у вас бывает?

— При мне раза два.

— С кем, не помнишь?

— Всегда один. Он вообще малахольный. Заказывает отдельный кабинет, а кроме вина ничего не берет. Да и его всякий раз на скатерть проливает! Руки у него корявые...

— Где эта скатерть?

— Снес в прачечную.

— Пошли!

— Дарья! — в следующую минуту закричал официант на всю прачечную.

Из облаков пара появилась полуголая немолодая прачка в белой косынке и с красными от работы большими руками.

— Я тебе скатерть приносил, вином залита. Не постирала еще?

— Очумел? Пять минут не прошло!

— Пожалуйста, принесите ее, — попросил Костин.

— Грязная ведь!

— Ничего-ничего. Несите.

Дарья пропала в облаке пара, но быстро вернулась, держа в руках мятую скатерть с винным пятном. Костин развернул ее и увидел остаток надписи — несколько поблекших, едва различимых дробей. Они исчезли прямо на глазах.

— Ух ты! — поразился официант. — Вот вам и немец!

— Кто до него был в двенадцатом кабинете?

— Не знаю. Я только пришел. С утра Гусев был, да его теперь не сыщешь. У него мать в деревне помирает, отпросился к матери.

Вечером Штромбах при задернутых шторах и зажженной люстре сидел у себя в кабинете и читал листок с расшифровкой:

«Материал готов. Будьте осторожны. Вчера в "Лотосе" был человек с вашим фото. У него инвалидная перчатка на левой руке. С ним была горничная из посольства».

Штромбах поднял глаза на Ригерта. Тот пояснил:

— Это капитан Костин из окружной контрразведки. Он есть в моей картотеке.

— Что вы о нем знаете?

— Боевой офицер, но имеет большой опыт агентурной работы. Недавно ездил с секретным поручением на Балканы, заезжал в Вену и Будапешт.

— Что делал в Вене?

— Ничего особенного. Был в опере. Малера слушал, по городу гулял, шницель ел в летнем кафе, неподалеку от памятника Штраусу.

— И все?

— Вроде все. По крайней мере, наш венский информатор ничего особенного не заметил... В то же время военный агент в Сербии характеризует этого Костина как человека в высшей степени опасного... Помните, я вам говорил, что в нашем дипломатическом ведомстве есть, вероятно, русский осведомитель?

— Да, помню.

— Теперь мы знаем, кто это. Это он сообщил русским о вашей позавчерашней встрече.

— Он — это она?

— Совершенно верно.

— Луиза?

— Да... Видите?

Ригерт указал на календарь.

Под датой 14 июня значилось: «*18.00*». Время встречи с Зеневичем.

— Жаль, — медленно произнес майор. — Она хорошая горничная. Очень чистоплотная.

— Что будем с ней делать?

— Придется ее рассчитать.

— И всё?

— А что еще мы можем с ней сделать? Она — русская подданная.

— Она — немка, — с пафосом произнес Ригерт. — Немец, работающий против Германии, является национальным предателем.

— Вы читаете слишком много дешевых газет. — Штромбах поморщился. — Это вредно для здоровья.

17 (30) июня

«*В Европе 80 миллионов немцев противостоят приблизительно 150 миллионам славян и 115 миллионам латинян. Было бы безосновательным зачислять всю германскую расу в наши ряды в этой борьбе рас; в главной битве нам придется сражаться в одиночестве, на островную Англию не приходится полагаться в этническом противоборстве, на нее нельзя рассчитывать в культурном или экономическом сопротивлении германской расы Центральной Европы*».

Костин вошел в шкаф на главном почтамте и оказался в кабинете перлюстрации. Цензор Мардарьев подал ему конверт.

— Пахнет селедкой и мылом... Все, как вы просили.

— Благодарю за оперативность.

Костин взял у цензора конверт и поднес к лампе. На конверте значилось: *Линейная ул., дом 8. Г-же Карнауховой.*

— Написано очень коряво. Почерк, как у малограмотного человека.

— Да, такое впечатление, что писала кухарка, — заметил Мардарьев.

— Вскройте его, — попросил Костин.

Мардарьев взял свой «чайник», распечатал конверт и вынул письмо.

Оно было написано шифром, состоящим из арифметических дробей. Надпись занимала всего две строки.

Вечером Костин поднялся по лестнице и позвонил в квартиру своего товарища по гимназии Саши Нестеровского.

Саша, давно уже ставший для студентов и сослуживцев, приват-доцентом Александром Михайловичем Нестеровским, был дома. Квартиру он с женой Олей и пятилетним сыном Мишей занимал четырехкомнатную. Все три большие окна квартиры выходили на Мойку, по берегам которой в белые петербургские ночи прогуливались обычные горожане, любопытные иностранцы, а также тени героев Гоголя и Достоевского.

Открыв дверь, Нестеровский, в домашних штиблетах и облаченный в «барский» халат, стоял секунду в изумлении, а после руками взмахнул, весь засветился и воскликнул:

— Ба! Сережа!

Они обнялись.

— Ты когда вернулся? — отстранившись, спросил Саша.

— Третьего дня... Честно говоря, я к тебе по делу.

— Потом, потом. Проходи... Ольга!

Из-за зеленой бархатной шторы появилась светловолосая, небольшого роста, миловидная Ольга.

— Ой! — обрадовалась она. — Сережа!

— А вы все хорошеете, Ольга Семеновна!

Они поцеловались, и Оля, глядя на Костина, веселым голосом спросила:

— Ну, господин капитан, не нашли себе какую-нибудь сербияночку?

— Увы! — развел руками Костин. — Да и что бы делал я с ней, если б нашел.

— Ну, в вашем-то возрасте!

— Шутите, Ольга Семеновна?

— Нет, что вы! Я серьезно.

В этот момент в комнату влетел надувной резиновый мяч, за ним вбежал Миша.

— Мишенька, ты помнишь Сергея Павловича? — спросила Ольга.

Миша, должно быть, не вспомнив Сергея Павловича, ничего не ответил, а Ольга, погладив сына по голове, заметила:

— Да-а, давненько Сергей Павлович у нас не бывал.

Миша улыбнулся, схватил мяч и убежал. Остальные пошли за ним по коридору.

— Ты по-прежнему в университете? — спросил Костин у Нестеровского.

— Да. Приват-доцент.

— Когда профессором станешь?

— Не раньше, чем ты — полковником.

— А я им никогда не стану.

— Это еще почему?

Костин ничего не ответил, неожиданно увидев в гостиной женщину, которая своими перьями на шляпке загораживала в «Лотосе» экран.

— Знакомьтесь: Лёля Сабурова, моя лучшая подруга, — сказала Ольга.

Вскоре Нестеровский с женой, Костин и Сабурова сидели за столом.

— Все боятся войны, — говорила Ольга, — а мне иногда хочется воскликнуть так, как сегодня может воскликнуть один только Максим Горький: «Пусть сильнее грянет буря!»

— Это Горький не про войну восклицал, а революцию призывал. Да еще в злостной романтической форме, — напомнил Нестеровский. — Он, собственно, писатель хороший, однако черт знает что призывает. То у него пингвины, то буревестники, то Челкаши. А война будет, так трудно будет спрятаться. И замечу еще, что одна революция у нас уже была, мы в результате получили нашу теперешнюю российскую конституционность. Так, может, хватит уже? Мы и так живем в стране людей, которые тяжко жизнью обижены.

— А вот я живу и ничем не обижена. Поэтому я войну призываю.

— Какая ты, матушка, кровожадная, — заметила Сабурова. — Это у тебя от скуки.

— Вовсе нет. Просто после бури очищается воздух. Вы разве не чувствуете, каким душным стал воздух Европы?

— *А он, мятежный, ищет бури, как будто в бурях есть покой,* — процитировал Нестеровский и поцеловал жену.

Она отстранилась.

— Нет, Саша, я серьезно...

— Ага, — кивнул Костин. — Сегодня все надо воспринимать самым серьезным образом. Особенно, когда мачта гнется и скрипит, в трюме течь, команда вот-вот взбунтуется, а карту съели мыши. В общем, только бури нам и не хватает.

Когда горничная поставила перед Костиным тарелку, он извлек из внутреннего кармана нечто, завернутое в платок. Он развернул платок. В нем оказалась вилка.

— Вы носите с собой только вилку? Или ложку тоже? — не без иронии поинтересовалась Сабурова. — Сегодня, говорят, в обществе укореняется такая привычка, чтобы все самое дорогое и сокровенное носить с собой.

— Эта вилка у меня особая, — сделав вид, что не заметил иронии, объяснил Костин. — Видите, Лёля, у нее нижний зубец шире других и заточен наподобие ножа. Им можно резать мясо.

— Сам придумал? — спросил Нестеровский.

— Куда мне! Эту идею я позаимствовал у кайзера Вильгельма. У него ведь левая рука сухая с рождения, пользоваться ножом и вилкой одновременно он не может. Где-то я прочел, что специально для него изготовили такую вот вилку. Ну и заказал себе, как у кайзера.

Нестеровский склонился к Костину.

— У тебя ко мне какое-то дело...

— Не за столом же!

Нестеровский встал.

— Мы с Сережей выйдем покурить, — объявил он. — А вы тут пока что-нибудь женское обсудите.

Домашний кабинет Нестеровского представлял собой комнату с широким столом, большой электрической лампой, двумя кожаными креслами. Золотые корешки книг смотрелись весьма внушительно.

— Когда-то ты, Саша, увлекался тайнописью...

— Так ведь и ты увлекался.

— Да, но сейчас заклинило что-то. Поможешь расшифровать?

Костин вытащил из конверта письмо и положил на стол. Надев очки, Нестеровский склонился над бумагой.

— Ну-ка, ну-ка... Что это такое?

— Это один немецкий шпион пишет другому.

— Дожили!.. На каком языке написано?

— Или на немецком, или на русском.

Ольга неслышно вошла в комнату и остановилась у них за спиной.

— Ой! — радостно сказала она. — А я знаю, как это делается! Мы с подругами в гимназии так переписывались. Берется какое-нибудь стихотворение...

— Иди, Оля, иди. Мы сейчас.

Нестеровский выпроводил жену из комнаты и возвратился к столу.

— В принципе она права, — немного подумав, сказал он.

— Дроби на что указывают?

— Они указывают на то, что в качестве ключа использован какой-то заранее выбранный текст. Книга, статья в газете, стихи — что угодно. Стихи удобнее всего. В таком шифре числитель — это порядковый номер строки, знаменатель — буквы в строке. Для большей сложности одна и та же буква берется из разных строк и, значит, обозначается разными дробями...

— Стоп! — перебил его Костин. — У тебя Лермонтов есть?

— Есть... Но почему именно Лермонтов?

— Сейчас объясню. Давай его сюда.

— Что, все четыре тома?

— Нет, тот, где «Демон».

Тем временем Луиза наливала своей белой кошке молоко. Кошка от молока не отказалась. Луиза села в кресло и взяла телефонную трубку.

— Алё, барышня, соедините меня с номером двенадцать ноль двадцать пять.

Барышня соединила, после чего в квартире Костина зазвонил телефон.

— Номер не отвечает, — через минуту сказала барышня.

Луиза присела к столу и завела музыкальную шкатулку. Зазвучала мелодия немецкой рождественской песни «Тихая ночь, святая ночь...»

Луиза слушала эту песню, и глаза ее наполнялись слезами. Вдруг она встала, подхватила кошку за передние лапы и закружилась с ней по комнате.

Нестеровский стоял перед Костиным с томом Лермонтова в руках.

— Открой первую часть «Демона», строфы 12 и 13.

— Откуда такая точность?

— А вот отсюда. — Костин показал три цифры, отдельно стоявшие в верхнем правом углу письма: 1/12—13. — Вероятно, строки считаются по порядку — от начала двенадцатой строфы и до конца тринадцатой.

Нестеровский, пролистав пару страниц, нашел нужное место.

— Вот эти строфы... Давай-ка для начала по ним погадаем. Что нас ждет. Сейчас наугад ткну пальцем и прочту пару строк.

Закрыв глаза, он ткнул пальцем в книгу и вслух прочитал:

— *Разграблен пышный караван...*

— *... и над телами христиан*, — не глядя в книгу, подхватил Костин, — *чертит круги ночная птица.*

— Знаешь наизусть? — удивился Нестеровский.

— *Не ждет их мирная гробница*, — продолжал Костин, — *под слоем монастырских плит, где прах отцов их был зарыт.*

— Невеселая перспектива... Ладно, поехали. Какая там первая дробь?

— В числителе два, в знаменателе четыре.

— Есть. Записывай. Это буква «эр».

— Вторая дробь: двадцать три шестых.

— Так... Пиши: «у».

— Третья: одна десятая.

— Так-так-так... «Эс».

— Четвертая дробь: две седьмых.

— Это «мягкий знак».

— Русь, — прочитал Костин и повторил: — Русь. Можно кричать «ура!»

— В общем, у вас с Сашей все будет хорошо. Злой разлучницы я здесь не вижу. Казенный дом никому из вас не грозит. Что касается дальней дороги... Ты ведь говорила мне, что вы осенью собираетесь в Крым, в Ливадию.

— Как-то ты сегодня скучно гадаешь, — заметила Ольга не без разочарования в голосе. — Раньше было больше поворотов, интриги, красок. Я, затаив дыхание, тебя слушала.

— Что выпало, то и говорю.

Сабурова стала собирать карты со стола, но, не собрав их до конца, как бы между делом спросила:

— Этот Костин... Он где служит?

— Где он только ни служил! Был в гвардии, с кем-то там поссорился. Характер у него тот еще... Перешел в армейский полк, полтора года служил на Кавказе, затем уехал на Дальний Восток. Воевал с японцами, попал к ним в плен, но долго там не задержался и из этого плена бежал. Между прочим, он водит автомобиль, говорит по-немецки, по-французски и владеет приемами рукопашной борьбы.

— А-а, — понимающе кивнула Сабурова, вспоминая драку в кинематографе.

— Теперь вот опять в Петербурге... Не женат, между прочим.

— А что у него с рукой?

— Точно не знаю. Он не любит об этом вспоминать. Саша говорит, что это у него еще с 1905 года... Он тебе понравился?

Сабурова молча пожала плечами. Ольга обняла ее.

— Ой, Лёлечка! На твоем месте я бы давно любовника завела.

— Можешь сделать это на своем.

— Сравнила! Мой муж и твой.

— Итак, что у нас в итоге получилось? — сказал Нестеровский.

— «Русь. Одиннадцать. Двадцатое. Двадцать», — вслух прочитал Костин.

— Как прикажешь это понимать?

— Русь — это гостиница, которая находится на Кирочной улице. Там назначена встреча. День встречи — двадцатое число.

— Июня, надо полагать?

— Вот именно. Время — двадцать часов. Проще говоря, восемь вечера.

— А одиннадцать, это что?

— Одиннадцатый номер.

Костин засунул письмо обратно в конверт. Затем, взяв со стола клей, аккуратно подклеил клапаны.

«Аристократическая монархия Вильгельма I и Бисмарка могла поддерживать дружбу с Россией. Демагогическая монархия Вильгельма II обязана поддерживать Австрию. Общественное мнение стало весомым фактором в определении германской внешней политики, и оно стало более воинственным, чем мнение прусских юнкеров...»

В городе была белая ночь, но воздух казался мутным. И из-за этого мутным казалось все вокруг: люди, дворцы и жилые дома на берегах Мойки.

— Сегодня с утра какой-то странный туман. От этого весь день грустно, делать ничего не хочется и не хочется думать о том, что все грубее вторгаются в нашу жизнь внешние обстоятельства.

— Это все дым.

— Какой дым?

— Слышите, гарью тянет?

Сабурова подошла к парапету и, обеими руками опершись на него, прислушалась.

— Откуда же дым?

— За городом торфяники горят.

— Кто-то поджег?

— Нет, сами загорелись. В жару это часто бывает.

Возле здания почты Костин остановился, вынул из кармана письмо и опустил его в почтовый ящик. Адрес на конверте был тот, который он прочитал в комнате перлюстрации: *Линейная ул., дом 8. Г-же Карнауховой.*

— Я был неправ, когда в кинематографе попросил вас снять шляпку. Она вам очень идет, — сказал он.

— Я очень люблю красивые шляпы, но не люблю комплиментов. Они, по-моему, унижают женщину.

— Это не комплимент. Это констатация факта... Я человек наблюдательный.

Сабурова остановилась.

— Сейчас проверим вашу наблюдательность... Вы в карты играете?

— Редко, но бывает.

— У меня с собой колода. Ольга просила ей погадать.

Порывшись в сумочке, она достала игральную карту и, повернув ее рисунком к себе, спросила:

— Помните рисунки на рубашках?

— Да.

— Вот у меня туз бубен. Что на нем изображено?

— Птица на гнезде.

— И что она делает?

— Кормит птенцов.

— А какая птица?

— М м-м... Аист?

— А вот и нет! Пеликан.

Вскоре они подошли к подъезду красивого каменного дома. Два фонаря горели над подъездом.

Сабурова посмотрела вверх и сказала:

— Свет в квартире потушен. Муж уже спит.

— Не дождавшись вас?

— У него был трудный день. Он — член Государственной Думы. У них сегодня проходило заседание комитета... До свидания! Спасибо, что проводили.

Вскоре Костин отпер дверь и вошел в свою квартиру. В комнате звонил телефон.

— Алё!

— Вы сейчас один? Без женщины?

— Послушайте, Луиза...

— Не сердитесь на меня! Конечно, как мужчина вы мне нравитесь, и я хотела бы, чтобы у нас были другие отношения, более близкие. И я не хотела бы брать у вас деньги. Но что делать? Такова жизнь.

— Зачем вы звоните?

— Вот послушайте! — Музыка из шкатулки заиграла в телефонной трубке. — Слышите?.. В детстве на Рождество мы всегда пели эту песню.

— Спокойной ночи, Луиза.

— Пожалуйста, не вешайте трубку! Я хочу вам сказать... Сегодня Штромбах сказал, что увольняет меня.

— Почему?

— Не знаю. По-моему, он о чем-то догадывается... Теперь я больше не буду вам нужна. Я никому не буду нужна... Никому!.. Постойте, кажется, в дверь звонят... Да, так и есть... Я вам перезвоню... Нет, лучше вы мне...

Шкатулка еще продолжала играть, когда, положив трубку и на голое тело накинув халат, Луиза пошла открывать дверь.

На пороге стоял человек, которого она давно знала, но в этот вечер никак не ожидала увидеть.

Костин подошел к окну. Шумел дождь. Он посмотрел на часы, затем снял трубку.

Луиза не ответила.

По улице проехал автомобиль. Свет фар скользнул по шторам и пропал.

Вскоре автомобиль остановился на берегу Невы.

Она была спокойной, но чужой. Вода блестела в свете луны.

Человек вытащил из автомобиля узел с вещами и швырнул его в реку.

Она отозвалась негромким всплеском.

Вынув музыкальную шкатулку, он и ее собирался бросить в воду, но в последний момент передумал и, убрав в карман, сел за руль.

Автомобиль отъехал от берега и вскоре скрылся в бледном дыму где-то горевших торфяников.

18 июня (1 июля)

«Россия является великой цивилизованной страной. В пределах своих границ она обладает несравненными по богатству, разнообразию и множеству ресурсов. Ее народ честен, миролюбив и нормально трудолюбив. Ее плодородные земли способны производить зерна в количестве достаточном, чтобы гарантированно прокормить ее нынешнее население, а скот может давать мясные товары, достаточные и для всей Европы; ее прибрежные воды изобилуют рыбой; у нее самые обширные в мире леса; она в изобилии имеет все основные минералы и металлы, включая уголь, железную руду, медь, золото, серебро, цинк, олово, свинец, платину и нефть... Возможно, самой большой проблемой России в будущем будет ее способность к организации. Во всей многотомной массе дискуссий в русских делах доминирующей нотой является следующая короткая фраза: "Русский народ страдает отсутствием способности к эффективной организации"».

Ранним утром молодой, но очень уверенный следователь в казенном кителе говорил Костину:

— Вы ошибаетесь, капитан. Всё указывает на то, что девушку задушили с целью ограбления. Вещи разбросаны — значит, искали деньги и ценности. Вся верхняя одежда исчезла. Окно разбито. Значит, залезли через окно. Это третий этаж, но рядом пожарная лестница.

Глава первая. Демон

— Почему вы думаете, что стекло разбили снаружи? — Костину следователь не нравился: шпарит прямолинейно, как по учебнику. — Вы еще очень молоды и не догадываетесь, что не всегда картина преступления открывается сразу и во всех деталях. Между тем еще первый шеф российской контрразведки Владимир Николаевич Лавров говорил: «В нашем деликатном деле далеко не все согласуется с написанным на книжных страницах...»

— О чем говорил Лавров, я не знаю. Возможно, он все верно говорил. Но не про этот случай. Тут ведь все очевидно. Сами видите: осколки стекла просыпались в комнату, а не во двор, — настаивал следователь. — Просыпались бы во двор, то тогда было б ясно, что стекло били из комнаты, а то ведь нет, все осколки на полу.

Осколки и в самом деле тускло проблескивали на паркете. И все, что ни было в комнате, перевернуто. Дверцы шкафа раскрыты, ящики из комода выдвинуты. Ясно, что убийца что-то искал. Однако трудился он вряд ли с целью ограбления.

Костин залез на подоконник и открыл форточку. Внизу был узкий двор, каких много в Петербурге. Он просунул в форточку руку в перчатке и резким, точным движением разбил стекло во второй половине окна. Осколки посыпались внутрь комнаты.

— Вот так это делается, — произнес он, спрыгнув на пол. — Кроме того, всю ночь шел дождь. А где следы от грязных подошв на подоконнике?

Следователь тоже выглянул в окно, затем нагнулся над подоконником и провел по нему пальцем.

— Действительно нет... Странно.

— Ничего странного. Она сама впустила убийцу в квартиру. Видимо, хорошо знала его. А он не хотел, чтобы мы с вами это поняли... Поищите отпечатки пальцев.

— Вы кого-то подозреваете?

Не ответив, Костин присел на корточки и подозвал осиротевшую кошку:

— Амалия, Амалия! Иди ко мне! Кс-кс...

Она подошла. Он подхватил кошку на руки и встал.

В тот же день

Навстречу Штольцу из подъезда дома 8 на Литейной улице вышла солидная старуха в длинном черном пыльнике и с французской белой собачкой на поводке. Собачка облаяла Штольца. Тот воспринял это хладнокровно. Когда старуха с собачкой ушли, он у дворника, имевшего, согласно служебному положению, бляху на груди, спросил:

— Ваш участок?

— Мой. А что?

Штольц предъявил документы. Дворник, придирчиво их изучив, вернул Штольцу.

— Что-то я не пойму, кто вы такой будете.

— Считайте, что я из Охранного. Госпожа Карнаухова здесь проживает?

— Она же вам сейчас навстречь попалась. С собачонкой-то... Позвать?

— Не надо. Кто она такая?

— Вдова офицерская.

— Одна живет?

— С прислугой.

— А родня есть? Кто-то у нее бывает?

— Вот не скажу. Не примечал.

— Ладно...Что я про нее спрашивал — никому.

— Будьте покойны. Не первый год в дворниках.

У себя дома Костин выпустил кошку на пол.

Она медленно пошла по комнате, обнюхивая ножки стола. Костин тем временем говорил в телефонную трубку:

— Господин Мардарьев?.. Капитан Костин. То письмо, которое вы мне передали, должно быть доставлено по адресу... Да.

20 июня (3 июля)

«В 1914 г. Германия производила 17,6 млн.т. стали — больше, чем Россия, Британия и Франция, вместе взятые. Германский "Сименс" доминировал в европейской электротехнической промышленности, "Байер" и "Хехст" производили 90 процентов мировых красителей. Угля Германия добывала в 1914 г. 277 млн. т., тогда как Россия 36 млн., а Франция — 40 млн. т. Германия стала посягать на континентальное преобладание не только в экономическом, но и в военном и политическом отношении. Военный бюджет Германии достиг в 1914 г. 442 млн. долл. против 324 млн. у России и 197 млн. у Франции».

Костин и Штольц сидели на диване в углу вестибюля гостиницы «Русь». С дивана они могли наблюдать за входом, при этом оставаясь незамеченными.

— Водички сельтерской не желаете?

— Давайте, — согласился Костин.

Хозяин ушел за сельтерской.

— Как вы думаете, Сергей Павлович, что сейчас делает майор Штромбах? — спросил Штольц.

— Он едет на извозчике на встречу со своим помощником.

— Откуда вы знаете?

— Цокот копыт по каменной мостовой слышу, — улыбнулся Костин.

— А если серьезно?

— А если серьезно, то ждать надоело.

Настенные часы пробили без четверти восемь.

— У меня к вам нижайшая просьба...

Хозяин, раскупоривая бутылки с водой, стоял рядом.

— Ну, говорите.

— Нельзя ли без шума? А то всех постояльцев распугаете. У меня их и так-то немного.

— Тараканов выведите, будет больше, — сурово посоветовал Костин.

— Так разве их выведешь. Весь город заражен. Не помогают даже немецкие средства.

Тем временем Штромбах, приказав извозчику остановиться и ждать, вошел в полутемный подъезд и тут же вышел из него через черный ход. Затем он пересек двор и оказался на соседней улице.

Вдали был виден автомобиль. За рулем со шкатулкой Луизы в руке сидел Ригерт. Шкатулка играла рождественскую песенку. Тихая и святая ночь, рождественская елка, нарядно одетые дети, кайзер в загнутых кверху усах. Он еще в 1912 году указал причины будущей схватки: «жалкая зависть» и «боязнь обретаемого нами (немцами) могущества».

Лицо Ригерта затуманилось воспоминаниями о рождественской елке, детях и мыслями о кайзере.

— *Тихая ночь, святая ночь*, — произнес Штромбах, садясь на сидение. — Прекрасные слова и музыка замечательная.

Ригерт мгновенно очнулся.

— Вы как-то очень тихо подошли.

— Зачем шуметь? Да и вы были очень увлечены.

Ригерт убрал шкатулку в ящичек на панели.

— Эта музыка священна для каждого немца, — с пафосом сказал он.

— Ладно, поехали.

Ригерт завел мотор.

— Слышали про Луизу? — проехав несколько кварталов и свернув на Литейный, спросил Ригерт.

— Нет. Что с ней?

— Ее убили.

— Когда?

— Вчера ночью.

— Кто это сделал?

— Откуда я знаю? Кто-то залез в окно, чтобы ограбить квартиру. К несчастью, она оказалась дома.

— Остановите машину! — внезапно приказал Штромбах. Ригерт затормозил.

— В чем дело?

— Я знаю, это вы ее убили, — тихо произнес майор.

— Бог с вами! Это обычное убийство с целью грабежа. Мы ведь в России. Тут обязательно кого-нибудь грабят и убивают. Статистика страшная. В газетах пишут, что за день в Петербурге совершается больше уголовных преступлений, чем в Берлине за месяц.

— Вы маньяк, Ригерт. Маньяк и убийца!.. Завтра же отправлю вас в Берлин.

— Мы опаздываем, — с холодным спокойствием ответил тот. Он надавил на газ. Автомобиль тронулся.

Алина Горская в приятной красной шляпке, желтом платье и с черным служебным портфелем в руке вошла в вестибюль.

— Горская! — потрясенно прошептал Штольц. — Я видел ее в фильме «Демон». Она играла Тамару.

Актриса подошла к стойке, оглянулась и никого не увидела, кроме двоих, которые сидели на диване и что-то пили из стаканов.

— Кажется, я где-то видела одного из этих двоих....

Хозяин перегнулся через стойку и, поглядев в ту же сторону, сказал:

— Вы не ошиблись, мадам. Эти двое шведов живут здесь второй месяц. Каждый день сидят на диване и сельтерскую пьют. Один из них известный предприниматель.

— А другой?

— Тоже предприниматель, но менее известный.

Поговорив с хозяином, Горская взяла у него ключ и скрылась в коридоре первого этажа.

Как только она скрылась, хозяин, делая большие глаза, поднял вверх две растопыренные пятерни, потом еще один палец.

— Пошла в одиннадцатый номер, — сказал Костин. — Похоже, что и друг наш майор на подходе.

Часы на стене пробили восемь раз. Послышался шум мотора. Возле гостиничного крыльца остановился автомобиль. Из автомобиля вышел Штромбах. Ригерт остался за рулем.

— Вот это точность! — тихо сказал Костин.

Штольц положил руку ему на плечо.

— Не нервничайте, Сергей Павлович. Выпейте водички.

— Я уже выпил, — машинально произнес Костин, наблюдая, как Штромбах уверенно пересек вестибюль и углубился в коридор первого этажа. Хлопнула дверь.

— Ну, с Богом! — Костин с силой сжал запястье Штольца. — Но только не стреляйте. Это приказ.

Они встали и направились по коридору вслед за Штромбахом. Хозяин гостиницы бежал рядом.

— Умоляю, господа, потише. Прошу вас очень, только без скандала, только без скандала...

Костин дернул дверь одиннадцатого номера. Она была заперта. Он постучал.

Штольц достал револьвер. Какая-то женщина, выглянув из своего номера и увидев молодого человека в круглых очках и с револьвером, громко завизжала. Хозяин гостиницы шагнул к ней и, сделав страшные глаза, зловеще шепнул:

— Заткнитесь, мадам!

Женщина смолкала и, прижав ладони к щекам, пропала за дверью своего номера.

А по ту сторону двери одиннадцатого номера майор Штромбах, услышав дамский визг, припал глазом к замочной скважине.

И увидел круглые очки и револьвер, направленный прямо на дверь.

Мгновенно отпрянув, он распахнул окно, схватил принесенный Горской портфель и вышвырнул его во двор. Затем, бесшумно закрыв окно, одернул пиджак и открыл дверь.

— Я секретарь германского посольства Штромбах. В чем дело?

— Где портфель? — спросил Костин.

— Какой портфель?

— Госпожа Горская!

Алина с искаженным лицом стояла у стены.

— Вы пришли сюда с портфелем?

— Вам показалось, — ответил за Горскую Штромбах. — Не было тут портфеля.

— Ну так уж и не было!

Окно распахнулось. Портфель, влетев в комнату, упал на пол. Из него высыпались топографические карты. В окне появилась голова Стрельникова:

— Нехорошо, господин майор. Зачем вводить в заблуждение? Мы ж ведь на государевой службе, а не в кегли играем.

В вестибюле Штольц и Стрельников усаживали Горскую на диван.

— Клянусь, я ничего не знала! Клянусь! — плача, повторяла она. — Я не понимаю карт. Я их не знаю! Меня попросили!

В то же время Штромбах и Костин сидели в креслах в одиннадцатом номере и молчала глядели друг другу в глаза.

— Это вы убили Луизу? — первым нарушил молчание Костин.

— Нет. Слово германского офицера.

— А кто же тогда?

— Я не знаю.

Некоторое время они опять молча смотрели в глаза друг другу.

— Россия и Германия оказались в разных лагерях, но это трагическая ошибка, — сказал вдруг Штромбах. — Скажите честно, что вам ближе? Германская твердость или французское непостоянство? Торгашество англичан или рыцарство тевтонов?

Костин не ответил.

Через минуту Штромбах с каменным выражением вышел из дверей негостеприимного отеля и направился к своему автомобилю.

Костин и Штольц вышли следом за ним.

Не оглянувшись, Штромбах сел на заднее сиденье и с силой захлопнул за собой дверцу.

Этот хлопок заставил музыкальную шкатулку вздрогнуть и доиграть оставшийся в ней завод.

Ригерт завел мотор.

Костин бросился к автомобилю.

— Заглушите мотор!

— А в чем, собственно, дело?

Костин правой рукой открыл ящичек на панели и достал оттуда шкатулку.

— Знакомая вещица...

Ригерт дал газ. Автомобиль сорвался с места. Костин едва успел отскочить в сторону.

Штольц выхватил револьвер и, сжав рукоятку обеими руками, дважды выстрелил по колесам. Автомобиль пошел зигзагом по мостовой, вылетел на тротуар и, уткнувшись радиатором в стену дома, заглох.

— Извините, господин Штромбах. — Костин распахнул дверцу. — Вам придется взять извозчика или идти пешком. Ваш шофер арестован.

— За что?

— За убийство Луизы Коппель.

— Клянусь, я ничего не знала! — всхлипывала Горская, комкая в руках платок. — Петя велел мне передать портфель и взять деньги. Я думала, это коммерция.

— Она и есть, — заметил Стрельников.

— Коммерция международного масштаба, — добавил Штольц.

—Значит, ваша настоящая фамилия — Карнаухова? — сказал Костин.

— Д- да.

— А крестили вас как?

— П-пелагеей... Алина Горская — это для кино. Наш режиссер придумал.

— На Линейной улице живет госпожа Карнаухова. Кто она вам?

— Это моя тетка.

— Почему получали письма на ее адрес?

— Я живу в номерах, там почта часто пропадает. А Петя не хотел, чтобы ему писали домой. У него жена ревнивая. Все письма вскрывает.

—А вы не вскрывали?

— Что вы! Если бы Петя заметил, он бы меня сразу бросил.

— Ладно. Поехали.

— В Кресты?

— Нет, сначала к вашему Пете.

Автомобиль ехал по улице. Рядом с Костиным сидел Штольц. На заднем сиденьи — бледная, как-то вдруг постаревшая Горская и строгий Стрельников.

— Штольц, вы где научились так метко стрелять? — спросил Костин.

— В жандармском управлении, — ответил Штольц.

— Там еще, кажется, учат фотографировать.

— Нет, Сергей Павлович, этому там не учат.

— Почему?

— Искусство, говорят, слишком тонкое. Я вот свою родную улицу несколько лет подряд фотографирую. С одной точки, но в разное время года. Зимой, весной, летом, осенью. Потом я на эти фото смотрю и вижу, знаете, что?

— Как летит время?

— Да, я вижу, как оно летит. И быстро все вокруг изменяется. Улица вроде бы та и в то же время... какая-то не та.

— Вы мне эту вашу серию не показывали.

— Как-нибудь обазательно покажу.

— А пока покажите другую фотографию. Но не мне, а даме. Я этот снимок уже видел.

Штольц достал фотографию, на которой Пелагея Карнаухова была изображена в костюме кавказской Тамары из «Демона».

— «*Моему верному рыцарю Володе Зеневичу от Алины Горской*», — вслух прочитал он надпись под фотографией, затем, показывая фото Горской, сказал:

— Мы нашли этот снимок на квартире Зеневича.

— Что с ним?

— Он повесился. На брючном ремне.

— Боже мой! Почему?

— Чтобы на следствии случайно не всплыло ваше имя. Он любил вас.

— Дурачок! Сам виноват. Придумал сделать из этой съемки видовую картину. Ее показывали в Демидовском саду, мы с Петей пошли ее посмотреть. Потом Петя заказал копию и попросил меня передать ее одному человеку. А я перепоручила это Володе.

— Хороший у вас Петя!

— Я люблю его.

— Чего же тогда он вас впутывал в свои дела?

— Он же офицер. Офицеры не должны заниматься коммерцией. А жалованья не хватает.

— А кому хватает? — вставил Стрельников.

— Ах, почему меня все обманывают! Почему? — всхлипнула Горская. — Все мужчины меня всегда обманывают!..

Глава первая. Демон

Она все еще, всхлипывая и комкая платок, продолжала настаивать на коварном мужском обмане, когда автомобиль остановился возле массивной застекленной двери кинематографа «Лотос».

— Покарауль ее, — тихо приказал Костин Стрельникову. — За звезду головой отвечаешь.

— Так точно, вашбродь!

Из зрительного зала доносились звуки фортепьяно. В буфете сидел Ефимов. За стойкой, поставив локти на нее и подперев щеки кулаками, скучал буфетчик. В стороне в голубом летнем платье стояла таперша Таня.

— Вы? — удивился Ефимов, увидев Костина.

— Ну, не тень же кронпринца.

— Почему? Теперь время теней. Что случилось?

— Я к господину Рогову.

— По какому, простите, делу?

— По личному.

— Подождите, недолго осталось, — сказал Ефимов. — Пусть уж докончит.

— Что показывают?

— «Демон». Рогов силу духа на инструменте хорошо передает.

— А на экране, полагаю, Алина Горская в роли царицы Тамары.

— А-а, вы видели фильму!

— Да, видел... Очень хорошая фильма. Перед глазами до сих пор стоит: вот Горская подходит к оконцу своей монастырской кельи... Внезапно в ночи за оконцем вспыхивает неземной свет...

Костин прислушался к музыке, доносившейся из зрительного зала:

— И в самом деле хороший у вас тапер.

— Да-а, талант, большой талант!

— Ему бы с гастролями по Европе... Париж, Женева, Копенгаген, Брюссель...

— Он мог бы и с гастролями. Да вот отец в консерваторию не пустил. Отдали его в военное училище, так и тянет армейскую лямку. Зато уж вечерами — сюда. Надо же где-то человеку душу отвести.

— Служит-то он где?

— В Корпусе военных топографов.

— Карты рисует?

— Их, и довольно ловко.

— А на инструменте играет только у вас?

— Само собой. Деньги вложил, ну и болеет за дело. Тут половина акций моя, половина — его.

Тем временем Таня за спиной Костина тихо вошла в зрительный зал. Она подошла к Рогову и, нагнувшись к нему, зашептала:

— Петр Семенович, там вас спрашивает этот, с перчаткой. Помните?

Тапер продолжал играть. На экране сторож в монашеской рясе шел вдоль стены монастыря. Светила луна.

— ...Ну, тот, который давеча драку затеял...

Тапер ударил по клавишам. Одновременно сторож-монах ударил в колотушку.

— ...Идите к нему, я за вас доиграю.

Тапер поднял обе руки.

Таня опустила обе руки на клавиши и подхватила мелодию.

— А вот это уже не он, — прислушиваясь, сказал в буфете Ефимов.

— А кто? — спросил Костин.

— Это Танюша. Она за инструмент села. Звук другой.

Костин быстро встал и бросился к наружной двери. Он выбежал на улицу как раз в тот момент, когда сидящая в автомобиле Горская закричала:

— Петя! Петя! Беги!

В следующую секунду Стрельников зажал ей рот и приказал:

— Молчать!

Горская стала вырываться.

Костин остановился, вытащил револьвер и поймал на мушку убегавшего Рогова. Отведя дуло чуть в сторону, он выстрелил.

Пуля высекла синие искры из булыжника и со шмелиным звоном отскочила от камней.

Какая-то тень метнулась в подворотню. Чье-то лицо показалось в окне, но сразу исчезло.

Рогов остановился и, медленно повернувшись, поднял руки.

Потом автомобиль ехал по вечерней улице Петербурга. Горели фонари. За окнами ресторанов играла музыка. Рядом с Костиным сидела Горская, сзади между Штольцем и Стрельниковым — Рогов.

— Послушайте, капитан...

— Слушаю, господин тапер.

— Вы же отлично понимаете, что моя вина — чисто теоретическая.

— В каком смысле теоретическая?

— Немцам эти карты все равно не пригодятся. Зря только деньги на них тратят.

— Почему это?

— Потому что русские прусских всегда бивали. Пусть только сунутся! Это нам надо их картами запасаться. Вы согласны со мной?

Костин не ответил.

Он мысленно видел подробности событий этих пяти дней — и господина с саквояжем, и газетчиков на Невском, и Луизу, и Сашу Нестеровского, и Мишу, и Лёлю Сабурову...

Затем перед его мысленным взором оказался зрительный зал кинематографа «Лотос».

На экране была ночь. Монах-сторож шел под стенами монастыря. Таня читала вслух:

> *В то время сторож полуночный,*
> *Один вокруг стены крутой,*
> *Свершая тихо путь урочный,*
> *Бродил с чугунною доской.*

Сторож шел вдоль монастырской стены и мерно бил в чугунную доску. Лицо его было сурово.

Таня на рояле изображала этот тревожный звон.

Вскоре автомобиль выехал на набережную одного из каналов.

Луны не было. Над темной водой плыл не то дым, не то туман. «Это, — подумал Костин, — все потому, что торфяники за городом некто не силах потушить...»

22 июня (5 июля) 1914 года

«В воскресенье 22 июня австрийский посол в Берлине передал германскому императору в личной аудиенции письмо императора Франца-Иосифа и меморандум австрийского правительства по сараевскому делу. Император Вильгельм заявил, что Германия ни при каких обстоятельствах не откажется от поддержки Австрии, даже под угрозой войны с Россией».

27 июня (10 июля)

«...посещение государем Петербурга было для присутствия на двух закладках: новых казарм лейб-гвардии Конного полка и нового здания для выставок, рядом с Музеем императора Александра III; здание это воздвигалось по проекту ректора Академии Л.Н. Бенуа — строителя варшавского православного собора, варварское разрушение которого ныне истолковывалось необходимостью для Варшавы "стереть со своего лица позоря-

щее клеймо засилья" (как о том вещали распространявшиеся летучки)».

С 28 июня по 30 июня (с 11 по 13 июля)

«Газеты этих дней были заняты двумя сенсационными событиями: первым было печальное известие из Белграда о том, что наш посланник при сербском короле гофмейстер Н.Г. Гартвиг скоропостижно скончался у своего австро-венгерского коллеги после нескольких глотков предложенного ему кофе; вторым было ранение Распутина в селе Покровском Тобольской губернии. Покушение было произведено приехавшею из Царицына поклонницею Илиодора, вонзившею кинжал в живот Распутина. Известие это вызвало большой переполох среди почитателей так называемого "старца". Столичная и провинциальная печать в течение нескольких дней пополняли отдел телеграмм подробными сообщениями о состоянии здоровья Распутина».

1 (14) июля

«...царская семья пошла на "Штандарте" в шхеры на очень короткий строк ввиду предполагавшегося 7 июля приезда в Петергоф президента Французской Республики».

7 (20) июля

«Президент Пуанкаре прибыл в Кронштадт в 2 часа дня на броненосце "Ла Франс"».

Глава вторая

ЧЕРНЫЙ ГОЛУБЬ

7 (20) июля 1914 года

«В продолжении нескольких минут рейд оглашается громким шумом: выстрелы из пушек эскадры и сухопутных батарей, ура судовых команд, марсельеза в ответ на русский гимн, восклицания тысяч зрителей, приплывших из Петербурга на яхтах и лодках и т. д.

Президент республики подплывает, наконец, к "Александрии", император встречает его у трапа. Как только представления окончены, императорская яхта поворачивается носом к Петергофу.

Сидя на корме, император и президент тотчас же вступают в беседу, я сказал бы скорее — в переговоры, так как видно, что они говорят о делах, что они взаимно друг друга спрашивают, что они спорят. По-видимому, Пуанкаре направляет разговор. Вскоре говорит он один. Император только соглашается; но все его лицо свидетельствует о том, что он искренно одобряет, что он чувствует себя в атмосфере доверия и симпатии.

Но вскоре мы приплываем в Петергоф. Сквозь великолепный парк и бьющие фонтаны воды, любимое жилище Екатерины II показывается на верху длинной террасы, с которой величественно ниспадает пенящийся водопад.

Глава вторая. Черный голубь

Наши экипажи скорой рысью поднимаются по аллее, которая ведет к главному подъезду дворца. При всяком повороте открываются далекие виды, украшенные статуями, фонтанами или балюстрадами. Несмотря на всю искусственность обстановки, здесь, при ласкающем дневном свете, вдыхаешь живой и очаровательный аромат Версаля.

В половине восьмого начинается торжественный обед в зале императрицы Елизаветы. По пышности мундиров, по роскоши туалетов, по богатству ливрей, по пышности убранства, общему выражению блеска и могущества, зрелище так великолепно, что ни один двор в мире не мог бы с ним сравниться. Я надолго сохраню в глазах ослепительную лучистость драгоценных камней, рассыпанных на женских плечах. Это — фантастический поток алмазов, жемчуга, рубинов, сапфиров, изумрудов, топазов, бериллов, поток света и огня.

В одиннадцать часов составляется шествие. Император провожает президента Республики до его покоев.

Там Пуанкаре задерживает меня в течение нескольких минут. Мы обмениваемся нашими впечатлениями, которыми мы оба вполне довольны.

Возвратясь в Петербург по железной дороге в три четверти первого, я узнаю, что сегодня, после полудня, без всякого повода, по знаку, идущему неизвестно откуда, забастовали главнейшие заводы, и что в нескольких местах произошли столкновения с полицией. Мой осведомитель, хорошо знающий рабочую среду, утверждает, что движение было вызвано немецкими агентами».

Стая голубей кружила высоко в небе над белесой широкой Невой.

Из окна комнаты на третьем этаже здания Окружной разведки на голубей смотрели Костин, Штольц и Стрельников.

— Опасные птички, — внимательно наблюдая за полетом, сказал Костин.

— Чем же опасные, вашбродь?

— Если начнется война, немецким агентам в Питере они ох как пригодятся.

— Наверняка, Сергей Павлович. Я в энциклопедии прочитал, что от Петербурга до Берлина хороший голубь долетит меньше чем за сутки, — заметил Штольц.

— А не подстрелят такую красоту? — сказал Стрельников. – Они на вид-то — ангелы!

— Ну так уж и ангелы!

— А чего, Карл Иванович? — Стрельников вздохнул, глядя на то, как изящно кружатся в солнечном блеске голуби. — Чисто ангельские создания. Светлые!.. У Господа нашего что самое любимое? Две птицы — ласточка да голубь.

— Боюсь, что у Господа нашего одни птицы в любимцах так и останутся, — произнес Костин. — Люди куда-то повыпадали.

В комнате зазвонил телефон. Костин снял трубку.

— Так... Ну и что?.. Так мы... Мы — контрразведка, а не политический сыск... Да... Так... Что?.. Вот это уже другое дело. Давайте адрес.

Положив трубку, он посидел в молчании и двум его помощникам сказал:

— Звонили из полиции. Странная какая-то история. Шел вчера вечером молодой человек по улице, вошел через подворотню во двор и остановился возле голубятни. Стал хлебом кормить голубей. Кормит их и ласково им говорит: гули-гули. Подходит к нему другой человек, постарше. «Ты что же это делаешь? — спрашивает. — Ты чего им крошишь?» — «Сайку, — отвечает молодой человек. — Чего им от сайки сделается? Куры же клюют, и ничего». — «Сравнил! У куры кишок на аршин, а у голубе двух вершков не наберется. У него из всех птиц кишочки самые коротенькие. Хлеб в них провариться не успевает... Потом они сейчас на твои крошки нагадят и клевать не станут.

А мышей привадишь. Будут у них корм таскать. Голубей надо не в голубятне кормить, а на лотке». И показывает молодому человеку лоток, где надо голубей кормить. Потом вдруг подозрительно щурится: «Что-то я тебя тут раньше не примечал». А молодой человек ему и говорит: «Я новый жилец».

— И все? — после паузы спросил Штольц и посмотрел на Костина с недоумением.

— Ну что вы, подпоручик. Конечно, не все. Думаю, что всего мы долго не узнаем.

Было в Санкт-Петербруге раннее утро. На дальних и ближних заводах — гудки. В трамвае у окна сидел какой-то бледный господин и зевал.

Штольц и Стрельников вышли из трамвая и пошли по мощеной булыжником улице.

— Дом номер девять? — спросил Штольц.

— Девятый, Карл Иванович. Фасадом в переулок.

Затем они в сопровождении пожилого сутулого дворника шли по двору, где висело на веревке белье и находилась та самая голубятня, о которой сообщили Костину из полиции.

— Я его вчера сразу признал, — рассказывал дворник. — Смотрю — мать честная! Это же Чарный!

— А не обознался? — с сомнением спросил Стрельников, подозревая, что дворники имеют склонность часто путать и преувеличивать.

— Не сомневайтесь! Я раньше на Выборгской дворничал, он тогда там жил. Такой тихий с виду, даже робкий. Потом уж объявления с портретом на столбах расклеили, смотрю — мать честная! Эсэр, как на портрете!

— Я по картотеке уточнил, — заметил Штольц. — Он у эсэров адскими машинами заведовал.

— Вот-вот, — поддержал дворник. — Главный он у них по этим машинам, прости Господи! А вчера вон там голубей кормил. — Дворник показал рукой туда, где за сеткой белели «ангелы». — Потом к нему Лобов подошел.

— Кто такой?

— Хозяин голубятни.

Они вошли в подъезд. На лестнице дворник предположил:

— Поди, спит еще. Стало быть, тепленького, с диванчика и возьмем.

На площадке, освещенной скупым светом из круглого оконца под потолком, Штольц вынул револьвер и позвонил в дверь.

Ему никто не открыл.

Он еще раз позвонил, потом приложил ухо к двери.

По ту ее сторону была тишина.

— Затаились, — шепотом сказал Штольц, — но ничего — втроем вышибем.

— Не надо вышибать, Карл Иванович. Так, может, откроется.

Стрельников взялся за ручку. Дверь с тихим скрипом отворилась внутрь.

В комнате, на полу, привалившись к стене, сидел темноволосый человек лет двадцати пяти. Глаза его были открыты. Рубашка на груди испачкана кровью.

Штольц, Стрельников и дворник склонились над убитым.

— Точно, он, — всмотревшись, констатировал Штольц.

— Кто, Карл Иванович?

— Чарный.

Стрельников обернулся к дворнику.

— Чего стоишь?

— А чего делать?

— Дуй в полицию!

Тот, однако, не дунул, а медленно направился к двери.

— Обожди.

Дворник остановился.

— У кого тут телефон есть? — спросил Штольц.

— Пойдемте... Я покажу.

Они вышли на площадку.

Стрельников остался в комнате. Оглядев творившийся в ней беспорядок, но ни к чему не прикоснувшись, он, осторожно ступая, подошел к окну.

Оно было открыто.

Он посмотрел вниз и увидел, что возле голубятни стоит какой-то невысокий человек и смотрит вверх.

— Эту квартиру нанимает мещанка Зайцева, — говорил Штольцу дворник. — Но она здесь не живет, сдает в поднаем студентам. Ей так выгоднее.

— А сама где проживает?

— На Обводном. Сейчас я за ней мальчишку пошлю.

Они спустились по лестнице. Дворник указал на одну из дверей:

— Вот тут у Гвоздевых телефон. На той недели установили...

Штольц повернул рукоятку звонка.

9 (22) июля

«По знаку императора пушечный залп дает сигнал к вечерней молитве. Музыка исполняет религиозный гимн. Все обнажают головы. Унтер-офицер читает громким голосом "Отче наш": тысячи и тысячи людей молятся за императора и за Святую Русь. Безмолвие и сосредоточенность этой толпы, громадность пространства, поэзия минуты, дух союза, который парит над всем, сообщают обряду волнующую величественность.

Из лагеря мы возвращаемся в деревню Красное Село, где великий князь Николай Николаевич, командующий войсками гвардии и петербургского военного округа, предполагаемый верховный главнокомандующий русских армий, дает обед президенту Республики и чете монархов.

Три длинных стола поставлены под полуоткрытыми палатками около сада в полном цвету. Клумбы цветов, только что политые, испускают в тепловатом воздухе свежий растительный запах, который приятно вдыхать после этого жаркого дня.

На обеде я сижу слева от великой княгини Анастасии. И дифирамб продолжается, прерываемый предсказаниями: "Война вспыхнет... от Австрии больше ничего не останется... Вы возьмете обратно Эльзас и Лотарингию... Наши армии соединятся в Берлине... Германия будет уничтожена"... Затем внезапно:

— Я должна сдерживаться, потому что император на меня смотрит...

И под строгим взглядом царя черногорская сивилла внезапно успокаивается.

Когда обед кончен, мы идем смотреть балет в красивом императорском театре при лагере».

Костина разбудил телефонный звонок. Он босиком подошел к аппарату.

— Алё!

В трубке послышался голос Штольца:

— Сергей Павлович, опоздали мы. Вчера надо было за ним ехать.

— За границу ушел?

— Нет, не ушел. Убили его... Стреляли с двух шагов и, по всей вероятности, тот, кто его ждал в квартире.

— Так... убили... Кто он такой, удалось уточнить?

— Чарный. Леонид Чарный. Он по одному делу проходил, когда я еще в Охранном служил.

— Что за дело?

— Информация шла, что эсэры готовят покушение на государя императора. На Чарного человек из их же организации и указал. Но Чарный тогда успел уйти. Скрывался в

Италии, а в последние годы жил в Германии. В Петербург вернулся нелегально.

— Зачем, как вы думаете?

— Не знаю. В этом есть что-то странное. Рисковал ведь, да еще как рисковал.

Костин повесил трубку и стал одеваться.

Тогда же во дворе, возле голубятни стояли Лобов и Стрельников. Лобов не понимал, что от него хочет этот настойчивый господин, сказавший, чего он из контрразведки. Для чего спрашивает об убитом в квартире? Мало ли народа каждый день убивают в столице? Вот на прошлой неделе одну проститутку в соседнем переулке прямо на улице шелковым шнурком задушили. Откуда же знать, кто и для чего? Этого и полицейские наверняка не выяснили.

— Откуда мне знать, кто он таков? — тупо повторил Лобов. — Я его вчера первый раз увидел...

— Ну, предположим, что так... Ты сам-то кем служишь?

— Раньше электрик был. На Путиловском заводе.

— А теперь кто?

— Да никто. Вроде как вольный казак.

— С чего же живешь?

— Вот с их и живу, — кивнул Лобов на голубей.

— На мясо разводишь?

— Да вы что? Такую красоту на мясо... Да и мясной голубь совсем не такой. Он — птица жирная, медленная, не любит летать. А у меня — почтовые.

Лобов открыл дверцу, ловко поймал голубя и показал Стрельникову.

— Сколько, думаете, такой стоит?

— Откуда мне знать.

— Это «брюссельский курьер». За одного такого я десять рублей возьму.

— Хорошие деньги.

— Очень хорошие. На заводе, если в полмесяца столько заработаешь, то, значит, не задаром вкалывал.

Стрельников уважительно взял у бывшего электрика голубя.

— Ну-ка, ну-ка...

— Вы неправильно его держите, — Лобов нахмурился.

— А как надо?

— Вы грудь ему не сжимайте, а то он дышать не может. Берите ближе к хвосту.

Стрельников взял птицу ближе к хвосту и, разглядывая ее, спросил:

— Голубятня зарегистрирована?

— А как же! Я в Русском обществе голубиного спорта состою.

Лобов, обнаружив, что господин из Окружной разведки его внимательно слушает, принялся вдаваться в подробности голубиного спорта в России.

Тем временем Костин в комнате на верхнем этаже осматривал тело Чарного.

— Дверь была не заперта, — говорил Штольц, — и в письменном столе все перерыто. Похоже, что-то искали.

— Когда его застрелили?

— Вчера вечером или ночью.

— Соседи что-нибудь слышали?

— Ничего не слышали. Стены тут, Сергей Павлович, как в крепости — из пушки не прошибешь.

Во дворе Лобов, сев на любимого конька, продолжал с увлечением рассказывать Стрельникову:

— Как голубенок оперится, через шесть недель приучают его летать вокруг голубятни. После — повыше, над домами, чтобы привыкал сверху смотреть. Еще позже увозят в корзинке сперва за версту, потом за две, за десять, и там выпускают. Хороший голубь за восемьсот верст дорогу домой найдет.

— Как это у них так выходит?

— Никто не знает. Тайна сия велика есть.

— Да-а... И быстро они летают?

— Вот эти, — показал Лобов на оставшихся в голубятне «брюссельских курьеров», — четыреста верст часов за десять пролетят. Если сто, так часа за полтора.

В этот момент раздался стук копыт, затем — скрип колес, и Стрельников, обернувшись, увидел, как во двор въезжает пролетка. На кожаном сиденьи, позади опрятного кучера сидели пожилая грузная женщина и темноволосая красивая девушка лет двадцати. Лица у обеих были встревоженные. Стрельников, увидев их, догадался, что грузная женщина — хозяйка квартиры Зайцева, девушка — ее племянница Таня.

Пролетка еще не успела остановиться, как Таня спрыгнула на землю и опрометью бросилась к подъезду.

— Татьяна! Постой! Помоги мне! — закричала Зайцева.

Но за Таней уже закрылась дверь.

Тогда Зайцева обратилась к извозчику:

— Чего сидишь, как истукан?

— А чего?

— Подсоби-ка. Ишь, ресчевокался!

Извозчик нехотя слез с козел и помог ей вылезти из пролетки. Тяжело переваливаясь, она пошла по двору к подъезду, крича на ходу:

— Таня!.. Танюша!

Через минуту Стрельников вошел в комнату, где был убит Чарный. Костин, сидя на диване, курил папиросу. Неподалеку стояла Зайцева, рядом с ней Штольц.

Девушка, приехавшая в пролетке, стояла, отвернувшись к окну. Плечи ее вздрагивали от рыданий.

Кивая на нее, Зайцева говорила Штольцу:

— Всё она. Пусти да пусти его на квартиру.

— Кто она вам?

— Племянница. Родители померли, с пятнадцати лет при мне живет. Угораздило ее спутаться с этим брандахлыстом!

— Тетя, я вас умоляю!

— Она меня теперь умоляет! А что ты от него хорошего видала? Два года не объявлялся. То он в Италии, то в Германии. Турист! А что тебе замуж пора, ему наплевать. И какие у тебя от него подарки есть? Что он подарил тебе за все эти годы? Молчишь? То-то! Хорош жених!

— Тетя!

— Что — тетя? Скажи вот при господах: предупреждала я тебя?..

— Ну, тетя же!

Но Зайцева не унималась:

— Я еще когда первый раз его увидела, говорю ей: он, Танюша, или социалист, или сумасшедший, или то и другое вместе. Такие добром не кончают. И что? Не по моему вышло?

Таня, порывшись в сумочке, достала папиросу и закурила, по-прежнему глядя в окно.

— Курить тоже он ее научил, — сообщила Зайцева.

— Неправда! — не оборачиваясь, сказала Таня.

— Ладно, пусть не он. Пусть на курсах научилась. А на курсы кто тебя послал? Не он, скажешь? Дымите там, как мужики, да аборты делаете. Вот и вся наука.

Костин подал знак. Стрельников со Штольцом стали за ноги и за плечи поднимать тело Чарного, чтобы положить его на диван.

— Стойте, стойте! — побледнев, закричала Зайцева. — Сперва надо что-нибудь подстелить. Крови-то на нем! Всю обивку испоганите.

— Тетя! Прекратите! — вскрикнула Таня.

— А что такого? Обивка новая, я за нее восемь рублей заплатила.

— Молодым-то что? Они деньгам цену не знают, — в свою очередь заметил Стрельников.

— Ну, взяли, Карл Иванович. Спаси Бог душу убиенного!

В следующую секунду тело Чарного оказалось на диване, Зайцева громко выкрикнула про кровь и подстилку, Таня, вышвырнув в окно папиросу, порывисто бросилась к выходу.

Зайцева испугалась и с криком побежала за ней:

— Танюша! Ну прости меня, дуру старую. Танечка! Девочка моя!

Во дворе она остановилась и обняла Таню. В окно Костин, Штольц и Стрельников видели, что Таня плачет у нее на груди.

Через минуту Костин, спустившись во двор, деликатно тронул Таню за плечо.

— Виноват. Хотелось бы поговорить, — сказал он.

— О чем?

— О вашем женихе. Последние годы он жил в Германии. Не знаете, чем он там занимался?

— Нет.

— А зачем вернулся в Россию?

— Чтобы жениться на мне.

— Это единственная причина его приезда?

— Если были другие, мне о них ничего не известно.

— Убит человек, которого вы любили. Вы могли бы честно рассказать все, что о нем знаете. Ему это уже ничем не грозит. Зато может помочь следствию.

— Я ничего не знаю.

— Не знаете даже, что ваш жених был членом партии эсэров?

— Он не посвящал меня в свои дела. Мы просто любили друг друга.

11 (24) июля

«...в семь часов утра звонок телефона внезапно нарушил мой сон; мне сообщают, что вчера вечером Австрия вручила свой ультиматум Сербии.

В первый момент и в том состоянии сонливости, в котором я нахожусь, новость производит на меня странное впечатление неожиданности и достоверности. Событие является мне в одно и то же время нереальным и достоверным, воображаемым и несомненным. Мне кажется, что я продолжаю мой вчерашний разговор с императором, что я излагаю гипотезы и предположения. В то же время у меня сильное, положительное, неопровержимое ощущение совершившегося факта. В течение утра начинают прибывать подробности того, что произошло в Белграде...»

За столом, в полупустом зале библиотеки, неподалеку от окна, сидел брюнет лет тридцати, с резкими чертами лица. Он просматривал городские газеты. Все они описывали визит в Россию премьер-министра Франции Пуанкаре.

Дочитав абзац, в котором приводились подробности поездки высокого французского гостя в Красное Село, брюнет встал и направился к библиотечной стойке.

Там он остановился, затем из пиджака достал и положил на стойку плитку шоколада в коричневой обертке и начал медленно двигать ее по направлению к девушке-библиотекарше — типичному «синему чулку» в больших очках и с мелкими прыщиками на лбу.

Некоторое время она делала вид, что ни брюнета, ни шоколадки не замечает, потом смущенно сказала:

— Это мне?

— Вам.

Она протянула руку, но он быстро отодвинул плитку со словами:

— Если скажете, как вас зовут.

— Елизавета Сергеевна. Можно просто Лиза.

— Я тоже Сергеевич, но Борис, — произнес брюнет.

— Удивительное совпадение!

— А фамилия Лозовский. Это уже без всякого совпадения.

— Ну почему же? Я — Лисовская.

Девушка убрала шоколад под стойку и опустила глаза на лежащую перед ней книжку.

— Хотите, анекдот расскажу? — спросил брюнет.

— Расскажите, — не отрываясь от книжки, согласилась она.

— Значит, негр поймал золотую рыбку...

— Негр?

— Да. Ну, рыбка и взмолилась человеческим голосом: отпусти меня, исполню три твоих желания. Негр подумал и говорит: хочу быть белым — раз, иметь женой белую женщину — два, и жить во дворце — три... Бац! Просыпается он в роскошной постели, под балдахином. Вытаскивает из-под одеяла руку, смотрит — белая. Рядом лежит красавица с молочной кожей. Кругом — дворец. Вдруг входит дворецкий и говорит: вставайте, ваше высочество, пора ехать на маневры в Сараево... Чего не смеетесь? Не поняли?

— Поняла. Негр превратился в эрцгерцога Франца-Фердинанда, и в Сараево его застрелит Гаврило Принцип.

— Что ж не смеетесь?

— Ничего смешного. Из-за этого может начаться война. Да и мораль невеселая.

— Какая же тут мораль?

— От судьбы не уйдешь.

Брюнет придвинулся ближе:

— Верно! Ох, как это верно!.. — И вдруг, оглянувшись на почти пустой зал, зашептал: — Дайте мне номер вашего телефона. Я вам позвоню. Я вам обязательно позвоню...

— Но у меня нет телефона.

— Это неправда.

— Нет, правда.

— Нет, неправда. Вот же у вас телефон, — Брюнет показал на висящий на стене аппарат.

Девушка потупилась.

— Этот номер служебный, по личным делам звонить нельзя на него...

— А если очень нужно?

Она подняла глаза на брюнета и улыбнулась.

— Какой вы упрямый!.. Так и быть, пишите: 18—148.

В то же время в служебном кабинете Костин сидел за столом, под портретом Николая II. Штольц и Стрельников сидели на стульях напротив.

— Вчера австрийцы предъявили Сербии ультиматум, — сообщил Костин. — В нем есть такие пункты, которые сербы принять не смогут. Например, они никогда не согласятся с тем, чтобы войти в состав Австро-Венгрии и потерять независимость.

— На то и расчет, Сергей Павлович.

— Конечно. Но только не со стороны Австрии. Она никогда не решилась бы на это без поддержки Берлина.

— Что же теперь будет? — спросил Штольц.

— То, о чем я давно говорил: война будет.

— Обидно, — сказал Стрельников. — С японцами воевали, теперь вот с австряками. Мы их, понятно, задавим, народ у нас сильный, но... все равно обидно. Люди-то в каком числе полягут.

— Это число потом подсчитают, — сказал Костин. — Теперь же вся корреспонденция в Германию, в Австрию и даже в нейтральные страны будет досматриваться. Останется одна безопасная почта...

— Голубиная?

— Вот именно.

Костин взял со стола листок и, повернув его так, чтобы текст был виден помощникам, пояснил:

— Этот — приказ штаба округа. Нам поручено проверить питерские голубятни. Все они должны быть зарегистрированы. В полиции есть списки.

— Тогда что ж проверять-то, вашбродь? — спросил Стрельников.

— Много чего. Но главное — агентов. Представьте себе, что кто-то из этих агентов, германских или австрийских, привез сюда голубей. Где их станет держать?

— Дома, наверное. Где же еще?

— А в чем?

— Да хоть в чем! В клетке, в корзинке. В ящике с дырками.

— Это если пару недель. А если дольше? Они просто передохнут, и всё.

— Будь я немецкий шпион, — задумчиво сказал Стрельников, — я бы подсадил своих голубей в чью-нибудь голубятню.

— Вот это и нужно проверить. Кто, кого, куда подсадил и в какую голубятню.

Все трое помолчали.

— А как же убийство Чарного? — первым нарушил молчание Штольц.

— Потом. Не до него сейчас.

У чугунных ворот с медной табличкой «ВОЕННОЕ АГЕНТСТВО ГЕРМАНСКОЙ ИМПЕРИИ» на улице стоял автомобиль с блестящими колесными спицами и открытым верхом. Шофер в кожаной куртке, подняв радиатор, копался в моторе.

По тротуару вдоль ограды медленно шел человек. На вид ему было лет тридцать, и одет он был хорошо: в светлые брюки, мягкие бежевые туфли и светлый пиджак. По его убеждению, таким красивым брюнетам, как он, очень идет ходить по улицам во всем светлом. И в этом был прав. За исключением того, что во всем светлом очень идет ходить по улицам не только брюнетам.

Проходя мимо автомобиля, он вынул из внутреннего кармана конверт и незаметно бросил его на заднее сиденье.

И так же неспешно двинулся дальше.

Он свернул за угол, когда пожилой полковник в немецкой военной форме, с усами, загнутыми на концах как у кайзера, вышел из ворот Агентства.

Увидев его, шофер опустил крышку радиатора и распахнул дверцу.

— Опять что-то испортилось? — спросил полковник.

— У этих французских автомобилей вечно что-нибудь не в порядке.

— Английские авто, по-вашему, лучше?

— За рулем английских не сидел. А вы, полковник, обещали к осени купить «Мерседес».

— Вряд ли это удастся.

— Слишком дорогая машина?

— Зачем все переводить на деньги? Просто в ближайшее время я вряд ли буду ездить в автомобиле.

— Почему?

— Я старый кавалерист. Скоро придется пересесть в седло.

Он забрался на сиденье и увидел белевший на черной обивке конверт.

— Откуда это?

— Что?

— Письмо здесь откуда?

— Не знаю.

Полковник, пожав плечами, распечатал конверт и достал из него лист бумаги.

На листе по-немецки было написано:

«Я обладаю информацией, которая будет вам интересна. Завтра или послезавтра можно связаться со мной с 3-х до 6-и часов пополудни по телефону 18—148. Спросить Бориса Сергеевича».

12 (25) июля

«Вчера германские послы в Париже и Лондоне вручили французскому и британскому правительствам ноту, в которой за-

является, что австро-сербская ссора должна быть покончена исключительно между Веной и Белградом. Нота оканчивается такими словами: "Германское правительство горячо желает, чтобы конфликт был локализован, ибо всякое вмешательство третьей державы должно, по естественной игре союзов, вызвать неисчислимые последствия"...

Вернувшись в посольство, я узнаю, что император отдал приказ о подготовке мобилизации в киевском, одесском, казанском и московском военных округах. Кроме того, Петербург и Москва с их губерниями объявлены на военном положении. Наконец, лагерь в Красном Селе, снят и войска с сегодняшнего вечера отосланы обратно на зимние квартиры.

В половине девятого, мой военный атташе, генерал де Лагиш, вызван в Красное Село для переговоров с великим князем Николаем Николаевичем и военным министром, генералом Сухомлиновым».

— Я сбежал со службы, чтобы увидеть вас, — подойдя к библиотечной стойке, признался Лизе Лозовский. — Теперь меня лишат наградных к Рождеству.

— Какая жертва!

— Можно попросить вас об одолжении?

— Нельзя.

— Но это такой пустяк!.. Меня могут хватиться на службе, на всякий случай я им оставил ваш телефон. Если позвонят и спросят Бориса Сергеевича, не откажите в любезности...

— Ладно уж, — смягчилась Лиза. — Позову.

Лозовский сел за стол и раскрыл лежавший рядом журнал.

На развороте была изображена чудовищных размеров пушка. Надпись под фотографией поясняла:

«Если в романе Жуль Верна из такой пушки можно было летать на Луну, то в условиях современной войны — исключительно на тот свет».

В полдень того же дня в квартире на Мойке зазвонил телефон. Нестеровский взял трубку.

— Алё.

— Александр Михайлович, — слышен был голос в трубке, — это Таня Зайцева, с курсов. Я была у вас в семинаре. Помните меня?

— Конечно, Танечка. Как я могу вас не помнить?

— Не могли бы вы со мной встретиться? Мне нужно с вами поговорить.

— Но ведь сейчас вакации.

— Пожалуйста! Мне очень нужно!

— Хорошо, хорошо. Приходите ко мне домой... Скажем, завтра. Устроит?..

Нестеровский повесил трубку и попытался восстановить в памяти, как выглядит Таня Зайцева, но почему-то не восстановил.

А в это время в трех кварталах от Мойки, из-за библиотечной Лиза поманила к себе Лозовского. Тот быстро к ней подошел.

— Это вас спрашивают, — сказала она.

Он, перегнувшись через стойку, взял у нее трубку:

— Борис Сергеевич слушает.

— Слушайте внимательно, — произнес бесстрастный голос. — Завтра езжайте поездом двенадцать-пятнадцать с Финляндского вокзала. Выйдете на четвертой станции. По платформе пойдете вперед, по ходу поезда. Направо будут дачи, а вы идите налево. По тропинке через лесок, потом через поле. Дойдете до речки и ждите.

13 (26) июля

«Сегодня днем, когда я отправляюсь к Сазонову, мои впечатления несколько более благоприятны.

Глава вторая. Черный голубь

Он только что принял моего австро-венгерского коллегу графа Сапари и побудил его "к откровенному и честному объяснению".

Затем он прочел, статью за статьей, текст ультиматума, переданного в Белград, отмечая недопустимый, нелепый и оскорбительный характер главных статей. После этого он сказал самым дружеским тоном:

— Желание, которое породило этот документ, справедливо, если у вас не было иной цели, как защитить вашу территорию от происков сербских анархистов; но форма не может быть одобрена.

Он с жаром заключил:

— Возьмите назад ваш ультиматум; измените его редакцию, и я гарантирую вам благоприятный результат.

Сапари, казалось, был тронут, даже почти убежден этими словами; тем не менее, он отстаивал точку зрения своего правительства.

Сегодня вечером Сазонов предложит Берхтольду начать непосредственные переговоры между Петербургом и Веной, чтобы условиться об изменениях, которые должны быть внесены в ультиматум.

Я поздравляю Сазонова с тем, что он так удачно вел разговор. Он отвечает мне:

— Я не откажусь от этого положения. До последнего момента я буду стремиться к соглашению.

Затем, проводя рукой перед своими глазами, как если бы страшное видение возникло в его мыслях, он спрашивает меня дрожащим голосом:

— Откровенно, между нами, думаете ли вы, что можно было бы еще спасти дело мира?

— Если бы мы имели дело только с Австрией, у меня оставалась бы еще надежда. Но есть еще Германия; она обещала своей союзнице большой триумф самолюбия; она убеждена, что

мы не осмелимся до конца противиться ей, что тройственное согласие уступит, как оно уступало всегда. Но в этот раз мы не можем более уступать, под опасением не существовать более. Нам не избежать войны.

— *Ах, мой дорогой посол, ужасно думать о том, что готовится».*

Лозовский шел по тропинке через лесок, затем через поле. Спустившись с косогора к речке, он сел на берегу и стал смотреть вдаль, где темная полоса леса касалась неба.

Внезапно он ощутил, что за его спиной кто-то стоит. Лозовский обернулся.

За его спиной стоял мужчина средних лет с породистым лицом. Штатский костюм не скрывал военной выправки.

— Борис Сергеевич? — спросил он.

— Да. А вы?

— Моя фамилия — Кранц.

— Приятная фамилия, но вам она не подходит, — усмехнулся Лозовский.

— Почему не подходит?

— Слишком плебейская. Советую поменять на что-нибудь более аристократическое.

— Я подумаю... Раздевайтесь.

— Что?!

— Я вам сказал: раздевайтесь.

— Что это значит?

— Это значит, что вы должны снять с себя одежду.

Кранц достал револьвер.

Лозовский понимал, что этот военный в штатском, скорее всего, не станет стрелять, но все равно подчинился. Он скинул пиджак, затем снял рубашку.

— Достаточно?

— Снимайте все и заходите в воду, — приказал Кранц.

— Как в воду?

— Не бойтесь, она теплая.

— Даю честное слово — оружия у меня нет!

— Сейчас проверим... Ну!

Чертыхаясь, Лозовский разделся и по колено зашел в воду.

— Довольно?

— Нет. Еще.

Лозовский побрел дальше, ощущая прикосновение водорослей к ногам.

Когда вода дошла ему до груди, Кранц скомандовал:

— Хватит...

— Я думал, что надо будет уйти с головой.

— Не надо. Надеюсь, вы простите мне эти вынужденные меры предосторожности. Нет на земле существа более одинокого и беззащитного, чем шпион.

— По вам этого не скажешь.

Ничего не ответив, Кранц спустился к воде. Осмотрев оставшуюся на берегу одежду Лозовского, он стал выворачивать карманы и один за другим вывернул их все, но ничего в них примечательного не обнаружил.

— Могу я выйти на берег? — спросил Лозовский, дождавшись завершения обыска.

Кранц брезгливо бросил его одежду на траву.

— Вначале я должен задать вам несколько вопросов.

— Только поскорее. Я легко простужаюсь.

— А я еще легче стреляю. Кто надоумил вас подбросить письмо в автомобиль полковника фон Риховена?

— Никто.

— Как это никто?

— Да, никто меня не надоумливал. Я сам догадался.

— Между прочим во французском генштабе давно уже догадались о том же самом, — сказал Кранц.

— Я там никогда не был.

— Я тоже, однако известно, что там есть специальный отдел, который фабрикует и продает нам фальшивые документы. Почему бы русской контрразведке не перенять эту практику?

— Для нее это непосильная задача. Чтобы изготовить фальшивый документ, нужно по крайней мере знать, как выглядит настоящий. В русской контрразведке служат не кадровые офицеры, а бывшие жандармы. Я хорошо знаю эту публику.

— Откуда?

— Подите вы к черту! — взорвался Лозовский. — Ни слова не скажу, пока не позволите мне выйти на берег.

Он набрал в рот воды и надул щеки.

— Хорошо, — сказал Кранц. — Выходите.

Тем временем Стрельников доехал на трамвае до конечной остановки и пошел по улице вдоль серых двухэтажных домов. Какой-то мальчишка лет двенадцати, в разодранных на коленях штанах выбежал из подворотни....

— Эй, малый!

— Чего вам, дядя?

— Где тут голубятня?

— А вон там, где сараи.

Стрельников пошел туда и вскоре уже осматривал голубятню.

Через минуту он крикнул:

— Чьи голуби, а? Птицы чьи будут?

— Мои.

Стрельников обернулся и увидел человека лет сорока, с бритым гладким лицом.

— Значит, это ваши голуби.

— Я же сказал, что мои. А почему вы интересуетесь?

— Я из контрразведки. — Стрельников показал документ. — Как вас зовут?

— Меня зовут Эрих Ведлинг, — с легким немецким акцентом сказал хозяин голубятни.

— Русский подданный?

— Да.

— Где служите?

— На Николаевской дороге. Инженер-путеец.

— Голубиным спортом давно увлекаетесь?

— С десяти лет.

— И это все ваши голуби?

— Разумеется.

— Чужих нету?

— Я вырос в Баварии. Там это не принято.

— Чего там не принято?

— Приманивать чужих голубей, а потом не возвращать их законным владельцам... Как это делается в России, — с достоинством ответил Ведлинг.

Лозовский и Кранц стояли на железнодорожной платформе. Стекла в небольшом пристанционном строении блестели в лучах клонившегося к закату солнца.

— Итак, повторяю, — сказал Кранц. — Завтра вы принесете мне этот чертеж. В ближайшее время наши военные специалисты изучат его и вынесут свой вердикт. Если он будет положительным, вы передадите мне все остальное, а я вам — деньги. Задаток получите завтра же.

— Сто рублей?

— Да.

— Давайте хотя бы двести.

— Нет.

— А на какую окончательную сумму я могу рассчитывать?

— Это будет зависеть от того, насколько ценным окажется ваше предложение. Сам я оценить его не в состоянии.

— И через какое время вы дадите ответ?

— Трудно сказать. В нынешней обстановке пересылка такого рода корреспонденции сопряжена с трудностями...

Послышался паровозный гудок. Состав медленно тронулся.

— Ваш поезд, — сказал Кранц. — До завтра.

В то же время Таня Зайцева сидела напротив Нестеровского в его домашнем кабинете. На столе — чайные чашки, печенье. Оля из небольшого белого чайника разливала чай.

— Спасибо, спасибо... Сколько у вас книг, Александр Михайлович!

— Мой муж их теперь не читает. — Ольга выразительно посмотрела на Нестеровского. Тот сидел с очень серьезным выражением. — Он теперь читает только газеты.

— А что же я должен читать, чтобы быть постоянно в курсе событий?

— Толстой между прочим тоже про войну хорошо написал.

— Так это когда было! Немцы уж и забыли, как мы их в 1813-м от французов спасли.

— Зря спасали.

Оля вышла с чайником из кабинета.

— Александр Михайлович, говорят, вы раньше служили в Охранном отделении. Это правда? — спросила Таня.

— Да. Было дело.

— Жалеете об этом?

— Нет. Но и о том, что ушел, тоже не жалею. Всему свое время... Почему вас это интересует?

— Помните Чарного?

— Леонид Чарный?

— Да.

— Эсэр, член боевой организации?

— Да...

— Кто он вам?

— Это мой жених.

— Сочувствую.

— Откуда вы знаете? — Таня со слезами на глазах смотрела на Нестеровского.

— Что? — не понял Нестеровский.

— Вы сказали — сочувствую. Почему вы так сказали?

Глава вторая. Черный голубь

— Не весело быть невестой такого человека.

— Вчера его убили... — Она отвернулась. — Можно, я закурю?

Еще одна голубятня в другом конце города была пуста, сетчатая дверца распахнута.

Рядом, на земле, на корточках сидели Штольц и хозяин голубятни — маленький, похожий на юродивого старичок с детским выражением лица. Перед ними было корыто с водой. Они смотрели в воду, любуясь отражением кружащей высоко над ними стаи голубей.

— Красота-то какая! — восхищался старик.

— Да-а...

— Если прямо на них смотреть, совсем не то. И солнце слепит, и вокруг всякая дрянь в глаза лезет. А так — благодать. Еще бы лучше не в корыте, а в серебряном тазу.

— Неделю назад Лёня нелегально вернулся в Петербург, — закурив, сказала Таня. — Ему негде было жить, и я уговорила тетю пустить его на квартиру. Там его и застрелили.

— Кто? — спросил Нестеровский.

— Не знаю.

— Полиция в курсе дела?

— И полиция, и еще какие-то военные. Но я с ними говорить не хочу. Я им не доверяю... Я решила поговорить с вами... Понимаете, Лёня вернулся из Германии другим человеком. Не тем, каким он был три года назад.

— Естественно. За три года люди меняются. Особенно молодые.

— Нет, я не то хочу сказать. Он решил, что теперь, когда вот-вот может начаться война, его место здесь, в России. Он решил порвать со своим прошлым. Понимаете?

— Легко сказать. За ним такое числится, что Сибири не миновать. Даже при самом искреннем раскаянии.

— Но он говорил мне, что его простят, и мы сможем пожениться. У него был какой-то план. Что-то он хотел сделать такое, чтобы его простили.

— Что именно?

— Не знаю. Он говорил мне, что это ни в коем случае нельзя считать предательством... Но нашлись, видимо, люди, которые думали по-другому.

— По-вашему, из-за этого его и убили?

— Да.

— Товарищи по партии?

— Да... Больше некому. Они, значит, сочли его предателем.

— Кто конкретно мог это сделать? Есть у вас какие-то подозрения?

— Одно могу сказать. За день до его смерти я пришла на ту квартиру и застала у Лёни какого-то человека. Кто он, не знаю. Лёня меня с ним не познакомил.

— Они о чем-то говорили при вас?

— Нет. Этот человек сразу же ушел.

В большой комнате с множеством шкафов один шкаф был распахнут. На полках плотными рядами теснились темные канцелярские папки. Рядом, листая одну из папок, стоял пожилой человек в жандармском мундире. Иногда он задерживался на каком-нибудь документе и буквально вцеплялся взглядом в нужную строку.

Зазвонил телефон. Человек, не отрываясь от своего занятия, взял трубку.

— Архив. Марченко слушает... Александр Михайлович? Вы?

— Я, — сказал Нестеровский. — У меня к вам, Иван Анатольевич, большая личная просьба. По старой дружбе... Посмотрите, пожалуйста, донесения ваших агентов в Германии за последние три года. Меня интересует все, что касается Леонида Чарного... Да, тот самый... Спасибо. Буду ждать.

Глава вторая. Черный голубь

Положив трубку, Нестеровский развернул лежавшую перед ним газету. Корреспондент сообщал:

«В Берлине наблюдается необычайный подъем национального духа. Вчера жгли на площади макет Московского Кремля и танцевали вокруг этого чудовищного костра. Я стоял, смотрел, однако ничего не мог поделать. Думал: что мы плохого сделали немцам? Они ведь владеют половиной российской торговли! Неужто теперь на первый план выдвигается то, что у нас из тысячи призывников более половины неграмотны, а у немцев — всего один?»

14 (27) июля

«Мои выводы полны пессимизма. Какие бы усилия я не делал, чтобы их опровергнуть, они неизменно возвращают меня к одному заключению: война. Прошло время комбинаций и дипломатического искусства. В сравнении с отдаленными и глубокими причинами, которые вызвали нынешний кризис, происшествия последних дней ничего не значат. Нет более личной инициативы, не существует более человеческой воли, которая могла бы сопротивляться автоматическому действию выпущенных на свободу сил. Мы, дипломаты, утратили всякое влияние на события; мы можем только пытаться их предвидеть и настаивать, чтобы наши правительства сообразовали с ними свое поведение. Судя по агентским телеграммам, кажется, что во Франции моральное состояние хорошее. Нет ни нервности, ни безумства; спокойная и сильная уверенность; полная национальная солидарность. И подумать только, что это — та же страна, которая вчера еще увлекалась скандалами процесса Кайо и гипнотизировала себя перед клоакой, раскрывавшейся в здании суда.

По всей России общественное мнение раздражено. Сазонов лавирует, и ему еще удается обуздывать прессу. Но все же он принужден давать журналистам немного пищи, чтобы успокоить их внезапный голод, и он поручил сообщить им: "Если угодно, направляйте удары на Австрию, но будьте умеренны по отношению к Германии"».

Кранц шел по аллее парка.

Оркестр играл за деревьями французское танго. Под эту музыку чей-то голос зазывал посетителей: «Впервые в России! Полет в цеппелине над горами Кавказа! Десять копеек за удовольствие!»

Молодая дама в шляпке катила детскую коляску по песчаной аллее. Младенец противно кричал.

Кранц, остановившись, склонился над коляской, вынул из жилетного кармана серебряный хронометр на цепочке и медленно стал покачивать им над младенцем.

— Не старайтесь, ничего не выйдет, — обреченно сказала дама.

— Ну так уж и не выйдет, — продолжая покачивать, произнес Кранц.

И вдруг младенец затих.

— Поразительно! — сделав большие глаза, сказала дама. — Вчера муж часа два подряд показывал ему такие же часы на цепочке.

— Он, извините, ими в какую сторону покачивал?

— Ну, вроде слева направо...

— А надо было наоборот!

Дама посмотрела на него с большим удивлением и покатила коляску дальше.

Кранц сел на скамейку и развернул газету.

«Вот-вот Австрия объявит войну Сербии, которая не во всех нюансах согласна с предъявленным ей ультиматумом... Это будет сделано по телеграфу».

Лозовский быстро подошел к нему и протянул руку для пожатия.

— Здравствуйте, здравствуйте. Я ведь не опоздал.

— Нет, вы не опоздали.

Кранц встал и, церемонно поклонившись, не подал Лозовскому руки.

— Так, обойдемся без классических обрядов.

— Извините, — произнес Кранц. — Я не подаю руки тем русским, которые сотрудничают с нами за деньги.

— А разве есть такие, которые делают это бесплатно?

— Есть.

— Из любви к кайзеру?

— Нет. Из любви к России.

— Как это понимать?

— Эти люди считают, что ради своего же блага Россия не должна ссориться с Германией.

— Я понимаю. Союз с французскими республиканцами и английскими либералами не к лицу русскому монарху...

— Вы правильно понимаете. Садитесь.

Лозовский сел.

Затем на портфеле он отщелкнул оба замка, достал из него папку и передал ее Кранцу.

Тот в свою очередь вытащил из бокового кармана конверт и вручил его Лозовскому.

— Здесь сто рублей.

Лозовский, не глядя, сунул конверт в карман.

Кранц раскрыл папку. В папке не было ничего, кроме чистых листов бумаги.

Он вопросительно посмотрел на Лозовского. Тот ухмыльнулся.

— Вы, конечно, знаете, что делают в таких случаях, — сказал Кранц.

— В таких случаях требуют деньги назад.

— Или стреляют.

— Ну что вы! Посреди многолюдного парка?

— Даже на Дворцовой площади.

— Хм... Я думал, что шпионов обучают не удивляться разным неожиданностям.

— Их и этому обучают, а также летать на самолетах, фотографировать, пользоваться радио и водить корабли. А что до ваших чистых листов, то тут все зависит от состава чернил. Если использован азотнокислый никель, нужно нагреть бумагу. Если это азотнокислая медь — побрызгать водичкой. Если написано рисовой водой, для проявления требуется слабый раствор йода...

— Рекомендую утюг, — сказал Лозовский.

Стрельников тем временем стоял во дворе и, задрав голову, смотрел куда-то вверх.

Там был дровяной сарай, а на крыше этого сарая — голубятня, состряпанная из разломанных ящиков и ржавых листов кровельного железа.

Рядом со Стрельниковым стоял местный дворник. При бороде и номерной бляхе.

— Хозяин-то кто сооружения?

— Во-он хозяин, — указал дворник на мальчишек, игравших в дальнем конце двора в «расшибалочку».

— Тогда зови.

— Вень-ка! — заорал дворник.

— Чего, дядя Мить?

— Шпарь сюда!

— Щас подойду. Дай по монетам ударю!

— Апосля ударишь.

— Не, я щас.

Венька ударил и попал точно в сложенный из монет столбик. Среди остальных игроков раздался недовольный ропот.

— Ты чё, глухой? — опять крикнул дворник.

— Да не глухой я... Сам ты глухой.

Венька присел, спокойно собрал разлетевшуюся по земле мелочь и ссыпал ее в карман. Один белобрысый зритель украдкой наступил на откатившуюся в сторону копейку.

Глава вторая. Черный голубь

Венька молча оттолкнул жулика, взял копейку и лишь затем, не торопясь, пошел на зов.

Держался он с большим достоинством.

Тогда же Кранц шел по улице. Быть может, из-за июльской жары или по какой иной причине, он шел, не замечая, что за ним осторожно следует Лозовский.

Вскоре Кранц вошел в подъезд. Лозовский мгновенно нырнул в парадное дома на противоположной стороне улицы. Отразившись в каком-то зеркале, он взбежал по лестнице и остановился у раскрытого на улицу окна.

В окно он хорошо видел, в какую именно квартиру вошел Кранц.

Место проживания Кранца перестало быть для Лозовского тайной как раз тогда, когда на одной из окраин Петербурга Стрельников и Венька стояли возле сарая.

— Твое хозяйство? — кивнув на голубятню, спросил Стрельников.

— Ну.

— Лапти гну. Твои птицы?

— Мои.

— Показывай.

— На что вам? Купить хотите?

— Может, и хочу.

Венька приставил к сараю лестницу и полез на крышу. Сдвинув на крыше какую-то доску, он сказал вниз:

— Выбирайте.

Стрельников, с трудом забравшись на крышу сарая, заглянул в образовавшееся отверстие.

Голуби теснились на загаженном полу. Среди вполне заурядных особей выделялись четыре великолепных экземпляра снежной белизны, с длинными шеями. Они были в точности такие же, какого Лобов давал подержать Стрельникову и говорил, что птица стоит десять рублей.

— Вот эти у тебя хороши, — указал на них Стрельников.

— Породу-то хоть знаете? — презрительно сощурился Венька.

— «Брюссельский курьер».

Венька посмотрел на него с уважением и сразу изменил тон.

— Извиняйте, эти не продаются.

— Почему?

— Не мои.

— Здрасте! Говорил, все твои.

— Кроме этих.

— А они чьи?

— Вам-то что? — огрызнулся Венька.

Он собирался слезть с сарая, но Стрельников схватил его и притянул к себе.

— Щас я тебе объясню, кто я такой...

В это время у себя дома Кранц пробовал пальцем утюг. Затем он раскрыл взятую у Лозовского папку, достал чистый лист бумаги и принялся осторожно проглаживать его утюгом.

На бумаге медленно проступал рыжеватый чертеж странного эллипсоидного предмета. Рядом — какие-то стрелочки, надписи, цифры.

Кранц зажег настольную лампу, взял фотоаппарат и несколько раз сфотографировал чертеж.

— Ну что? Все понял? — спросил Стрельников.

— Ага.

— Теперь говори, чьи эти красавцы.

— Еще в апреле было, перед Пасхой, — начал рассказывать Венька. — Мы вон там с парнями сидели. Подходит какой-то господин, спрашивает: «Чья голубятня?» Я говорю: «Моя». Он меня в сторонку отвел, говорит: «У меня тут три пары голубей, девать некуда. Не посадишь к своим?» А мне что? Плати только денежки. Сам-то он из Риги, в Питере у него дела. Голубей привез жене письма слать. Было три пары. Одну он еще в прошлом месяце забрал.

— Звать его как?

— Не знаю.

— Где живет, тоже не знаешь?

— Нет... Да он сегодня здесь был. «Завтра, — говорит, — я одного курьера заберу. Сейчас мне его девать некуда». Велел мне со двора никуда не уходить.

— И когда обещал прийти?

— Вечером. После шести.

Стрельников кивнул. Лицо его приобрело задумчивое выражение.

Тем временем Кранц при красном свете специального фонаря проявлял и печатал фотографии.

На фотографиях ясно различались разные части чертежа все того же эллипсоидного предмета.

15 (28) июля

«В три часа дня я еду в министерство иностранных дел. Бьюкенен совещается с Сазоновым.

Немецкий посол ожидает своей очереди, чтобы быть принятым. Я смело подхожу к нему:

— Ну, что же? Решили ли вы, наконец, успокоить вашу союзницу? Вы одни в состоянии заставить Австрию слушать благоразумные советы.

Он тотчас же возражает мне отрывистым голосом:

— Но это здесь должны успокоиться и перестать возбуждать Сербию...

В этот момент вдруг входит австрийский посол. Он бледен. Сдержанность, которую он высказывает по отношению к нам, противоположна той гибкой и учтивой приветливости, которая ему привычна.

Бьюкенен и я, мы пытаемся заставить его говорить.

— Получили ли вы из Вены лучшие новости? Можете ли вы немного нас успокоить?

— Нет, я не знаю ничего нового... Машина катится...»

Извозчичья пролетка, в которой ехали одетые в штатское Костин и Стрельников, остановилась на перекрестке.

Преграждая им дорогу, по улице двигалась возбужденная толпа.

— Чё это они? — недоумевал извозчик. — Демонстрация, ли чё? Кудай-то идут?

— К сербскому посольству. Манифестировать будут... Вчера Австрия объявила Сербии войну, — объяснил Костин.

Толпа текла по улице. Слышались выкрики:

— Да здравствует Сербия!

— Да здравствует король Петр!

Дамы махали русскими и сербскими флажками. Городовые в белых кителях стояли рядом и крестились тогда, когда крестилась толпа. Трамваи встали и не звонили. Из них выходили люди и, слившись с толпой, увеличивали ее ширину.

Костин достал из кармана хронометр и отщелкнул крышку.

— Половина шестого. Вдруг этот ваш голубятник раньше придет?

— Не нервничайте, Сергей Павлович, — сказал Стрельников. — Он обещал после шести быть. Немцы же как-никак. Люди они аккуратные.

Однако не было еще шести, когда Кранц уже стоял возле сарая и смотрел вверх. Наверху Венька на корточках сидел возле голубятни. Он искал глазами давешнего человека из Окружной разведки, но не находил. И потому тянул время.

— Что ты там возишься? Скоро? — спрашивал Кранц.

— Счас, счас.

— Сейчас — это у вас час. По обыкновению.

Не выдержав, Кранц поднялся по лестнице, взял одного из «брюссельских курьеров», спустился вниз и посадил его в корзинку с крышкой. После чего хотел сразу уйти, но Венька, быстро спустившийся с крыши, удержал его за рукав.

Кранц обернулся.

— А платить кто будет? — твердо спросил Венька.

— Я же тебе за июль заплатил.

— Теперь давайте за август.

— Август еще не начался.

— Ничего. Я авансом возьму.

Кранц дал ему рубль. Венька покачал головой.

— Мало. У меня в номерах цены поднялись. По трешке стало.

В комнате, заставленной тяжелыми архивными шкафами, Марченко протянул Нестеровскому какую-то бумагу.

— Это донесение от одного из наших зарубежных агентов. Он сообщил, что эсэры планируют новое покушение на государя. Такого еще не бывало. Никаких адских машин. Идея принадлежит Чарному.

Нестеровский читал донесение и все больше удивлялся:

— Да-а! Оригинально, ничего не скажешь... Когда это написано?

— В прошлом году. К счастью, идея так и осталась идеей. Осуществить ее не удалось.

— Кто автор донесения?

— Некий господин Лозовский... Вот он.

Марченко показал фотографию. На ней был изображен человек лет тридцати с красивым, но неприятным лицом. Нестеровский отметил, что черты слишком резкие, в глазах есть что-то коварное и в то же время лакейское.

— Красивый, но, наверное, сволочь, — предположил Нестеровский.

— Да наверняка мерзавец, — согласился Марченко.

— Он же ваш агент?

— Ну и что, что наш. Вы сами, Александр Михайлович, контингент знаете. Такую порой сволочь встретишь, такого мерзавца, убить хочется. Но нельзя. Агент! Деньги российские получает.

— Ладно, я это фото возьму с вашего дозволения, — улыбнувшись, сказал Нестеровский, пряча фотографию в карман. — Можно я от вас позвоню?

— Конечно, Александр Михайлович, конечно... Вот телефон.

— Таня, — сказал Нестеровский в трубку. — Встречаемся там же... Нет, не у меня дома... Давайте лучше в Демидовском саду. Во сколько? Так... хорошо... Сверим часы... Сейчас начало седьмого...

Как раз в начале седьмого Костин и Стрельников вошли во двор. К ним бросился Венька.

— Чё ж вы? Вон он!

— Где?

— Вон! С корзинкой... Раньше времени пришел.

В этот момент Кранц оглянулся и увидел, что Венька указывает на него. «Такой маленький, а уже патриот!» — подумал Кранц и нырнул в подворотню. Он пролетел через двор, ловко увернулся от какой-то собаки, чуть не попал лицом в висевшее на веревке белье и, выбежав, наконец, на улицу, сел в ожидавший его автомобиль.

— Быстрее! — крикнул он шоферу. — Русские догоняют!

Двигатель взревел, автомобиль рванул с места.

Облако выхлопного газа еще не успело рассеяться, когда Костин и Стрельников выбежали из подворотни.

Улица была пуста. Слышен был удаляющийся шум автомобильного мотора.

— Тьфу, черт! — сплюнул Костин. — Говорил же, что опоздаем!

— Так демонстрация ж, вашбродь. Всю улицу запрудили.

В тот же вечер

У себя дома Кранц взял гусиное перо и ножницами отрезал нижнюю часть периной дудки. Прочистив ее внутренность спицей, он вставил в эту трубочку крошечные пленки с фотографиями, предварительно скатав их.

Затем он достал из корзинки взятого у Веньки голубя и ниткой привязал эту трубочку к одному из его хвостовых перьев.

Покончив с этим, Кранц принес баночку с краской, взял кисточку и очень сосредоточенно принялся красить голубя в черный цвет. Тот недовольно клекотал.

Постепенно белоснежная птица становилась черной и от этого казалась зловещей, как ворон.

Уже в темноте Кранц поднялся по чердачной лестнице и пошел по чердаку, освещая путь карманным фонариком. В руке он нес корзинку.

Возле чердачного оконца он поставил корзинку на пол и достал оттуда черного голубя с привязанной к хвосту трубочкой.

Птица выпорхнула из оконца и, трепеща крыльями, взмыла вверх.

Черный голубь летел над петербургскими крышами и отливавшей серебром Невой. Сперва он хорошо был виден в лунном свете, затем пропал в дали.

Кранц, проводив его удовлетворенным взглядом, вернулся в квартиру, зажег на столе лампу и сел пить чай.

16 (29) июля

«Пролог драмы, мне кажется, приближается к последней сцене.

Вчера вечером правительство Австро-Венгрии отдало приказ об общей мобилизации армии; венский кабинет, таким образом, отказывается от прямых переговоров, которые ему предлагало русское правительство.

Сегодня днем, около трех часов, Пурталес заявил Сазонову, что если Россия не прекратит немедленно своих военных приготовлений, Германия также мобилизует свою армию. Сазонов отвечает ему, что приготовления русского штаба вызваны упорной непримиримостью венского кабинета и тем фактом, что восемь австро-венгерских корпусов находятся уже в готовности к войне.

В одиннадцать часов вечера Николай Александрович Базили, вице-директор канцелярии министерства иностранных дел, является ко мне в посольство; он приходит сообщить, что повелительный тон, в котором сегодня днем высказался германский посол, побудил русское правительство: 1-е — приказать сегодня же ночью мобилизацию тринадцати корпусов, назначенных действовать против Австро-Венгрии, и 2-е — начать тайно общую мобилизацию.

Последние слова заставляют меня привскочить.

— Разве невозможно ограничиться, хотя бы временно, частичной мобилизацией?»

Ранним утром Костин и Стрельников шли по двору того дома, где в квартире на верхнем этаже был убит Чарный.

— Чего ты меня сюда притащил? — спросил Костин. — Почему спать не дал? Что вообще происходит?

— Сейчас, сейчас, Сергей Павлович...

Внезапно лицо Стрельникова приняло изумленное выражение: он увидел, что на лотке возле голубятни Лобова хорохорится «брюссельский курьер» с привязанной к хвостовому перу трубочкой.

— Мать честная! — ахнул Стрельников. — Черный!

— Вот тебе и ангел! И тот почернел!

Глава вторая. Черный голубь

Тем временем Нестеровский и Таня сидели на скамейке в Демидовском саду. Играл оркестр. Нестеровский показывал Тане фотографию, которую дал ему Марченко.

— Этот человек приходил к вашему жениху?

— Да...

— Как его фамилия?

— Лозовский. Леня называл мне эту фамилию. Они вместе учились в Технологическом.

— Больше он ничего о нем не говорил?

— Ничего.

Лобов держал в руках черного голубя.

— Это для маскировки, — улыбаясь, объяснял он. — Когда при Наполеоне Третьем французы с пруссаками воевали, они еще не так голубей раскрашивали. Бывало, что и под попугаев.

— И откуда ты все знаешь? — удивлялся Стрельников.

— «Вестник голубиного спорта» выписываю.

— Может, ты, Стрельников, объяснишь мне, в чем дело? — сказал Костин.

— Вы, Сергей Павлович, не поняли, что ли?

— Нет.

— Ну, я здесь давеча таких же приметил, как на той голубятне. Брюссельской породы, — стал объяснять ему Стрельников. — Вдруг, думаю, упустим этого шпиона? Вчера же на всякий случай взял да и подменил. Авось, думаю, не заметит. С ним вот, — кивнул он на Лобова, — тех, что у Веньки, сюда пересадили, а этих — туда.

Стрельников пальцем погладил голубя по головке и добавил:

— Он, милок, не в неметчину полетел, а сразу к себе домой.

— Да-а! — засмеялся Костин. — Как это ты додумался?

— Так как-то. Приказ-то по голубятням был вон какой строгий. Вы сами его нам зачитывали.

Лобов осторожно отвязал трубочку от голубиного хвоста.

— Все по науке, — констатировал он. — Видите? Футлярчик из гусиного пера сделан, чтобы полегче. Привязано к хвосту, а не к лапке. Если к лапке привязать, голубь нервничает. У них нервы знаете, какие? Даром что птица!.. Спичка есть?

Костин дал ему спичку. С ее помощью Лобов извлек из трубочки пленку с фотографиями.

Костин бережно развернул ее и стал всматриваться в микроскопический чертежик.

— Разве что тут разглядишь? — сказал Стрельников. — Мелкота-то какая. Это во сколько же раз увеличивать надо?

— Ничего, наши фотографы увеличат, — ответил Костин.

17 (30) июля

«Сегодня утром газеты сообщают нам, что австро-венгерская армия вчера вечером начала нападение на Сербию бомбардировкой Белграда.

Новость, тотчас же распространившаяся в публике, вызывает сильное волнение. Со всех сторон мне телефонируют, чтобы спросить у меня, не знаю ли я некоторых подробностей о событии, решила ли Франция поддержать Россию и т. д. Оживленные группы на улицах. И перед моими окнами, на набережной Невы, четыре мужика, которые выгружают дрова, прерывают работу, чтобы послушать своего хозяина, который читает им газету. Затем они все пятеро долго разговаривают, с серьезными жестами и возмущенными лицами. Рассуждение заканчивается крестным знамением.

Час спустя Сазонов едет в Петергофский дворец, чтобы сделать свой доклад императору. Он находит монарха расстроенным телеграммой, которую император Вильгельм отправил ему ночью и тон которой звучит угрозой:

"Если Россия мобилизуется против Австро-Венгрии, миссия посредника, которую я принял по твоей настоятельной просьбе,

будет чрезвычайно затруднена, если не совсем невозможна. Вся тяжесть решения ложится на твои плечи, которые должны будут нести ответственность за войну или за мир".

Прочитав эту телеграмму, Сазонов делает жест отчаяния:

— Нам не избежать более войны. Германия явно уклоняется от посредничества, которого мы от нее просим, и хочет только выиграть время, чтобы закончить втайне свои приготовления. При этих условиях я не думаю, чтобы ваше величество могло более откладывать приказ об общей мобилизации.

Очень бледный и с судорогой в горле, император ему отвечает:

— Подумайте об ответственности, которую вы советуете мне принять! Подумайте о том, что дело идет о посылке тысяч и тысяч людей на смерть!

Сазонов возражает:

— Если война вспыхнет, ни совесть вашего величества, ни моя не смогут ни в чем нас упрекнуть. Ваше величество и ваше правительство сделали все возможное, чтобы избавить мир от этого ужасного испытания... Но сегодня я убежден, что дипломатия окончила свое дело. Отныне надо думать о безопасности империи. Если ваше величество остановит наши приготовления к мобилизации, то этим удастся только расшатать нашу военную организацию и привести в замешательство наших союзников. Война, невзирая на это, все же вспыхнет в час, желательный для Германии, и застанет нас в полном расстройстве.

После минутного размышления император произносит решительным голосом:

— Сергей Дмитриевич, пойдите, телефонируйте начальнику главного штаба, что я приказываю произвести общую мобилизацию.

Сазонов спускается в вестибюль дворца, где находится телефонная будка, и передает генералу Янушкевичу приказ императора.

Часы показывают ровно четыре часа».

В пять часов чертеж, увеличенный до нормальных размеров, лежал на служебном столе, за которым сидел морской офицер в форме капитана 1-го ранга. Он говорил сидевшему перед ним Костину:

— Этот сигарообразный предмет — подводная лодка. Она относится к разряду сверхмалых. Водоизмещение — 11 тонн. Длина — шесть метров, то есть менее десяти аршин. Погружение — до тридцати метров. Экипаж — три человека. Предполагается, что они могут провести сутки под водой без сообщения с внешней атмосферой. Вооружение — четыре мины по сто килограммов каждая. Специальными присосками эти мины прикрепляются к днищу вражеского корабля и взрываются с помощью электрокабеля на расстоянии в двести-триста метров. Такие лодки предназначаются для операций диверсионного типа.

— У нас они есть? — спросил Костин.

— Увы. Наш военный флот не располагает подобными аппаратами.

— Вы имеете в виду Балтийский флот?

— И Балтийский, и Черноморский.

— Может быть, существует опытный образец, и вы о нем просто не знаете?

— Исключено. Все, что касается подводных лодок, я знаю лучше, чем кто-либо другой.

Вечером в прихожей квартиры на Мойке Костина встретили двое: Ольга Нестеровская и ее сын Миша.

— Саша у себя, — сказала Ольга. — Он давно ждет. Уже раза три выходил и спрашивал: «Ну где же, где же этот капитан, который обязательно станет полковником?»

— Скоро не обещаю, — сказал Костин и протянул Мише какую-то коробку.

— Держи. Это тебе.

Пока тот раскрывал ее, Ольга негромко у Костина спросила:

— Помните, я вас познакомила с моей подругой?

— С Лёлей?

— Да. Между прочим, она оч-чень вами заинтересовалась. Я сказала ей, что вы не женаты.

— Она-то ведь замужем...

— Ой, Сергей Павлович, у нее такой муж! — с заговорщицким видом затараторила Ольга. — Ей страшно не повезло. Она вышла за него совсем девочкой...

Нестеровский сидел за столом в своем кабинете. Вбежал Миша с игрушечной пушкой в руках. За ним вошли Ольга и Костин.

— Папа, — закричал Миша, — смотри, что мне дядя Сережа подарил!

— Точная копия нашей полевой трехдюймовки, — пояснил Костин.

— Лучше бы, Сергей Павлович, вы купили ему какого-нибудь зайчика, — заметила Ольга.

— Ничего ты не понимаешь! — с презрением заявил Миша. — Зайчики теперь не в моде.

В квартире Сабуровых на полу широко раскинулось то, что и до лета 1914 года было в моде: шикарная львиная шкура. При свете люстры шкура отливала золотом и наводила на мысли об отважных охотниках, бесстрашно вступавших в схватку с королем саванны.

Член думского комитета, Николай Семенович Сабуров, сидел в кресле с газетой. Его супруга, Елена Ивановна Сабурова, стояла у окна.

— Кайзер забыл завет Бисмарка, — не отрываясь от газеты, сказал Сабуров.

— Какой завет? — думая о чем-то своем, спросила Сабурова.

— Для Германии нет ничего страшнее, чем война на два фронта. Если до этого дойдет, через два месяца наши казаки въедут в Бранденбургские ворота.

Раздался телефонный звонок. Сабурова взяла трубку.

— Лёлечка!.. Он у нас.

— Кто?

— Костин. Если хочешь с ним увидеться, приезжай немедленно. Бери извозчика и приезжай.

— Нет, — после паузы ответила Сабурова.

— Ну и зря. Между прочим, он оч-чень тобой интересовался...

Сабурова повесила трубку.

— Кто звонил? — спросил Сабуров, не отрываясь от газеты.

— Ольга Нестеровская.

— Что она от тебя хотела?

— Звала в гости.

— Знаешь, мне не нравится, когда ты ходишь к ним без меня. По-моему, это неприлично.

— Но ты же ведь постоянно в Думе. Ты там до позднего вечера. И потом: я тебя как-то раз позвала к ним, а ты сказал, что тебе не о чем говорить с этим приват-доцентом. У вас разные взгляды на будущее России.

— Я разве так сказал?

— Да, ты так сказал.

— М-да... Это возможно... Хм... Будущее России... Нет, определенно... Через два месяца наши казаки въедут в Бранденбургские ворота.

Она смотрела на мужа и думала о том, что ни казаки, ни Россия, ни Бранденбургские ворота ровно ничего не значат для него. К ним он совершенно равнодушен. Он и к ней равнодушен. Как вот к этой шкуре на полу. Было ли когда-нибудь по-другому? Она вспомнила...

Пикник в лесу. Веселая компания, в этой компании совсем еще юная Лёля. Все расселись вокруг расстеленной на траве скатерти. Среди молодежи был видный мужчина средних лет. Он басом пел:

Было двенадцать разбойников,
Был Кудеяр-атаман...

Он закончил пение. Раздались аплодисменты. Лёля аплодировала с каким-то особенным чувством.

Потом один из молодых людей подвел к ней этого мужчину.

— Познакомьтесь, Николай Семенович. Это Лёля.

— Какие прекрасные цветы растут на этой поляне, — улыбнулся Сабуров, целуя ей руку.

Он вынул из кармана часы на цепочке.

— О, у нас еще бездна времени! Пароход придет только через три часа.

Лёля заметила подвешенный к цепочке часов львиный коготь.

— Что это у вас?

— Коготь льва.

— Николай Семенович сам его убил, — вставил молодой человек, который их познакомил.

— В зоологическом саду?

— Ну зачем же? В Африке.

— Вы были в Африке?

— Да. Добровольцем на Англо-бурской войне.

Тогда она смотрела на него с восхищением. Ей было семнадцать лет. Она первый раз в жизни видела человека, который в далекой Африке сражался на стороне буров.

— И вы стреляли в англичан? — спросила она.

— Ну, не так чтобы прямо стрелял... Я помогал бурам организовать снабжение. На войне, знаете, это целая наука... Прогуляемся, я вам расскажу.

Он взял Лёлю под руку. Они пошли по поляне.

— Однажды ночь застала нас в саванне. Там такие ночи, рассказать невозможно. Это надо видеть...

* * *

— В прошлом году, — рассказывал Костину Нестеровский, — эсэры собирались купить в Швеции аэроплан, прилететь на нем в Петербург и сбросить бомбу на Зимний дворец. Слава Богу, на аэроплан у них денег не хватило. Тогда они решили сами построить небольшую подводную лодку. Так выходило дешевле.

— Откуда тебе это известно? — спросил Костин.

— Прочел донесение одного из жандармских зарубежных агентов. Мне его показали по старой дружбе... Эту лодку эсэры хотели построить в Германии. Она должна была скрытно подплыть к императорской яхте «Штандарт», когда на борту будет находиться государь...

— Прикрепить к днищу мину и взорвать ее по кабелю, — закончил Костин. — Чертежи этой лодки пытались переправить в Германию. Мы их перехватили.

— Той самой лодки? Для взрыва императорской яхты?

— Если бы она могла подрывать только яхты, да еще исключительно императорские, грош ей цена. Такие лодки предназначены для подводных диверсий.

— И автор этого проекта — Леонид Чарный.

В это время в спальне, раздеваясь, Николай Семенович Сабуров напевал:

> *Было двенадцать разбойников,*
> *Был Кудеяр-атаман....*

— Перестань, пожалуйста.

— Раньше тебе нравилось, как я пою.

— Донесение написал некто Лозовский, — объяснял Костину Нестеровский. — Соученик Чарного по Технологическому. Тоже эсэр, но три года назад его завербовали в Охранном отделении. Получал там жалованье. Был ценный агент.

— Почему — был? — спросил Костин. — Умер, что ли?

— Выгнали. Теперь от услуг провокаторов решили отказаться. Эта палка, как выяснилось, о двух концах... Так вот, я встречался с невестой Чарного.

— С этой курсисткой?

— Да, с Таней. Она моя слушательница и решила со мной поговорить. По ее словам, Чарный собирался сделать что-то такое, что позволило бы ему рассчитывать на амнистию. Но это не было предательство... Все понятно?

Костин кивнул. Затем он встал и прошелся по кабинету.

— Это часто бывает. За границей в нем проснулась любовь к России. Когда запахло войной, он, видимо, решил передать свое изобретение нашему военному ведомству. Для того и приехал.

Нестеровский достал фотографию Лозовского.

— Вот этот смазливый брюнет и есть Лозовский. За день до убийства Таня видела его на квартире у своего жениха. Чарный, похоже, поделился с ним своими планами. Он ведь не знал, что Лозовский — провокатор. А тот решил продать это изобретение немцам.

— Очень интересная картина. Из агентов его турнули, работать отвык. Денег нет. Видать, приперло, если пошел на убийство.

— Вряд ли он собирался убивать старого товарища. Хотел, думаю, просто выкрасть чертежи и забрался в квартиру, когда Чарного не было дома. Но тот неожиданно вернулся.

18 (31) июля

«Приказ об общей мобилизации опубликован на рассвете. Во всем городе как в простонародных частях города, так и в богатых и аристократических, единодушный энтузиазм.

На площади Зимнего дворца, перед Казанским собором раздаются воинственные крики "ура".

Император Николай и император Вильгельм продолжают свой разговор по телеграфу. Царь телеграфировал сегодня утром кайзеру:

"Мне технически невозможно остановить военные приготовления. Но пока переговоры с Австрией не будут прерваны, мои войска воздержатся от всяких наступательных действий. Я даю тебе в этом мое честное слово".

На что император Вильгельм ответил:

"Я дошел до крайних пределов возможного в моем старании сохранить мир.

Поэтому не я понесу ответственность за ужасные бедствия, которые угрожают теперь всему цивилизованному миру. Только от тебя теперь зависит отвратить его. Моя дружба к тебе и твоей империи, завещанная мне моим дедом, всегда для меня священна, и я был верен России, когда она находилась в беде, во время последней войны. В настоящее время ты еще можешь спасти мир Европы, если остановишь военные мероприятия"».

Возле здания контрразведки Костина окликнул Стрельников.

— Сергей Павлович!.. Слыхали?

— Что? — обернулся к нему Костин.

— Объявлена всеобщая мобилизация.

— О чем я и говорил. Ладно, пошли, Стрельников. Мы с тобой и без всякой мобилизации постоянно с врагами России воюем.

Они вошли в здание и поднялись в рабочий кабинет. Там Костин открыл шкаф и достал оттуда коньяк и две рюмки.

— Карл Иваныча надо позвать, — сказал Стрельников.

— Карл Иваныч не пьет. Он говорит, что от спирта острота ума пропадает.

— Ну так мы же по маленькой.

— Это, Стрельников, его слова, не мои.

— Ну, тогда за победу, Сергей Павлович.

— Ну, тогда за победу.

Тем временем Таня входила в оружейную лавку.

— Что угодно-с? — спросил приказчик.

— Револьвер.

— Не пистолет?

— Есть какая-то разница?

— Естественно. Какой системы оружие вы хотели бы приобрести?

— Мне все равно.

— Для себя покупаете?

— Да.

— Могу предложить отличную французскую модель для дам, легко помещается в ридикюле. Очень удобна в обращении. Есть рукоять с перламутровой отделкой, есть из плексиглаза...

Приказчик разложил пистолеты на витрине. Таня взяла один и стала целиться.

— Виноват, закрывать надо левый глаз, — сказал приказчик. — Попасть будет легче.

Через час Таня и Костин встретились на трамвайной остановке, неподалеку от Николаевского моста. Вскоре они поднимались по лестнице в квартиру, где убили Чарного.

— Итак, мы обо всем договорились, — войдя в квартиру, сказал Костин.

— Да.

— Завтра в восемь утра.

— Я поняла.

— Тогда до завтра. Всего доброго.

— Может, хотя бы чаю выпьете?

— Спасибо. Мне надо ехать назад, бумаги все срочные, их надо успеть проработать. Да и Штольц со Стельниковым могут обидеться. Куда это начальник подевался?

Костин направился к двери, но Таня остановила его:

— Подождите... Что вы с ним сделаете?

— С кем?

— С Лозовским.

— Мы его арестуем и запрем в тюремную камеру.

— А вы сможете доказать, что это он убил Леню?

— Не уверен. Улик у нас мало, но мы постараемся.

19 июля (1) августа

«Срок, назначенный германским ультиматумом, истекает сегодня в полдень; только в семь часов вечера является Пурталес в министерство иностранных дел.

Очень красный, с распухшими глазами, задыхающийся от волнения, он торжественно передает Сазонову объявление войны, которое оканчивается следующей театральной и лживой фразой: "Его величество император, мой августейший монарх, от имени империи принимает вызов и считает себя находящимся в состоянии войны с Россией".

Сазонов ему отвечает:

— Вы проводите здесь преступную политику. Проклятие народов падет на вас.

Затем, читая громким голосом объявление войны, он с изумлением видит там, в скобках, два варианта, имеющие, впрочем, очень мало значения. Так, после слов "Россия, отказавшись воздать д о л ж н о е..." написано: "(не считая нужным ответить...)" И далее, после слов "Россия, обнаружив этим отказом..." стоит: "(этим положением...)" Вероятно, эти варианты были указаны из Берлина и по недосмотру или по поспешности переписчика, были, как тот, так и другой, вставлены в официальный текст.

Пурталес до такой степени поражен, что не успевает объяснить эту странность формы, которая делает смешным исторический документ, кладущий начало стольким бедствиям. Когда чтение окончено, Сазонов повторяет:

— Вы совершаете здесь преступное дело!

— Мы защищаем нашу честь!

— Ваша честь не была затронута. Вы могли одним кивком предотвратить войну; вы не хотите этого. Во всем, что я

пытался сделать с целью спасти мир, я не встретил , с вашей стороны ни малейшего содействия. Но существует божественная справедливость!

Пурталес отвечает глухим голосом, с растерянным взглядом:

— Это правда... Существует божественное правосудие... торжественное правосудие!

Он бормочет еще несколько непонятных слов и, весь дрожа, направляется к окну, которое находится направо от входной двери, против Зимнего дворца. Там он прислоняется к подоконнику и вдруг разражается рыданиями. Сазонов пытается его успокоить, слегка ударяет его спине. Пурталес бормочет:

— Вот результат моего пребывания здесь... Затем внезапно он бросается к двери, которую с трудом отворяет, так дрожат его руки, и выходит, бормоча:

— Прощайте! Прощайте!..»

Утром Костин, Штольц, Стрельников и Таня шли по коридору мимо дверей меблированных комнат.

— Я этого Лозовского хорошо знаю, — говорил Штольц. — Имел с ним дело, когда служил в Охранном.

Он постучал в нужную дверь, при этом делая знаки остальным, чтобы те держались поближе к стене.

Дверь открылась. На пороге в одном белье стоял небритый Лозовский.

— О-о! Карл Иванович! Все-таки вспомнили обо мне... Что, понадобился?

— Есть одно дельце.

Штольц вошел.

В комнате было так же нехорошо, как в невычищенной птичьей клетке. На столе от вчерашней попойки остались подсохшие корки хлеба, оборванная с одного бока кисть темного винограда и четверть бутылки красного вина. Дамские панталоны, белевшие на спинке стула, говорили о том, что дама ушла, не полностью одевшись.

— Милости прошу к нашему шалашу! Присаживайтесь. Будьте как дома. Тут у меня винишко осталось. Не желаете-с?

— Я на службе.

— Могу анекдотцем угостить. Свежайший!... Значит, негр поймал золотую рыбку...

— Слышал, — перебил Штольц.

Внезапно Лозовский перешел на серьезный тон:

— Вот и вышло по-моему. А я ведь вас предупреждал, что никуда вы от меня не денетесь. Без таких, как я, что вы можете? Мы теперь с вами на всю жизнь повязаны... После революции на одном фонаре будем висеть.

— Когда она будет, эта ваша революция...

— Ну, с этим не задержимся. С немцами да австрийцами народ немножко повоюет, а уж там, глядишь... — рассуждал Лозовский, не замечая, что дверь слегка приоткрылась.

Сквозь щель на него смотрели Костин и Таня.

— Он? — шепнул Костин.

Таня кивнула.

В следующую секунду дверь распахнулась.

— Это со мной, — вставая, произнес Штольц.

— Вы узнаете этого господина? — спросил Костин у Тани.

— Да.

— А вы, господин Лозовский, знаете эту барышню?

— Впервые вижу.

— Я вам напомню. Вы встречались на квартире у Чарного. Это его невеста.

— Да-да, теперь вспоминаю, — сказал Лозовский, кланяясь Тане. — Очень приятно.

— Приятно познакомиться с невестой человека, которого вы убили? — в упор глядя на него, спросил Костин.

— Я? — поразился тот.

— Кто же еще!

— Подите вы к черту! Никого я не убивал!

— Вот как? — улыбаясь, сказал Штольц. — Никого? А Фельдмана? Вы его выдали в девятьсот одиннадцатом, и он кончил на виселице. Кошелева тоже выдали вы. Правда, повесить его не успели: он умер в тюремной больнице. А Нахимсон, Ишин, Темрякова? Кому они обязаны тем, что попали на каторгу? Вы хотите, чтобы об этом узнали ваши товарищи по партии?

Лозовский ничего не ответил.

Стрельников тем временем выдвинул ящик письменного стола и принялся в нем рыться.

Ему на глаза попадались листы, испещренные цифрами и схемами.

— Или они обо всем узнают, — сказал Костин, — или вы честно ответите на все мои вопросы. Выбирайте.

Помолчав, Лозовский хрипло произнес:

— Спрашивайте.

— Вот это другое дело! — Костин, не обарачиваясьсь, крикнул:

— Стрельников! Нашли что-нибудь?

— А то как же, Сергей Павлович!

Он подошел к Костину и отдал ему найденные в столе бумаги.

Тот некоторое время рассматривал их, затем показал их Лозовскому.

— Эти расчеты делал Чарный?

— Да.

— Вы хотели продать их немцам в том случае, если их заинтересуют чертежи и краткое описание лодки?

— Да.

— Лодка существует только на бумаге?

— Были смонтированы некоторые агрегаты. Но перед отъездом в Россию Чарный их уничтожил.

— Кому вы передали чертежи?

— Этот человек представился мне как Кранц.

— Как вы на него вышли?

— Подбросил письмо в германское военное агентство, и он со мной связался.

— Что вы еще о нем знаете?

— Больше ничего.

— Где живет?

— Если скажу, то что? — после паузы тихо спросил Лозовский.

— Будете жить. Большего я вам не обещаю. В вашем положении это не так уж плохо.

— Но мне нужны какие-то гарантии...

— Вчера, — сказал Костин. — Германия потребовала от России прекратить мобилизацию. Срок — сутки. Сегодня они истекают. Если вы все расскажете прямо сейчас, вас еще будут судить по законам мирного времени. Через несколько часов начнется война. Тогда будет поздно... Ну? Где живет ваш Кранц?

— Лиговка, двадцать восемь. Второй подъезд, третий этаж, квартира налево.

Костин сделал шаг в сторону, чтобы пропустить Лозовского, и в этот момент увидел Таню. В ее руке был пистолет.

— Не стрелять! — крикнул Костин.

Таня выстрелила. Лозовский побелел и стал медленно оседать на пол.

Штольц нагнулся над ним.

— Убит? — спросил Костин.

— Нет, Сергей Павлович. Даже не ранен. Должно быть, от страха сознание потерял.

За окнами квартиры Кранца был слышен возбужденный и тревожный гул толпы.

— Повторяю вам, — спокойно говорил Костину Кранц, — моя фамилия Зигель. Вот мои документы... Я представитель фирмы «Цейс» в России, продаю оптические приборы... В чем меня обвиняют?

— В шпионаже в пользу Германии, — произнес Костин. — Вы арестованы.

— На каком основании?

— Слышите? — Костин кивнул в сторону окна, за которым гудела толпа. — Сегодня Германия объявила нам войну.

— Причем здесь я? — пожал плечами Кранц.

— Вы — германский подданный и с началом военных действий должны быть интернированы. По возрасту вы, вероятно, являетесь военнобязанным. Отныне такие, как вы, считаются военнопленными и подлежат аресту... Идемте.

— И без глупостей, — предупредил Штольц. — Надеюсь, вы понимаете, почему я держу правую руку в кармане.

20 июля (2 августа)

«Сегодня в три часа дня я отправляюсь в Зимний дворец, откуда, согласно обычаю, император должен объявить манифест своему народу. Я — единственный иностранец, допущенный к этому торжеству, как представитель союзной державы.

Зрелище великолепное. В громадном Георгиевском зале, который идет вдоль набережной Невы, собрано пять или шесть тысяч человек. Весь двор в торжественных одеждах, все офицеры гарнизона в походной форме. Посередине зала помещен престол и туда перенесли чудотворную икону Казанской Божьей Матери, которой на несколько часов лишен парадный храм на Невском проспекте. В 1812 г. фельдмаршал князь Кутузов, отправляясь, чтобы нагнать армию в Смоленске, долго молился перед этой иконой.

В благоговейной тишине императорский кортеж проходит через зал и становится слева от алтаря. Император приглашает меня занять место около него, желая таким образом, говорит он мне, «засвидетельствовать публично уважение верной союзнице, Франции». Божественная служба начинается тотчас же, сопровождаемая мощными и патетическими песнопениями православной литургии. Николай II молится с горячим усердием, которое придает его бледному лицу поразительное выражение глубокой набожности. Императрица Александра Федоровна стоит рядом с ним, непод-

вижно, с высоко поднятой головой, с лиловыми губами, с остановившимся взглядом стеклообразных зрачков; время от времени она закрывает глаза, и ее багровое лицо напоминает мертвую маску.

После окончания молитв дворцовый священник читает манифест царя народу, — простое изложение событий, которые сделали войну неизбежной, красноречивый призыв к национальной энергии, прошение о помощи Всевышнего и т. д. Затем император, приблизясь к престолу, поднимает правую руку над Евангелием, которое ему подносят. Он так серьезен и сосредоточен, как если бы собирался приобщиться Святых Тайн. Медленным голосом, подчеркивая каждое слово, он заявляет:

— Офицеры моей гвардии, присутствующие здесь, я приветствую в вашем лице всю мою армию и благословляю ее. Я торжественно клянусь, что не заключу мира, пока останется хоть один враг на родной земле.

Громкое "ура" отвечает на это заявление, скопированное с клятвы, которую император Александр I произнес в 1812 г.

В течение приблизительно десяти минут во всем зале стоит неистовый шум, который вскоре усиливается криками толпы, собравшейся вдоль Невы.

Внезапно, с обычной стремительностью, великий князь Николай, генералиссимус русских армий, бросается ко мне, целует, почти задавив меня. Тогда энтузиазм усиливается, раздаются крики: «Да здравствует Франция... Да здравствует Франция»... Сквозь шум, приветствующий меня, я с трудом прокладываю себе путь позади монарха и пробираюсь к выходу.

Наконец, я достигаю площади Зимнего дворца, где теснится бесчисленная толпа с флагами, знаменами, иконами, портретами царя.

Император появляется на балконе. Мгновенно все опускаются на колени и поют русский гимн. В эту минуту, для этих тысяч людей, которые здесь повергнуты, — царь действительно есть самодержец, отмеченный Богом, военный, политический и религиозный глава своего народа, неограниченный владыка душ и тел».

Глава третья

ПРОРОК

«Со времени предъявления ультиматума в Белграде Россия посвятила все свои усилия попыткам найти мирное решение вопроса, поднятого поступком Австрии. Результатом явилось бы изменение в равновесии сил на Балканах, представлявшим жизненный интерес для моего государства, все предложения, включая и предложение вашего правительства, были отвергнуты Германией и Австрией, а Германия выразила намерение выступить посредником тогда, когда благоприятный момент для оказания давления на Австрию уже прошел. Но и тогда она не выставила никакого определенного предложения. Объявление Австрией войны Сербии заставило меня издать приказ о частичной мобилизации, хотя, ввиду угрожающего положения, мои советники рекомендовали мне произвести всеобщую мобилизацию, указывая, что Германия может мобилизоваться значительно скорее России. В дальнейшем я был принужден пойти по этому пути вследствие всеобщей мобилизации в Австрии, бомбардировки Белграда, концентрации австрийских войск в Галиции и тайных военных приготовлений Германии. Правильность моих действий доказывается внезапным объявлением войны Германией, совершенно неожиданным для меня, так как я самым категорическим образом заверил императора Вильгельма, что мои войска не вступят, пока продолжается посредничество. Теперь, *когда война мне навязана, надеюсь, что ваша страна не откажется поддержать Францию и Россию».*

(*Текст телеграммы Николая II королю Англии Георгу V*)

«Россия навязала нам войну без всякой скрупулезности — ради Сербии! Час расплаты, который нельзя было больше откладывать, настал... Если Бог в своей милости дарует нам победу, тогда горе побежденным!»

«Жены и матери с детьми сопровождали призывников от одного пункта до следующего, откладывая час расставания, но женщины плакали тихо, и не было истерики. Мужчины выглядели суровыми и спокойными».

«Вся страна — мужчин, женщин, дети — готовы действовать. Царит ожесточение в отношении не имеющей веры России; наша мобилизация осуществляется как часовой механизм. Ни единого сбоя. Как только силы будут собраны, начнется борьба, которая определит мировую историю на следующие сто лет».

«Через двадцать минут после этого рокового часа вошел Уинстон Черчилль и уведомил нас, что все британские военные корабли извещены по телеграфу во всех морях о том, что война объявлена и им следует согласовать свое поведение. Вскоре после этого мы разошлись. Этой ночью нам не о чем было больше говорить. Завтрашний день должен был принести с собой новые задачи и новые испытания. Когда я покинул зал заседаний, то чувствовал себя так, как должен чувствовать человек, находящийся на планете, которая вдруг чьей-то дьявольской рукой была вырвана из своей орбиты и мчится с дикой скоростью в неизвестное пространство».

Сын Нестеровских, Миша, сидел в кресле и рассматривал картинку в книге. На картинке была изображена женщина в черной тунике. Лицо женщины было вдохновенным, но показалось Мише слишком мрачным.

— Пророчица Кас-сандра, — вслух прочитал он. — Мама, кто это?

— Дочь Приама, царя Трои, — отвернувшись от окна и подойдя к сыну, объяснила Ольга. — Она предупреждала троянцев, что не надо воевать с греками, но ее не послушались.

— Почему?

— Боги даровали Кассандре способность знать будущее. Но они же сделали так, чтобы никто не верил ее прорицаниям... Будущее можно предвидеть. Изменить — нельзя.

Внезапно от порыва ветра окно распахнулось. Ветер ворвался в комнату. Листы книги затрепетали.

Миша вскочил и подбежал к матери.

Оба они, обнявшись, стояли у окна, за которым слышались глухие раскаты грома.

В тот же день на окраине Петербурга в хорошо одетого господина средних лет попал мяч. Мяч испачкал господину брюки. Он, чертыхнувшись, поднял мяч и зашвырнул за чей-то забор. Затем отряхнул брюки и пошел дальше, не обращая внимания на мальчишек, которые недовольно глядели ему вслед.

Вскоре он открыл дверь в доме с вывеской «ТИПОГРАФИЯ П.ЖЕРНАКОВА».

Шагнув внутрь, он остановился. Узкая темная лестница вела в подвал. Оттуда доносился грохот типографской машины. Еще одна лестница круто поднималась вверх. Он поднялся по этой лестнице и толкнул низкую дверь. Она отворилась.

Щурясь, господин вошел в ярко освещенную дневным светом служебную комнату. За столом, спиной к окну сидел

129

узкоплечий мужчина лет сорока. Перед ним на металлической подставке стоял чайник. О чем-то размышляя, мужчина медленно помешивал ложкой в стакане.

— Здравствуйте, господин Жернаков.

— А-а, это вы, господин Ганский... Милости прошу. Чаю?

— Нет, спасибо.

— Жаль, только что заварил. Английский, знаете ли, да еще с бергамотом очень настроение поднимает.

— Вы мне настроение поднимете, если расскажете, как идут дела.

— А что дела? Дела они и есть дела. А что до нашего с вами, так поспешу обрадовать вас: оно уже сделано.

— То есть?

— Последнюю часть тиража «Новой Илиады» еще вчера развезли по книжным лавкам.

— Кто развез?

— Мой зять.

— Кто-нибудь из книгопродавцев его знает?

— Никто не знает... А тираж весь ушел. Я даже не ожидал, что так быстро. У меня остался единственный экземпляр.

— Покажите.

Жернаков из ящика в столе достал книжку в бумажном переплете и положил ее перед собой.

— Хочу вас спросить...

— Спрашивайте.

— Вот тут есть одно место...

Полистав «Новую Илиаду», Жернаков нашел нужную страницу и вслух прочитал:

«Исчадие морских пучин обрушит на него ярость свою. Вижу, он накренился набок, его орудийные башни выворочены страшным взрывом. Свинцовые воды Балтики заливают палубу и становятся красными от разлитых повсюду луж крови»... Что это за исчадие морских пучин?

— Предполагаю, что это подводная лодка, — сказал Ганский.

Жернаков отложил книгу, затем раскрыл лежавший на столе журнал.

На фотографии в журнале был представлен длинный корабль с расчехленными пушками, величественно входивший в какой-то порт. На палубе выстроилась команда.

Жернаков показал фотографию Ганскому.

— Вот этот крейсер... Я видел, как наши корабли гибли в Порт-Артуре. Неужели это повторится?

— Это было во время Русско-японской войны. А впрочем... Было — не было... Какая разница?

Ганский взял со стола книжку.

Внезапно лицо его изменилось.

— Что это такое?

— Где?

Ганский в бешенстве ударил по обложке тыльной стороной ладони.

— Вот здесь. Что это такое?!

— Что?

— Вот здесь! Здесь! — тыча пальцем в обложку, закричал Ганский. — Почему здесь написано Кассандров?

— Так же ведь... в рукописи было...

— Но я велел поставить другой псевдоним!

— Какой?

— Русский Нострадамус.

— Черт! Совсем забыл!

— Вы забыли! — Ганский нервно прошелся по комнате. — Все и всё забывают!

Морщась, он сел на стул, достал из бумажника деньги и отсчитал четыре сотенные ассигнации. Положив их перед Жернаковым, сказал:

— Вот четыреста рублей. Это — ваше вознаграждение.

— Мы договаривались на пятьсот, — не прикасаясь к деньгам, сказал тот.

— Сто рублей я вычел. Это — штраф за Кассандрова.

В это время хозяин книжной лавки на Малой Морской улице что-то записывал в конторскую книгу. В первом часу пополудни над дверью зазвенел колокольчик. В лавку вошли две молодые женщины и мальчик лет пяти.

— Мы вчера вернулись с дачи, — сказала та, что держала мальчика за руку. — Саша послезавтра уезжает на фронт.

— Уже получил назначение? — спросила другая.

— Нет еще, но вот-вот получит.

— Мой муж говорит, что война быстро кончится...

— Ты ему веришь?

— Не верю.

Они подошли к прилавку.

— Что дамы хотят приобрести? — Хозяин лавки видел, что обе посетительницы — дамы интеллигентные, интересующиеся и наверняка, несмотря на начинающуюся полномасштабную европейскую схватку, что-нибудь купят из произведений изящной словесности.

— Есть у вас какие-нибудь сказки? — сказала та, что сообщила про отбывающего на фронт Сашу.

— Безусловно. Какие вы хотите? Наши отечественные или сказки западных авторов? Есть Гофман, Андерсен, братья Гримм. А есть и Азия. «Тысяча одна ночь» в полном варианте.

— Не хочу сказки! — вдруг объявил мальчик. — Хочу про войну!

— А, и это желание исполнимо. Вот тебе про войну! — Хозяин лавки повернулся, снял с полки и подал мальчику большую, в красочной обложке книжку, на которой было написано «РУССКАЯ КАША».

На обложке художник изобразил географическую карту Европы с выделенными на ней очертаниями Сербии. Отсюда поднимались языки пламени. На сербском огне стоял горшок с надписью «Россия». Из-под крышки горшка лезла и растекалась по карте разбухшая при кипении каша. Каждая ее крупинка являлась русским солдатом или казаком. Кайзер Вильгельм и император Франц-Иосиф по пояс оказались затоплены этой кашей.

— Это кайзер? — тыча пальчиком в знаменитые загнутые кверху усы, поинтересовался мальчик.

— Да, — присев с ним рядом, ответила ему женщина. — Это — Вильгельм II.

— А это кто?

— Франц-Иосиф.

— Фу, какие они некрасивые!

— А вот еще одна любопытная книжица. Вчера привезли. — Хозяин лавки с довольным видом показал «НОВУЮ ИЛИАДУ». — Если любите страшное, очень рекомендую.

Женщина раскрыла «НОВУЮ ИЛИАДУ».

Пока она просматривала ее, мальчик вслух прочитал двустишие под рисунком на обложке «РУССКОЙ КАШИ»:

— «Последнего, братцы, лишитесь вершка, коль русская каша пойдет из горшка».

— Нравятся стихи?

— Очень! — с чувством ответил мальчик.

Женщина протянула хозяину лавки деньги.

— Дайте нам про кашу и еще эту, которая страшная, — сказала она.

Они вышли из лавки и пошли к трамвайной остановке.

Прохладный ветер дул со стороны залива.

В сумерках, возле ворот старого кладбища прохаживался длинноволосый, неряшливо одетый человек лет пятидесяти.

Какая-то нищенка остановилась возле него и стала просить:

— Подайте, барин. Помолюсь за вас и доброту вашу.

Он, порывшись к кармане, подал ей мелкую монетку.

— Гривенничек прибавьте, я вам погадаю.

— Будущее можешь сказать?

— Могу, барин. С молитвой все могу.

— Ну, скажи мне: когда война кончится?

Нищенка, закатив глаза, что-то зашептала. Наконец объявила:

— К Рождеству кончится.

— А-а, — отмахнулся от нее человек, — иди с Богом! Ничего ты не знаешь.

Она, шепча что-то, ушла.

Вскоре к воротам кладбища подошел Ганский с портфелем в руке.

— Наконец-то! Я уж думал, не придете, — сказал ему человек.

— Мы с вами, господин Сахаров, который раз встречаемся, и все-то вы назначаете свидание на кладбище. Что вас сюда тянет?

— Для важного разговора самое подходящее место. Здесь врать труднее.

— Наивный вы человек.

— Книжку принесли? — нетерпеливо спросил Сахаров.

— Принес, принес...

— Давайте скорее! Где она? В портфеле?

— Что вы, ей-богу, как ребенок! Сейчас найдем скамейку, сядем...

Они вошли в ворота и пошли мимо крестов и памятников.

На кладбищенской аллее Ганский увидел скамейку. Он расстелил на ней газету, они с Сахаровым сели. Ганский расстегнул портфель.

Внезапно лицо Сахарова изменилось. Он что-то увидел среди надгробий и со страхом стал пальцем указывать туда.

Глава третья. Пророк

— Там... Смотрите...

— Что? — встревожился Ганский.

— Там... Там огонь!

В той стороне, куда он указывал, из-за крестов и надгробных плит вырывалось пламя. При свете его метались какие-то тени.

— Все вы, — вдруг забормотал Сахаров, — возжигающие огонь огненными стрелами, пойдете в пламень огня своего... Это будет вам от руки моей... В мучениях умрете...

Одна из теней превратилась в кладбищенского сторожа. Ганский увидел, что сторож сжигает сухие листья и ветки.

— И будут повержены трупы людей, как навоз на поле, и как снопы позади жнеца... И некому будет собрать их, — бормотал Сахаров.

— Это костер, — засмеялся Ганский. — Мусор жгут. Обычное кладбищенское дело.

— Да.. Да... Я вижу... Я понимаю...

Ганский достал из портфеля «НОВУЮ ИЛИАДУ» и всунул ее в руку Сахарову.

— Ваш авторский экземпляр, Иван Петрович.

— Да... да... Я вижу.... Я понимаю....

В тот же вечер Ольга Нестеровская сидела за столом, склонившись над книгой. Вошел Нестеровский.

— Что это ты читаешь? — Он отогнул обложку. — Иван Кассандров... Хм. Новый символист?

— Не знаю, кто он, но пишет ужасные вещи.

— Что же это за вещи?

Ольга перевернула страницу.

— Чем дальше читаю, тем больше поражаюсь... Вот, например... «Слышу запах ядовитого газа из бомб и снарядов. Вижу землю, усеянную тысячами трупов. Разлагаясь, лежат они, как навоз на поле, и как снопы позади жнеца...»

— Чушь! — перебил Нестеровский. — Использование отравляющих газов запрещено Гаагской конвенцией.

— Ты думаешь, эта конвенция будет соблюдаться?

— Конечно. Все-таки война в Европе идет.

— Ну и что?

— А то, что мы все цивилизованные люди.

— Ну так уж и все!

Нестеровский хотел возразить, но не успел: зазвонил телефон. Он взял трубку.

— Алё...

Он слушал то, что ему говорили. Лицо его становилось все более серьезным и сосредоточенным.

Положив трубку, он подошел к Ольге и обнял ее за плечи.

— Я только что получил назначение.

— Куда? — немного помолчав, спросила она.

— В разведку Первой армии. Штаб — в Ковно.

Сахаров и Ганский сидели на скамейке на кладбищенской аллее.

Сахаров листал книжку.

— Ну как? Довольны? — улыбался Ганский.

— Да... Не знаю, как вас благодарить.

— Перестаньте! Кто-то же должен быть выступить в роли мецената.

— Почему вы принесли мне только один экземпляр?

— Остальные уже в продаже.

— Что ж, придется самому купить штук двадцать.

— Куда вам столько?

— Прежде всего надо послать ее государю. Затем главнокомандующему, лидерам думских фракций, — загибая пальцы, перечислял Сахаров, — некоторым генералам, министрам...

— Не советую этого делать, — перебил Ганский.

— Почему?

— Вас арестуют и отдадут под суд. Уют вам обеспечат в камере в Крестах. Потом вас отправят на каторгу. Лет на десять.

— За что?

— Как вы думаете, на чьи деньги издана книга?

— На ваши.

— А у меня они откуда?

— Не знаю.

— Господин Сахаров, — спокойно сказал Ганский, — ваша книга издана на деньги Германского Генерального штаба. Из тех сумм, что отпускаются на пропаганду в странах Антанты. Ваше сочинение относится к числу тех, которые вселяют страх и подрывают веру в победу.

Сахаров некоторое время молчал, потрясенный услышанным. Вдруг он как-то дернулся, со страхом оглянулся и, сорвавшись со скамейки, побежал, не разбирая дороги.

Только у ворот Ганский догнал его и схватил за плечо.

— Иван Петрович!

— Что? Что?

— Послушайте, Иван Петрович. Ну что вы бегаете от теней?

—Преследующие нас были быстрее орлов небесных, — гримасничая, с безумным выражением бормотал Сахаров. — Гонялись за нами по горам, ставили засаду для нас в пустыне...

19 июля (1 августа)

«Русская армия имела 850 снарядов на каждое орудие, в то время как в западных армиях приходилось от 2000 до 3000 снарядов. Вся русская армия имела 60 батарей тяжелой артиллерии, а германская — 381 батарею. В июле 1914 г. всего лишь один пулемет, который так быстро и жестоко покажет свою значимость, приходился на более чем тысячу солдат. Русские заводы производили лишь треть автоматического оружия, запрашиваемого армией, а остальное закупалось во Франции, Британии и Соединенных Штатах; западные источники предоставили России 32 тысячи пулеметов. К сожалению, почти каждый тип пулемета имел

свой собственный калибр патрона, что осложняло снабже-
ние войск. То же можно сказать о более чем десяти типах
винтовок (японские «арисака», американские «винчестеры»,
английские «ли-энфелды», французские «грас-кропачек»,
старые русские «берданы» использовали разные патроны).
Более миллиарда патронов было завезено от союзников. Еще
хуже было положение с артиллерией: более тридцати семи
миллионов снарядов — два из каждых трех использованных —
были завезены из Японии, Соединенных Штатов, Англии и
Франции. Чтобы достичь русской пушки, каждый снаряд в
среднем проделывал путь в шесть с половиной тысяч кило-
метров, а каждый патрон — в четыре тысячи километров».

В ту ночь в городе Ковно, на границе России и Восточной Пруссии, было тихо. Светила луна. Силуэты старинных костелов отчетливо просматривались на фоне звездного неба.

В штабной кабинет вошли четыре генерала: Агеев, Гурко,
Орановский и хан Нахичеванский.

— Прошу садиться, — сказал им стоявший возле настенной карты человек лет шестидесяти, крепкого телосложе-
ния, в генеральском мундире, с громадными усами и подус-
никами. Этим человеком был командующий Первой армией, генерал от кавалерии Павел Карлович фон Ренненкампф.

Вошедшие сели.

— Господа! — объявил Ренненкампф. — Только что по-
лучена телеграмма из Белостока, от командующего фрон-
том генерала Жилинского. Нам приказано войти в Восточную Пруссию. Четвертого августа наши авангарды должны
пересечь границу.

— Это значит, через три дня? — после затянувшейся паузы спросил Агеев.

— Я непонятно выразился? — Стальной взгляд Реннен-
кампфа по очереди уперся в каждого из присутствующих.

— Ваше превосходительство, осмелюсь напомнить, — выдержав этот взгляд, сказал Гурко. — По стратегическому плану наша Первая армия должна быть готова к ведению боевых действий через шесть недель после объявления мобилизации. Сейчас идет только третья неделя. Часть корпусов еще находится в пути. Они даже не достигли пунктов развертывания.

— Нет защитной формы, — дополнил Орановский. — Мои солдаты одеты в белые гимнастерки. Для немцев это отличные мишени.

— Мы оторвемся от своих баз. Будут трудности со снабжением, — сказал хан Нахичеванский.

— И со связью, — добавил Агеев. — Нам приказано перейти на новые шифры, но в них есть недоработки. Чтобы устранить их, нужно время.

— Что вы хотите сказать? — с угрозой спросил Ренненкампф.

— Надо отложить начало наступления хотя бы на неделю, — за всех ответил Агеев.

Ренненкампф вынул из ящика стола револьвер и положил его на стол.

— Для тех, кто не готов исполнить приказ командующего, есть один достойный выход из ситуации... Вот он! — указал Ренненкампф на револьвер. — Бумага и чернила для предсмертной записки имеются в соседней комнате.

Он обвел взглядом присутствующих. Все молчали.

— Бельгия растоптана, — произнес Ренненкампф. — Гунны вторглись во Францию и движутся на Париж. Французское командование умоляет нас оттянуть на себя часть германских сил с Западного фронта. С Божьей помощью мы будем наступать.

Германские войска уже наступали по всему Западному фронту, когда на даче Ольга укладывала Мишу спать. Поцеловав сына, она загасила лампу и вышла на веранду. Там Нестеровский, сидя в кресле, читал «НОВУЮ ИЛИАДУ».

— Послушай, что пишет твой Кассандров...

— И что же еще он пишет?

— «Волк бросится на петуха, а петух позовет на помощь медведя. Медведь нападет на волка, и петух уцелеет, а волк отгрызет медведю одну лапу», — зачитал Нестеровский.

— Повезло петуху, — заметила Ольга.

— Это галльский петух. Символ Франции, — пояснил Нестеровский. — Волк — Германия. Медведь — Россия... Интересно, что означает потеря одной лапы?

— Не знаю... Пойдем спать.

Утром Нестеровский, одетый в военную форму, вошел в здание контрразведки. Пройдя по коридору, он открыл дверь в большую комнату.

Один из служебных столов был выдвинут в центр, на нем стояла икона Николая Чудотворца. Перед ней горела свеча.

Несколько офицеров торжественно стояли вдоль стен. Среди них — Костин и Штольц. Костин сделал Нестеровскому знак, что нужно подождать.

— Капитан Костин, ваша очередь, — сказал пожилой полковник.

Костин подошел к столу, взял лист бумаги и начал говорить, изредка заглядывая в текст:

— Я, капитан Костин, помощник начальника Контрразведывательного отделения Санкт-Петербургского военного округа, присягаю на том, что всегда буду свято и ненарушимо сохранять в тайне все сведения, которые будут проходить через мои руки и перед моими глазами...

Офицеры слушали с напряженным вниманием.

— Обещаю, — продолжал Костин, — всегда осторожно, обдуманно и предусмотрительно обходиться с вверенными мне тайными материалами, дабы всеми силами моими содействовать ненарушимости и непроницаемости этих тайн, составляющих собственность не мою, а доверяющего их мне Отечества.

Он поцеловал икону и уступил место возле нее небольшого роста майору, который стал произносить клятву высоким, надтреснутым голосом.

Потом Нестеровский сидел в служебном кабинете Костина. Тот листал «НОВУЮ ИЛИАДУ». Здесь же находились Штольц и Стрельников.

— Видите? — показал Нестеровский страницу с выходными данными. — Издатель не указан, типография — тоже. Значит, цензуру эта книжка не проходила.

— В каком это жанре? — спросил Костин.

— Что-то среднее между видением и пророчеством. А смысл таков. Если не заключить мир с немцами, Российская империя погибнет, как погибла Троя.

— Немцы, значит, греки, а мы — троянцы?

— Вроде того. В общем, горе тебе, Илион! Не зря автор взял такой псевдоним. — Нестеровский нашел в книжке нужное место и вслух зачитал:

— «И нападут они на народ мирный, не пожелавший примкнуть ни к тем, ни к другим...» Понятно, что имеется в виду?

— Нападение Германии на нейтральную Бельгию, — ответил Штольц.

— Да... «И отступит народ мирный перед стальными гигантами, — продолжал читать Нестеровский. — Веса их не выдерживает земля. Жерла их — жерла огненные...»

— Угу, — кивнул Костин. — Бельгийские форты капитулировали, когда немцы начали обстрел из сверхтяжелых орудий.

— С тех пор еще недели не прошло. Этот Кассандров ничего знать не мог. Вот что самое странное! Его предсказания начинают сбываться.

— А нам он что предсказывает? — спросил Стрельников.

— Что русские армии войдут в «янтарную страну тихих вод и темных песков».

— Что это за страна такая?

— Думаю, что Восточная Пруссия. Если верить Кассандрову, там нас ждет страшный разгром. Написано: «И стрелы с небес поразят бегущих».

20 июля (2 августа)

«...в 8 часов утра посол со всем составом посольства и баварской миссии и 80-ю другими германскими подданными покинул в экстренном поезде Петроград, направляясь в Берлин через Швецию. Я с удовольствием отмечаю здесь, что отъезд германских дипломатов из России состоялся благодаря заботливости и предупредительности русских властей в полном порядке и благочинии. В этом отношении он выгодно отличался от отбытия из Берлина нашего дипломатического представительства и некоторых членов русской колонии, покинувших Германию вместе с С.Н. Свербеевым и подвергшихся оскорблениям уличной толпы.

Между тем мы все еще не находились в состоянии войны с Австро-Венгрией, главной зачинщицей создавшегося невыносимого положения. Так как венский кабинет в последнюю минуту заявил нам о своем желании продолжать прерванные им с нами переговоры, русское правительство не давало своим войскам приказа перейти австрийскую границу, имея в виду данное Государем обещание не нарушать мира, пока будут продолжаться переговоры, т. е. пока не исчезнет последняя, хотя бы и слабая надежда на его сохранение. Германия, таким образом, оказалась в положении державы, обнажившей меч для защиты союзницы, на которую никто не нападал».

«Недавно построенные стратегические железные дороги позволяли России послать на фронт почти 100 дивизий в тече-

ние восемнадцати дней, что означало отставание от Германии в полной боевой готовности всего на три дня».

На перроне Варшавского вокзала гремела бравурная музыка.

Возле вагона стояли трое: Нестеровский в офицерской форме, Ольга и Миша.

— Никак не могу поверить, что ты едешь на войну. Это кажется каким-то дурным сном.

— Я же буду при штабе. Это не опасно, — успокоил жену Нестеровский.

— Папа, а ты будешь стрелять в немцев? — глядя на отца, с подозрением спросил Миша.

— Не знаю.

— Папа! — потрясенно сказал Миша. — Тогда где же ты ее добудешь?

— Кого ее?

— Каску. Ты обещал привезти мне в подарок немецкую каску.

— Привезу, привезу. Обязательно привезу.

— А это тебе. От меня, — Миша, немного стесняясь, вынул из кармана маленький холщовый мешочек на шнурке.

— Что это? — с недоумением спросила Ольга.

— Это... Ну, тут немножечко земли... Это русская земля. Я читал, что солдаты всегда должны носить ее на груди.

Миша взволнованно шмыгнул носом.

— Вот уж никак не ожидал! — Растроганный Нестеровский высыпал себе на ладонь щепотку земли из мешочка. — Где ж ты ее взял?

— Во дворе накопал, — смутившись, объяснил Миша.

— Спасибо... Буду на груди носить.

— И помнить об отчем доме, — патетично продолжил Миша. — В свой последний час...

При этих словах он получил от матери подзатыльник.

— Ты что? Какой последний час?

У Миши на глаза навернулись слезы.

— У меня так в книжке написано. Я не сам придумал.

Раздался паровозный гудок. Оркестр грянул марш с удвоенной силой.

Ольга обняла мужа, припала к нему.

— Саша... Сашенька...

— Успокойся, Оля. Это ненадолго.

— Откуда ты знаешь? — Ольга с надеждой смотрела на мужа.

— Все говорят, война кончится месяца через три. Самое позднее, к Рождеству.

— А в той книжке написано, что она продлится четыре года.

— Ерунда.

Ольга робко улыбнулась.

Поезд с лязганьем тронулся. Нестеровский встал на подножку. Ольга молча, все так же робко улыбаясь, шла за вагоном, держа за руку Мишу. Вдруг зазвучал тревожно солдатский хор: «Ревела буря, дождь шумел. Во мраке молнии блистали. И непрерывно гром греме-ел...»

Поезд шел все быстрее. Нестеровский стоял на подножке. Он видел, как Ольга и Миша машут ему вслед.

«И все же армии в 1914 г. не хватало 3000 офицеров, несмотря на улучшения в денежном обеспечении и в системе продвижения по службе. Служба в армии не давала особых льгот и привилегий. Дослужиться до офицера было привлекательно для сына крестьянина, но у вчерашнего дворянина были смешанные чувства. Подполковник русской армии получал примерно четверть того, что составляло жалование германского офицера того же ранга. Германский гауптман получал 2851 германскую марку, а русский штабс-капитан — 1128 марок. Русские офицеры ездили по железной дороге в вагоне третьего класса (только за несколько лет до войны им позволили занимать места во втором классе)».

Глава третья. Пророк

В тот же день

Костин и Сабурова шли по Малой Морской улице. Плиты тротуара и булыжники мостовой тускло мерцали после прошедшего дождя.

— Вчера я видел на Невском группу офицеров, — рассказывал Костин. — Они кричали: «Вильгельма — на Святую Елену!» Не знаю, почему, но теперь многим кажется, что с кайзером это будет проще, чем с Наполеоном.

— Я забыла, как было с Наполеоном.

— Об этом много написано. Из всех версий мне нравится такая. Вот сидит Бонапарт в Елисейском дворце и обедает. Вдруг входят вооруженные люди. Один из них делает шаг вперед и спрашивает: «Вы будете тот, кто проиграл битву при Ватерлоо?» — «Ну, я». «Тогда пожалуйте на уединенный остров. Вам отдых до конца жизни полагается».

— Это очень грустная версия, Сергей Павлович.

— Та, что с кайзером, еще грустней...

Вскоре они подошли к книжной лавке, где Ольга купила «НОВУЮ ИЛИАДУ».

— Вот эта лавка, — сказала Сабурова.

Зазвенел колокольчик. Хозяин лавки вышел из-за прилавка.

— Только что Арцыбашев поступил, с иллюстрациями.

— Это очень хорошо. А вот эта еще есть в продаже?

Костин показал хозяину лавки «Новую Илиаду».

— Была такая, но уже вся раскуплена.

— Давно?

— Вчера последнюю продал.

Он пристально посмотрел на Сабурову.

— Вот эта дама была и еще одна с мальчиком. Они ее и купили.

— К вам эта книга как попала?

— Какой-то человек очень дешево предложил мне целую связку.

— Вы раньше не имели с ним дело?

— Никогда не имел.

Костин и Сабурова вышли на улицу.

— Кассандров, Кассандров... — Костин вслух пытался что-то вспомнить. — Где-то мне попадалась эта фамилия. В какой-то газете.

— Вы какую газету обычно читаете?

— «Речь».

— Почему «Речь»?

— В ней объективно отражают происходящее.

— Неужели?

— Ну... стараются отражать.

— Вот и спросите в редакции. — Сабурова остановилась. — Дальше провожать меня не нужно. Это лишнее.

— Почему?

— Я не изменяю мужу. А флиртовать не умею.

— Я тоже, — очень серьезно ответил Костин.

— Тем более... я скоро уезжаю на фронт.

— Так, и вас мобилизовали.

— Когда-то я закончила медицинские курсы. Буду работать в лазарете.

— Что ж... Вильгельма — на Святую Елену?

— Есть на Святую Елену! — Сабурова приложила руку к шляпке.

22 июля (4 августа)

«Вчера Германия объявила войну Франции. Общая мобилизация производится быстро и без малейшего происшествия во всей России. Первоочередные части даже выиграли пять или шесть часов в сравнении с расписанием. Сазонов, бескорыстие и честность которого я часто раньше имел случай оценить, показал мне себя в это последнее время в таком виде, который возвышает его еще больше. В нынешнем кризисе он видит не только политическую проблему, которая должна быть реше-

на, а также и, главным образом, проблему моральную, в которой замешана даже религия. Над всей его работой господствуют влечения. Он говорит:

— Эта политика Австрии и Германии столь же преступна, сколь и бессмысленна: она не заключает в себе малейшего элемента нравственности; она оскорбляет все божественные законы.

Сегодня утром, видя его изнемогающим от усталости, с лихорадочными, подведенными глазами, я спрашиваю него, как он может переносить такую работу при его слабом здоровье; он мне отвечает:

— Господь поддерживает меня.

Весь день перед посольством проходили шествия, с флагами, иконами, при криках: «Да здравствует Франция… Да здравствует Франция»…

Толпа очень смешанная: рабочие, священники, мужики, студенты, курсистки, прислуга, мелкие чиновники и т. д. Энтузиазм кажется искренним. Но в этих манифестациях, столь многолюдных и появляющихся через такие правильные промежутки времени, какую часть надо приписать полиции?

Я ставлю себе этот вопрос сегодня вечером, около десяти часов, когда мне докладывают, что народная толпа бросилась на германское посольство и разграбила его до основания.

Чернь наводнила особняк, била стекла, срывала обои, протыкала картины, выбросила в окна всю мебель, в том числе мрамор и бронзу эпохи Возрождения, которые составляли прелестную частную коллекцию Пурталеса. И, чтобы кончить, нападавшие сбросили на тротуар конную группу, которая возвышалась над фасадом. Разграбление продолжалось более часу, под снисходительными взорами полиции».

23 июля (5 августа)

На обочине песчаной лесной дороги стоял автомобиль. Возле него, в тени под деревьями, сидели Нестеровский и подполковник Рябиков. Перед ними была расстелена карта. Мимо шли солдаты в белых гимнастерках.

Нестеровский некоторое время прислушивался к далекому орудийному гулу, затем спросил:

— Где это?

— Наши наступают на Гумбинен. Вот он, — на карте показал Рябиков. — Ренненкампф и Самсонов должны взять немцев в клещи.

— Самсонов?

— Генерал Самсонов, командующий Второй армией. Мы вошли в Восточную Пруссию с северо-востока. А Вторая армия — с юга. Вот отсюда. Движется в обход Мазурских озер... Ну и жара!

Солнце безжалостно освещало дорогу. Солдаты провезли пулемет, затем проехала кухня. Орудие на конной тяге застряло в песчаной рытвине. Несколько солдат облепили его.

— Ээ-эх! Еще раз! Взяли-и!..

Орудие не поддавалось. Подошли еще несколько человек, крепко взялись, надавили. Наконец, пушка тяжко выдвинулась из рытвины. Кони потащили ее дальше. Солдаты двинулись следом.

— Где же хваленые немецкие дороги? — спросил Нестеровский.

— Есть, да не про нашу честь, — отозвался Рябиков, складывая карту и убирая ее в планшет. — В армии триста тысяч человек. Хороших дорог на всех не хватит. А железнодорожная колея у немцев, сами знаете, уже, чем наша. Приходится пехом... Идемте.

Костин вошел в подъезд. На первом этаже, возле дверей, на стене висела медная табличка: «ГАЗЕТА "РЕЧЬ"».

Костин открыл дверь и прошел в редакционную приемную. В приемной стояли два больших стола.

За дальним сидел и что-то писал темноволосый мужчина, которому на вид было лет тридцать — тридцать пять. Мужчина был в хорошей брючной паре и при галстуке. За ближним столом женщина неопределенного возраста сидела с папиросой в зубах и с чрезвычайной скоростью печатала на пишущей машинке.

— Здравствуйте, барышня, — сказал Костин.

— Почему вы решили, что я не замужем? — не переставая печатать, осведомилась она.

— Простите, это у меня машинально.

— Барышни — на бульваре... Что вам угодно?

— Я из контрразведки, капитан Костин. Хотел бы поговорить с кем-нибудь из сотрудников редакции.

— Я и есть сотрудник редакции. Моя фамилия Виноградова. Вы по какому вопросу?

— Месяца два назад в вашей газете была напечатана заметка некоего Кассандрова. Случайно не помните?

— Еще бы не помнить! Этот Кассандров предсказал убийство эрцгерцога Франца-Фердинанда в Сараево. Чуть ли не фамилию угадал этого мальчишки-анархиста. И всю их организацию описал. А в конце написал, что из-за этого начнется европейская война. То есть те выстрелы в этой войне были как бы первые.

Мужчина за столом делал вид, что с увлечением пишет, а сам внимательно прислушивался к разговору.

— Кассандров — это псевдоним? — спросил Костин.

— Естественно.

— Чей?

— Понятия не имею. Эту заметку готовил к печати Яша Ройтман. Надо у него спросить.

— Он сейчас в редакции?

— Он уже две недели как в армии.

— В какой части, знаете?

— Кажется, их часть стоит в Измайловских казармах.

149

Яша Ройтман и в самом деле оказался в части, что стояла в старинных Измайловских казармах. Это Костин выяснил у дежурного офицера. Вскоре увидел и самого Яшу: на огромном плацу он и еще несколько солдат под руководством грузного фельдфебеля учились скатывать шинели.

— Туже, туже, — наставлял их фельдфебель. — Ты жми ее, как девку на сеновале... Не-ет, так не пойдет!

Солдаты вновь раскатывали шинели, а после, скатав, жали опять.

Костин и дежурный офицер стояли в стороне. Внимательно наблюдая за действиями на плацу, Костин спросил:

— Когда их на фронт отправляют?

— Завтра.

— Последняя тренировка перед боем?

— Думаю, что не последняя...

— А стрелять-то хоть умеют?

— Нет, капитан. Пока только заряжать... Вольноопределяющийся Ройтман! Ко мне!

Яша выпрямился, взял под мышку скатанную шинель и направился к офицеру.

Через минуту Яша и Костин стояли возле ограды казарм.

— Эта заметка, — сказал Ройтман, — пришла в редакцию по почте. Я напечатал ее как курьез. Мне и в голову не приходило, что эрцгерцога Фердинанда кто-то убьет. Но когда это случилось, я разыскал автора.

— Как его настоящее имя?

— Сахаров Иван Петрович. Был ассистентом на какой-то кафедре в Технологическом институте. Недавно его уволили. По-моему, психически он не вполне здоров. Вообразил себя ясновидящим.

— А это не так?

— Я не верю в подобные вещи.

— Но ведь Фердинанда убили.

— Ну и что? Теперь мы знаем, что его многие отговаривали от поездки в Сараево. Видимо, понимали, что ему грозит опасность.

Костин показал Ройтману «НОВУЮ ИЛИАДУ».

— Вам знакомо это сочинение?

— Да. Сахаров давал мне его в рукописи.

— Между прочим, кое-какие из его предсказаний уже сбылись.

— Ничего сверхъестественного тут нет. Как инженер он лучше других понимает, что техника окажет огромное влияние на ход военных действий. Отсюда все его выводы. Например, тут написано, что нынешняя война продлится не меньше четырех-пяти лет.

— А почему так долго?

— Потому что современные средства обороны сильнее средств нападения. Все армии зароются в землю, и при попытке наступать будут нести колоссальные потери... Его пророчества правильнее назвать научными прогнозами. Он лишь облекает их в нарочито туманную форму. Скажем, все мы понимаем, что если депешу отправить по радио, противник может ее перехватить. Но Сахаров пишет об этом так: «Германцы поймают брошенное на ветер русское слово и проникнут в русскую тайну».

— Адрес его знаете? — спросил Костин.

— Сейчас. — Ройтман достал из нагрудного кармана записную книжку. Полистав ее, он сказал:

— Нашел. Записывайте...

Ночью автомобиль, в котором сидели Рябиков и Нестеровский, медленно полз по лесной дороге. В свете фар было видно, как колонна солдат прижимается к обочине, пропуская автомобиль.

— Каким образом штаб армии связывается с командирами корпусов? — спросил Нестеровский.

— По радио.

— Радиограммы шифруются?

— Как вам сказать... Перед тем, как мы вошли в Восточную Пруссию, поступила директива: перейти на новые шифры. Попробовали, ничего не выходит. Слишком сложны. Все время возникает какая-то путаница.

— И как же вы обходитесь?

— А-а... Шпарим открытым текстом.

— А нельзя пока пользоваться старыми шифрами?

— Нельзя. Приказано было перейти на новые, а старые уничтожить.

Солдаты неровной колонной шли по лесной дороге. Внезапно их осветил бьющий откуда-то спереди и сверху прожектор. Почти одновременно с той же стороны ударил пулемет.

Солдаты врассыпную бросились в лес по обе стороны дороги. Некоторые падали.

Пулемет бил длинными очередями, строго и точно. Когда луч прожектора сдвигался в сторону, темноту прорезали вспышки винтовочных выстрелов. Немецкие пехотинцы стреляли, прячась за деревьями.

Нестеровский увидел лежащего на дороге убитого солдата и бросился к нему. Рядом прошла пулеметная очередь. Нестеровский залег. Затем он схватил винтовку убитого и устремился в лес.

По обочине, перебегая от дерева к дереву, Нестеровский продвигался вперед. Теперь луч прожектора шел над ним. Наконец, он увидел площадку между ветвями. Огненный глаз прожектора смотрел мимо него.

Нестеровский прицелился и выстрелил.

Прожектор погас. Пулемет, потеряв ориентацию, умолк.

В темноте сначала как-то несмело, затем все громче раздалось «Ура-а!». Солдаты устремились вперед.

24 июля (6 августа)

«В полдень я еду в Царское Село, где буду завтракать у великого князя Павла Александровича и его морганатической супруги графини Гогенфельзен, с которой я поддерживаю в течение многих лет дружеские отношения.

Великий князь Павел Александрович и графиня Гогенфельзен пригласили, кроме меня, только Михаила Стаховича, члена Государственного Совета по выборам орловского земства, одного из русских, наиболее пропитанных французскими идеями. Я нахожусь в атмосфере искренней и теплой симпатии.

Когда я вхожу, все трое приветствуют меня криком: «Да здравствует Франция»... С прямотою и простотою, ему присущими, великий князь выражает мне свое восхищение единодушным порывом, который заставил французский народ лететь на помощь своей союзнице:

— Я знаю, что ваше правительство не колебалось, одной минуты, чтобы поддержать нас, когда Германия «вынудила нас защищаться. И это прекрасно... Но что народ мгновенно понял свой долг союзника, что ни в одном классе общества, ни в одной политической партии не было ни малейшей слабости, ни малейшего протеста — вот что необыкновенно, вот что величественно...

Стахович подхватывает:

— Да, величественно... Но современная Франция лишь продолжает свою историческую традицию; она всегда была страной великих дел.

Я соглашаюсь, подчеркивая:

— Это правда, французский народ, который столько раз обвиняли в скептицизме и в легкомыслии, есть, несомненно, тот народ, который чаще всего бросался в борьбу по бескорыстным мотивам, который чаще всего жертвовал собою ради идеи.

Затем я рассказываю моим хозяевам о длинном ряде событий, которые наполнили собою последние две недели. Они, со своей стороны, передают мне большое число эпизодов, которые указывают на единение всех русских в желании спасти Сербию и победить Германию.

— Никто, — говорит мне Стахович, — никто в России не согласился бы, чтобы мы позволили раздавить маленький сербский народ.

Тогда я спрашиваю у него, что думают о войне члены крайней правой в Государственном Совете и в Государственной Думе, — этой влиятельной и многочисленной партии, которая устами князя Мещерского, Щегловитова, барона Розена, Пуришкевича, Маркова всегда проповедовала соглашение с германским императором. Он уверяет меня, что эта доктрина, поддерживавшаяся главным образом расчетами внутренней политики, радикальным образом разрушена нападением на Сербию, и заключает:

— Война, которая теперь начинается, есть дуэль насмерть между славянством и германизмом. Нет такого русского, который бы этого не сознавал.

Когда мы встаем из-за стола, я только даю себе время выкурить папиросу и быстро возвращаюсь в Петербург».

Костин и Штольц, оба в военной форме, поднимались по лестнице подъезда в третьеразрядном доходном доме. На площадке Штольц позвонил в дверь.

Пошаркав и погремев цепочкой, дверь открыл старичок, одетый не по погоде: в валенки и в жилетку.

— Господин Сахаров здесь проживает? — спросил Костин.

— И-и, вспомнили! Уж месяц как съехал...

— Куда съехал?

— Туда, — Старичок указал пальцем вниз.

— Туда это куда?

— Под землю.

— Помер, что ли? — спросил Штольц.

— Типун вам на язык! В подвале живет.

Глава третья. Пророк

Тем временем в нищей подвальной каморке Сахаров сидел с ногами на покрытой тряпьем лежанке. Перед ним лежала Библия. Он вслух читал:

— «Совершил Господь гнев свой, излил ярость гнева своего... Не верили цари земли и все живущие во вселенной, чтобы враг и неприятель вошел во врата Иерусалима»... Это все о России, — сам себе пояснял Сахаров. — Это все о многострадальной родине нашей...

Даша кивала ему. Она стояла посреди каморки и, вглядываясь в то, как шевелятся губы чтеца, очищала от скорлупы вареное яйцо. Справа от Даши стоял стул с ножкой, обмотанной веревкой. На стуле была расстелена газета. На газете лежали очищенная луковица и ломоть черного хлеба.

— «Князья ее были в ней чище снега, белее молока, — читал Сахаров. — Они были телом краше коралла, вид их был, как сапфир. А теперь темнее всего черного лице их. Не узнают их на улицах, кожа их прилипла к костям их...»

Даша подала ему облупленное яйцо. Сахаров, не прекращая читать, молча отвел ее руку.

Тем временем Костин, Штольц и старичок в валенках спускались по лестнице. Старичок говорил:

— Человек он хороший, незлобивый. Одна беда: малость того-с... Зайдешь к ему, а он такое начнет молоть! Волос дыбом. Про таких сказывают: в книгу глядит, а огонь говорит.

— Что он от вас в подвал-то съехал? Не поладили? — спросил Костин.

— Зачем? Просто там дешевле. Он как заговариваться стал, его со службы турнули. Жена от него сбежала.

— Один живет?

— Не. Прилепилась к нему одна убогонькая.

— Калека, что ли?

— Глухонемая.

Сахаров читал Даше:

— «Слушайте, женщины, слово Господа, учите дочерей ваших плачу, и одна другую — песням плача. Ибо смерть входит в наши окна, вторгается в чертоги наши...»

На улице, возле оконца каморки остановились три пары ног.

Старичок, присев, постучал в подвальное оконце.

— Эй! Иван Петрович!

С улицы он не видел, что творится в каморке, но Сахаров видел, очень хорошо видел — и старичка, и его спутников. «Это меня арестовывать пришли! — шепотом произнес он. — В острог меня! В острог!» И с перекошенным от страха лицом бросился к двери.

За дверью была подвальная лестница, в углу, под лестницей — груда бочек. Сахаров метнулся к бочкам. Спрятавшись за ними, он стал делать Даше знаки, чтобы та не выдавала его.

На лестнице послышались шаги.

Костин, Штольц и их провожатый прошли мимо него.

Когда они вошли в каморку, Сахаров прокрался на улицу и побежал прочь.

Обгоняя его, с грохотом пронесся трамвай.

Сахаров свернул в какую-то подворотню, пролетел через двор и оказался на ярко освещенной широкой улице. Ему показались, что его догоняют, и сзади слышатся свистки. Он понесся еще быстрее и вскоре был уже на мосту, а после пропал где-то на той стороне темной и широкой Невы.

В каморке старичок сказал Костину:

— Нет его. Ушел куда-то.

— А вы у нее спросите.

— Так ведь я ж сказал: глухонемая она.

— А вы на ее языке спросите.

— Это могу.

Он стал знаками что-то показывать Даше.

Она смотрела на него, должно быть, не понимая, потом как-то странно заулыбалась и покачала головой. И знаками стала объяснять, что ничего не знает.

— Ладно. Пошли, — сказал Костин.

Через минуту он и Штольц стояли под фонарем, возле входа в подвал. Костин держал в руке «НОВУЮ ИЛИАДУ». Он рассуждал:

— Если этот Сахаров действительно малость того-с, вряд ли он сам сумел ее издать. Похоже, кто-то сделал это за него.

— Дайте-ка мне ее, — попросил Штольц. — А то ведь нигде не купишь. Что не продали, то полиция конфисковала.

— Почитать хотите?

— Да ну! Только расстраиваться... Попробую узнать, где ее тиснули. Специалисту достаточно одной странички, чтобы определить типографию.

Мимо них со звоном пролетел трамвай.

— Успеем? — спросил Костин.

— Надо успеть, — сказал Штольц.

Они успели на тот же трамвай, из которого на предыдущей остановке вышел Ганский.

Вскоре он открыл дверь подвала и, осторожно ступая, спустился по лестнице.

В каморке было темно, но в слабом свете уличного фонаря на лежанке, под грудой тряпья, угадывались очертания человеческого тела. Там кто-то спал, укрывшись с головой.

Ганский вынул револьвер.

Послышался нарастающий звон трамвая.

Звук выстрела утонул в грохоте трамвайных колес.

25 июля (7 августа)

«Вчера германцы вошли в Льеж; несколько фортов еще сопротивляются.

Сазонов предлагает французскому и британскому правительствам безотлагательно договориться в Токио о присоединении Японии к нашей коалиции: союзные державы признали бы за японским правительством право «соединить германскую территорию в Киао-Чао, а Россия и Япония гарантировали бы друг другу неприкосновенность их азиатских владений.

Сегодня вечером я обедаю в Яхт-Клубе, на Морской. В этой среде, в высшей степени консервативной, я нахожу подтверждение того, что Стахович говорил мне вчера о настроениях крайней правой по отношению к Германии. Те, кто еще на прошлой неделе утверждал наиболее энергично необходимость усилить православный царизм опасным союзом с прусским самовластием, признают невыносимым оскорбление, нанесенное всему славянскому миру бомбардировкой Белграда, и оказываются среди самих воинствующих.

Остальные молчат или замечают, что Германия и Австрия нанесли смертельный удар монархическому принципу в Европе.

Перед возвращением в посольство я иду в министерство иностранных дел, где Сазонов хочет со мной говорить.

— Я обеспокоен, — говорит он мне, — новостями, которые получаю из Константинополя. Я очень боюсь, чтобы Германия и Австрия не устроили там какой-нибудь проделки, по их обычаю.

— Чего же, например?

— Я боюсь, чтобы австро-венгерский флот не отправился укрываться в Мраморное море. Вы сами можете предвидеть последствия…»

Рябиков, Нестеровский и православный священник шли мимо догорающих развалин. Неподалеку, кем-то аккуратно уложенные в ряд, лежали трупы немецких солдат в черных мундирах.

Священник перекрестил их.

— Господи! Что творится!

— Война, батюшка, — констатировал Рябиков.

Глава третья. Пророк

В стороне от дороги несколько офицеров склонились над картами. Агеев кричал в трубку полевого телефона:

— Двадцать восьмая?.. В чем дело? Мне нужна двадцать восьмая!..

Подошли Рябиков и Нестеровский.

— Черт! Опять нет связи с двадцать восьмой дивизией! — Агеев бросил трубку.

Внезапно он встал.

Его взгляд был устремлен на проходящую неподалеку дорогу.

По дороге ехал автомобиль, сопровождаемый конвоем горских всадников хана Нахичеванского. На заднем сиденьи расположился генерал Ренненкампф. Рядом с ним сидела брюнетка лет тридцати в костюме амазонки.

— Генерал Ренненкампф, — прошептал Рябиков.

— А дама с ним? — спросил Нестеровский.

— Ее зовут Мария Сорель. Француженка из Вильно.

— И что она тут делает?

— Наш командующий, как кайзер Вильгельм, воюет на два фронта. Один — германский, второй — любовный.

В тот же день

Костин и Стрельников спустились в подвал. Костин постучал в дверь каморки Сахарова.

— Господин Сахаров! Эй!

Не дождавшись ответа, они вошли в каморку.

Здесь было сумрачно. На лежанке под ветхим тряпичным одеялом угадывались очертания человеческого тела.

— Вставайте. Уже утро.

Ответа не последовало.

Костин шагнул к лежанке и резко отбросил одеяло.

Лицо Даши было залито кровью.

Тогда же Мария Сорель что-то заметила на обочине дороги.

— Остановите! — попросила она.

Шофер затормозил. Ренненкампф вздернул брови.

— Что случилось?

— Сейчас, милый.

Мария выпорхнула из автомобиля и изящным движением сорвала на обочине цветок чертополоха. Жеманно прикоснулась к нему губами и вернулась назад.

Ренненкампф смотрел на нее с недоумением.

— Тут в лесу полно других цветов, — заметил он.

— Другие мне не нужны... Я ведь родом из Лотарингии. Как Жанна д'Арк. Это был ее любимый цветок... Хочешь, я подарю его тебе?

— Зачем?

— Он будет напоминать тебе о моей родине. О моей несчастной родине... Она стонет под сапогом германца... В этих лесах ты сражаешься за то, чтобы Эльзас и Лотарингия вернулись в лоно матери-Франции, — сказала Мария в своей манере, представляющей собой смесь жеманства и патетики.

Костин и Стрельников стояли в подвале над телом Даши.

— В полицию пока сообщать не будем... Останешься здесь, — сказал Костин. — Сахаров должен сюда вернуться.

— А если не придет? — засомневался Стрельников.

— Придет... Вот, почитай пока. — Костин взял со стола и подал ему Библию.

Ночью над военными палатками, разбитыми на лесной поляне, простиралось полное звезд июльское небо. В стороне от общего лагеря стояла большая, стационарная палатка. Вход в нее был украшен цветами.

В центре лагеря находился наспех сколоченный длинный стол. Несколько березовых чурбаков заменяли стулья. Вокруг тянулись кабели полевых телефонов. В стороне паслись лошади. Ходили часовые.

На столе горел фитиль в снарядной гильзе. Несколько офицеров, в том числе Рябиков, склонились над картами.

Подъехал Нестеровский верхом на лошади.

— Ну что там? — спросил один из офицеров.

— Двадцать восьмую дивизию порядком потрепали, — спешиваясь, ответил Нестеровский. — Но в остальном — полный успех. Немцы отступают от Гумбинена.

— И куда это вас понесло? — недовольно спросил Рябиков.

— А что?

— Да то, что вы в седле сидите, как собака на заборе.

— А что делать? Агентурной сети у нас пока нет, нельзя же воевать вслепую.

— У нас нет не только агентурной сети, — сказал Рябиков. — У нас на тысячу солдат один пулемет и воздушная разведка до сих пор не налажена.

— Что верно, то верно. — Нестеровский вздохнул, достал ломоть хлеба, посыпал его солью и дал лошади.

— Ты моя хорошая!.. Ешь, ешь.

Послышался шум мотора. В стороне, освещая поляну фарами, остановился автомобиль. Мотор стал «кашлять» и заглох. Фары погасли.

Затем в темноте появился луч фонарика в чьей-то руке. Лицо идущего на мгновение осветилось.

— Ренненкампф, — прошептал Рябиков.

Луч выхватил из темноты какой-то куст и осветил цветы при входе в палатку.

Ренненкампф поднял полог.

На широкой кровати лежала Мария Сорель. На ней не было ничего, кроме изящных черных туфель. В руке она держала сорванный на дороге цветок чертополоха.

26 июля (8 августа)

«Французская армия вступила вчера в Бельгию, устремившись на помощь бельгийской армии. Будет ли еще раз решаться судьба Франции между Самброй и Мезой?

161

Сегодня — заседание Государственного Совета и Думы. Этот созыв, который показался бы вполне естественным и необходимым в какой угодно другой стране, был истолкован здесь, как обнаружение «конституционализма». В либеральных кругах за это благодарны особенно императору, потому что известно, что председатель совета Горемыкин, министр внутренних дел Маклаков, министр юстиции Щегловитов и обер-прокурор святейшего синода Саблер смотрят на Государственную Думу, как на самый низший, не стоящий внимания государственный орган».

В служебном кабинете Костина зазвонил телефон. Он взял трубку.

— Алё!

— Сергей Павлович, — раздался в трубке голос Штольца, — а ведь нашел я ее!

— Кого?

— Типографию, где эту книжку печатали.

Вскоре возле дома с вывеской «ТИПОГРАФИЯ П. ЖЕРНАКОВА» остановилась пролетка. Костин и Штольц, оба в форме, вышли из пролетки и вошли в контору.

— Господин Жернаков? — спросил Костин.

— Чем могу служить?

Штольц выложил на стол экземпляр «Новой Илиады».

— Типография тут не указана, — сказал он, — но кое-какие особенности набора говорят о том, что эта книжка печаталась у вас.

— И что?

— Вы ее читали? — прищурился Костин.

— Проглядел.

— Надо было прочесть повнимательнее. Это сочинение можно расценить как пропаганду в пользу Германии... Кто заказчик?

— Какой-то господин. Фамилию я не спрашивал.

— Почему он пришел именно к вам?

Глава третья. Пророк

— Я дал рекламное объявление в газету.

— В какую газету?

— В «Речь». Послал по почте вместе с денежным переводом.

— Когда оно было напечатано?

— Не знаю.

— Вы что, даже не проверили, напечатано ваше объявление или нет? — вмешался Штольц.

— А зачем? Пришел клиент, значит напечатано.

— Еще кто-нибудь по этому объявлению приходил? — спросил Костин.

— Больше никто.

Тем временем Стрельников сидел в подвале и читал Библию.

На лестнице послышались чьи-то крадущиеся шаги. Он спрятался за дверью.

Крадучись, в каморку вошел человек с длинными седыми волосами. Он приблизился к лежанке и увидел мертвую Дашу. В этот момент Стрельников сделал неосторожное движение. Сахаров обернулся. Лицо у него было совершенно безумное.

* * *

По поляне, на которой стояли штабные палатки, шли генерал Агеев, его адъютант, Нестеровский и Рябиков.

— Колоссальный успех. Просто колоссальный! — на ходу говорил Агеев. — Влупили им по первое число! Похоже, под Гумбиненом мы разгромили весь корпус Макензена. Перед нами открывается прямая дорога на Кенигсберг.

— Оттуда и до Берлина недалеко, — вставил адъютант.

Агеев сел за вкопанный в землю стол, на котором была расстелена карта.

— Смотрите, — показал он. — Вот здесь мы, а отсюда наступает Вторая армия Самсонова. Немцы сидят в стратегическом мешке. Если теперь они всеми силами обратятся против нас, Самсонов ударит им в тыл. Если они бросят все силы на Самсонова, мы нанесем им удар в спину. У них единственный выход — отступать за Вислу.

Он повернулся к Рябикову:

— Свяжитесь по радио со штабами корпусов и передайте приказ командующего: всем остановиться на двухдневный отдых... Нужно подтянуть тылы. А то при таком темпе наступления мы скоро выдохнемся.

Рябиков направился к стоящей неподалеку радиостанции. Его догнал Нестеровский.

— Подождите... Вы сказали, что старые шифры уничтожены, а новые использовать невозможно. Как же вы передадите приказ Ренненкампфа?

— Передадим клером.

— Это запрещено. Могут перехватить.

— Что вы предлагаете?

— Дайте мне десять минут.

Нестеровский, вернувшись, обратился к Агееву:

— Ваше превосходительство! Вы в курсе того, что приказ командующего будет передан по радио открытым текстом?

— Знаю, знаю. Новые шифры никуда не годятся. Эти умники в Генеральном штабе такого напридумывали, сам черт не разберет.

— А если радиограмму перехватят немцы?

Агеев задумался.

— Если немцы узнают, что мы останавливаемся на отдых, для них это будет подарок судьбы, — напористо продолжал Нестеровский. — Они смогут все силы бросить против армии Самсонова. Не мне вам объяснять.

Агеев долго молчал. Наконец он махнул рукой.

— А-а, им сейчас не до наших радиограмм. Драпают, колбасники.

— Драпают-то они драпают...

Взгляд Нестеровского остановился на украшенной цветами палатке Марии Сорель.

Глава третья. Пророк

В палатке Мария и Ренненкампф, полуодетые, сидели за столом. Перед ними стояла высокая, с узким горлом бутылка красного вина, два стакана. На тарелке лежали фрукты.

— Наконец-то мы с тобой побудем вдвоем, — сказал Ренненкампф. — Я дал войскам двухдневный отдых. Они это заслужили.

— Мы тоже, — целуя его, сказала Мария.

Ренненкампф начал ласкать ее. Она отстранилась и вытянула руку, показывая кольцо на пальце.

— Нравится?

— Да, очень красивое.

— Бриллиант настоящий.

— Вижу, что настоящий... Откуда оно у тебя? — подозрительно спросил Ренненкампф.

— Твой подарок, — лукаво улыбнулась Мария.

Ренненкампф был искренне изумлен.

— Что-то не помню, чтобы я его тебе дарил.

— Но ведь ты хочешь, чтобы у меня была такая вещь? На память о нашей любви.

— Такие подарки мне не по карману.

— Оно не будет стоить тебе ни копейки... Понимаешь, один мой приятель из Вильно хочет поставлять консервы для армии. Ты мог бы помочь ему получить казенный заказ. И тогда, — Мария демонстративно любовалась бриллиантом, — это будет твой мне подарок... Понимаешь?

— Сними его! — помрачнел Ренненкампф.

— Тебе не нравится? Смотри, какое чудное!

— Снимай немедленно!

Постепенно замедляя шаги, Нестеровский подошел к палатке. Некоторое время он стоял в нерешительности, наконец негромко и хрипло произнес:

— Ваше превосходительство!

Ответа не было.

Прокашлявшись, Нестеровский форсировал голос:

— Ваше превосходительство!

Из палатки раздался раздраженный голос Реннен-кампфа:

— Кто там?

— Срочное сообщение!

В накинутом поверх рубашки генеральском кителе Ренненкампф выбрался из палатки. Нестеровский вытянулся и отдал ему честь.

— Кто вы такой?

— Капитан Нестеровский, офицер по особым поручениям при начальнике разведки штаба армии.

— Что случилось?

— Осмелюсь доложить. Ваш приказ командирам корпусов сейчас будет передан по радио открытым текстом. Есть опасность, что немцы его перехватят. Последствия могут быть катастрофическими.

Ренненкампф слушал, и лицо его багровело от ярости. Внезапно он рявкнул:

— Вон отсюда!

У Нестеровского задрожала нижняя губа, но он остался на месте.

— Ваше превосходительство, я счел долгом предупредить...

— Вон!!! — в бешенстве заорал Ренненкампф.

В тот же день

В редакции газеты «Речь» Виноградова листала газетную подшивку. Наконец она отложила ее и позвала:

— Господин Костин!

Тот загасил папиросу и подошел к ней.

— Нашли?

Виноградова покачала головой.

— Я все просмотрела внимательно. Нет такого объявления.

— К вам много поступает рекламных объявлений?

— Порядочно, мы же популярная газета. С началом войны для всех не хватает места из-за военных сводок.

— Кто у вас занимается рекламой?

— Ганский Петр Адамович.

— Он здесь?

— Нет. Все сотрудники соберутся после обеда. Приходите после трех.

В то же время группа немецких пленных сидела на краю леса. Среди них был один офицер. Пленных охраняли двое русских солдат.

Подошел Нестеровский.

— Офицера приказано забрать на допрос, — сказал он часовым, предъявив им свои документы. — Лейтенант! — понемецки позвал Нестеровский. — Подойдите ко мне!

Тот подошел.

— Как ваша фамилия?

— Лауренц. Лейтенант Лауренц.

Вскоре он уже шел по лесной тропе. За ним шел Нестеровский с револьвером в руке.

— Куда вы меня ведете? — спросил Лауренц.

— Идите, идите.

Они вышли на опушку.

— Стойте, — приказал Нестеровский.

Лауренц замер и втянул голову в плечи, ожидая выстрела в спину.

— Повернитесь.

Лауренц медленно повернулся.

Нестеровский убрал револьвер в кобуру.

— Выслушайте меня и постарайтесь понять, — с чувством сказал он. — Я ношу русский мундир, но я — немец. Во мне бьется немецкое сердце... Сейчас я вас отпущу.

Лауренц смотрел на него с изумлением.

— Вы не ослышались, — продолжал Нестеровский. — Спрячетесь в лесу, а ночью постараетесь уйти к своим. Пойдете вон туда, потом опять через лес... Сообщите следующее. Сегодня по радио передан приказ Ренненкампфа. Всем корпусам приказано остановиться на отдых... Так вот, этот приказ — ложный. Его нарочно передали открытым текстом. В расчете на то, что ваши радисты его перехватят. Он должен дезинформировать ваше командование. На самом деле завтра с утра наступление будет продолжено... Вы все поняли?

Лауренц кивнул.

— А теперь идите.

В редакции газеты «Речь» стучали пишущие машинки, над столами плавал густой папиросный дым.

Виноградова подошла к Ганскому.

— Петр Адамович, к вам пришли.

— Кто?

— Какой-то человек из типографии.

Ганский оглянулся.

Люди в комнате занимались своими привычными делами. Некоторые вставали и выходили в дверь, затем возвращались назад. Никакого «человека из типографии» не было.

— Где же он? — спросил Ганский.

И тут же увидел его.

Жернаков в сопровождении высокого военного шел к нему.

На мгновение на лице Ганского отразился испуг, но он быстро овладел собой.

— Господин Ганский? — обратился к нему военный.

— Да. Чем могу служить?

— Капитан Костин, окружная контрразведка.

— Да... Чем обязан?

— Вам известна эта книжка? — Костин положил на стол книжку в сером переплете.

Ганский прочитал название, потом перевернул книжку и пальцем отодвинул от себя.

— Да, она мне знакома, — спокойно сказал он.

— А этот человек? Он вам знаком? — указал Костин на стоявшего рядом Жернакова.

— Конечно. Это господин Жернаков, владелец типографии.

Тот кивнул и сухо спросил:

— Почему вы не напечатали мое объявление?

Ганский непринужденно улыбнулся:

— Напечатаем, не волнуйтесь. Из-за военных сводок в газете мало места... Однако давайте выйдем, — спокойно предложил он. — Не будем мешать людям работать.

Все трое вышли в приемную.

В приемной на диване сидел Штольц.

В комнате Виноградова, загасив папиросу, подошла к столу. Она взяла со стола книжку и открыла ее.

— Знаете, — сказал в приемной Ганский, — я ведь толком и не прочел эту книжку. Просто решил помочь автору издать ее. Люблю быть меценатом.

Штольц молча встал с дивана, сел за стол и начал что-то писать.

— А почему вы просили не указывать типографию? — спросил Костин.

— Какая разница, где напечатано?

— А почему его зять, — кивнул Костин на Жернакова, — инкогнито развозил тираж по лавкам?

— Об этом меня просил автор.

— Господин Сахаров?

— Да. Он человек с причудами... Собственной тени боится... А что в этой книжке такого уж страшного?

— Пропаганда в пользу Центральных держав, — сказал Костин.

— Вот и займитесь автором.

— Мы им обязательно займемся.

— Конечно, я тоже виноват, не отрицаю. Я был слишком доверчив. В наше время это не добродетель.

Костин стоял и в упор смотрел на Ганского.

— Зря вы думаете, что так легко отделаетесь.

— В чем еще можно меня обвинить?

— В убийстве.

— И кого же я убил?

— Господина Сахарова.

— Бог с вами! Зачем мне было его убивать?

— Вы, конечно, помните, что третьего дня я был в редакции и говорил с секретаршей Виноградовой?

— Так это были вы? А я-то думал...

— Вы сидели вот тут и слышали наш разговор. Я интересовался Кассандровым. Вы сразу поняли, что Ройтман раскроет этот псевдоним. К несчастью для вас, он, — опять кивнул Костин на Жернакова, — забыл заменить его на Русского Нострадамуса...

— Я никого не убивал! — перебил Ганский.

— Убивали... Но не убили... Стрельников! — крикнул Костин.

В соседней комнате Виноградова стояла у окна. Вокруг нее толпились сотрудники. Она вслух читала «НОВУЮ ИЛИАДУ»:

— «... И умерщвляемые мечом были счастливее умерщвляемых голодом. И все владыки, и жрецы, и князья были мертвы или бежали. Все они, возжигающие огонь своими огненными стрелами, пошли в пламень огня своего...»

Стрельников ввел в приемную Сахарова. Его голова была забинтована.

— Вы стреляли в него, но, к счастью, не проверили, мертв ли он, — сказал Костин. — Господин Сахаров был только ранен. Его показания в суде будут выслушаны с большим вниманием.

— Он жив, — медленно произнес Ганский. — Иван Петрович жив... Меня нельзя судить за убийство...

— Вы правы. Иван Петрович жив, поэтому вам предъявят обвинение всего лишь в покушении на убийство. Советую сразу в этом признаться. Протокол готов. — Костин взял у Штольца лист бумаги и положил перед Ганским. — Если вы признаёте себя виновным в попытке убить господина Сахарова, подпишите вот здесь. Отрицать это не имеет смысла.

Ганский прочитал протокол и, поколебавшись, поставил свою подпись.

— Прекрасно, — не без удовольствия сказал Костин. — Штольц! Приложите к делу! А теперь...

— Что еще?

— Теперь вам будет предъявлено обвинение в убийстве.

Ганский побледнел.

— Почему? Я ведь его не убил!

— Да, господина Сахарова вы не убили. Вы по ошибке застрелили женщину.

— Что?! Какую еще женщину? — крикнул Ганский.

— Некую Дарью Бесфамильных. Это она лежала под одеялом в подвале.

— Но... Кто ж тогда его-то ранил? — Ганский дрожащей рукой показал на Сахарова.

— Сейчас вы и это узнаете, — сказал Костин.

Он подал знак Стрельникову. Тот подошел и начал разбинтовывать голову Сахарова, который сидел совершенно безучастный ко всему происходящему. Стрельников дергал и поворачивал его перед собой, как куклу, приговаривая:

— Ничего-ничего, голубчик. Потерпи.

Одновременно он рассказывал Костину:

— Как он свою девоньку увидел мертвую, с тех пор такой вот и стал... Сейчас, миленький... Сейчас...

Сахаров смотрел куда-то вдаль отсутствующим взглядом.

Наконец Стрельников снял бинты.

При свете ламп отчетливо было видно, что никакой раны на голове у Сахарова нет.

— «И совершит Господь гнев свой, изольет ярость гнева своего, — читала Виноградова. — Вижу, в Северном Илионе, граде великом, улицы завалены нечистотами. Полиция разбежалась или бездействует. Всюду свирепствуют орды дезертиров и бандитов...»

Внезапно Виноградова оглянулась и увидела в окно, как трое выводят Ганского на улицу.

Виноградова распахнула окно и, потрясая книжкой, закричала:

— Петр Адамович! Это что же такое?

Ганский остановился и, посмотрев вверх, сказал:

— Горе тебе, Илион!

Ночью на лесной опушке двое солдат находились в секрете.

— Звезд-то скоко! — сказал один.

— Ага, — отозвался второй.

Вдруг он заметил, как от леса скользнула чья-то тень. Кто-то шел через поле.

— Смотри... Вона!

— Стой! — закричал первый солдат.

Человек побежал.

— Стреляй!

— А ты чего?

— Стреляй, ешь твою!

Почти одновременно они выстрелили.

Человек упал.

— Кажись, попали.

— Ага. Не будет ночью по полям шнырять. Фронт тут иль чё?

В лесу кто-то ухнул. Взошла луна. Деревья в лунном свете стали казаться выше.

— Эй!

— Чего?

— Надо б узнать, кто таков.

— Ну так сползай и узнай.

— Давай вместе.

— Нельзя. В секрете никто не останется.

Солдат уполз и вскоре вернулся.

— Ну чего?

— Кажись, видал я его.

— Это где ж?

— Мы давеча пленных немцев охраняли. Он средь них-то и был. Его еще капитан с собой забрал. Сказал, что немецкого офицера в штаб требуют.

— Так он убег, что ль, от капитана?

— Видать так.

— Ну, значит, правильно мы его чавкнули.

Они замолчали и стали думать о чем-то своем.

2 (15) августа

«Энергичное сопротивление бельгийцев в Гассельте. Поспеет ли французская армия вовремя к ним на помощь?

Великий князь извещает меня из Барановичей, что сосредоточение его войск продолжается с замечательной быстротой сравнительно с предусмотренным промедлением; следовательно, он сможет ускорить свои наступательные действия.

Русский авангард проник вчера в Галицию, в Сокаль-на-Буге, и отбросил неприятеля в направлении на Львов. Я имею сегодня днем длинное совещание с генералом Сухомлиновым, военным министром, чтобы скорее разрешить большое число военных вопросов: транспорта, военных запасов, снабжения провиантом и т. д. После этого мы говорим об операциях, которые начинаются. Вот общий план:

1-е. Северо-западные армии. — Три армии, заключающие 12 корпусов, начали наступление. Две из этих армий действуют к северу от Вислы; третья действует на юге и уже отошла от Варшавы. Четвертая армия, содержащая три корпу-

са, движется на Позен и Бреславль, обеспечивая связь этих трех армий с силами, действующими против Австрии.

2-е. Юго-западные армии. — 3 армии, составленные из корпусов, имеют поручением завоевание Галиции.

Сомнительный человек, этот генерал Сухомлинов... Шестьдесят шесть лет от роду; под башмаком у довольно красивой жены, которая на тридцать два года моложе; умный, ловкий, хитрый; рабски почтительный перед императором; друг Распутина; окруженный негодяями, которые служат ему посредниками для его интриг и уловок; утративший привычку к работе и сберегающий все свои силы для супружеских утех; имеющий угрюмый вид, все время подстерегающий взгляд под тяжелыми, собранными в складки веками; я знаю мало людей, которые бы с первого взгляда внушали бы большее недоверие.

Через три дня Император уедет в Москву, чтобы там из Кремля обратиться к народу с торжественным воззванием. Он пригласил нас, Бьюкенена и меня, сопутствовать ему...»

Нестеровский и Рябиков в составе группы казаков верхом выехали на гребень поля. День выдался солнечный, теплый.

— Там — Алленберг, — указал Рябиков. — Движемся прямо на запад. Если так и дальше пойдет, то через несколько дней окажемся в самом центре Пруссии. Там, где кайзер Вильгельм на зверей охотиться любит.

— Странно...

— Что странно?

— Мы уже четвертый день наступаем и не встречаем ни малейшего сопротивления, — сказал Нестеровский. — Где немцы?

— Черт их знает.

— Не нравится мне это.

Нестеровский поднес к глазам бинокль и увидел, что на дороге стоит пустой автомобиль. В сотне шагов от него, на пригорке сидят двое немцев: офицер в каске и шофер в унтер-офицерской форме, с большими очками на груди. Эти двое, видимо, заблудились и теперь пытались сориентироваться по карте.

Нестеровский молча передал бинокль Рябикову. Тот посмотрел в ту сторону, куда показал Нестеровский и, оглянувшись, скомандовал:

— Вперед!

Люди на конях понеслись через поле.

Заметив быстро приближавшихся русских, немцы бросились к автомобилю. Шофер успел завести мотор. Автомобиль сорвался с места и на предельной скорости понесся вперед. Офицер оборачивался, отстреливаясь из револьвера.

Казаки стреляли на скаку. Внезапно шофер вздрогнул, открыл рот и упал грудью на руль. Автомобиль вылетел на обочину, проехал, подскакивая, по полю и, развернувшись капотом к преследователям, остановился.

Через полчаса возле дороги, на поваленном дереве сидел генерал Агеев. Рядом стояли несколько офицеров, в том числе Рябиков и Нестеровский. Перед ними — захваченный в плен немецкий офицер в изорванном мундире, с исцарапанным лицом.

— Полковник Эрнст-Георг фон Хойнинген. Начальник штаба Второй ландверной бригады, — сказал Нестеровский, обращаясь к Агееву.

— Спросите, какова численность бригады, сколько всего ландверных бригад в Восьмой армии, — приказал Агеев.

— Не имеет смысла спрашивать. Он не отвечает на подобные вопросы.

— А на какие вопросы он будет отвечать?

— Он сказал, что готов рассказать нам об армии Самсонова.

— Что ж, послушаем, — усмехнулся Агеев. — А то у нас с ними связи нет.

Пленный с надменным видом начал говорить.

— Он говорит, — дрогнувшим голосом переводил Нестеровский, — что армия Самсонова окружена и вот-вот капитулирует...

Агеев вскочил.

— Что-о?

— ...или будет уничтожена, — закончил Нестеровский.

— Врет, сволочь!

Нестеровский покачал головой.

— Боюсь, что нет.

Пленный все так же высокомерно продолжал говорить. Время от времени он умолкал, чтобы дать возможность перевести его слова. Нестеровский переводил:

— Они перехватили нашу радиограмму. Приказ Реннен-кампфа о двухдневном отдыхе... Новый командующий Восьмой армией генерал Гинденбург вначале не хотел этому верить... Он считал, что это намеренная дезинформация. Недаром радиограмма была отправлена открытым текстом...

Агеев слушал с изменившимся белым лицом.

— Но полковник Гофман убедил Гинденбурга, что радиограмма — подлинная. Гофман раньше был военным агентом в России. Он заверил Гинденбурга, что подобное легкомыслие для нас в порядке вещей... За те два дня, пока мы отдыхали, Гинденбург по железной дороге перебросил свои корпуса против армии Самсонова. Против нас оставлены лишь небольшие заслоны. К завтрашнему дню армия Самсонова перестанет существовать.

Нестеровский умолк. Агеев встал и пошел в направлении леса.

— Ваше превосходительство! — крикнул Рябиков.

Агеев не обернулся.

— Как бы глупостей не наделал, — сказал Нестеровский.

— Может. Пошли!

Глава третья. Пророк

Через минуту они увидели генерала. Он сидел на корточках, обхватив голову руками, и раскачивался из стороны в сторону. Затем пальцами стал скрести кобуру.

С трудом раскрыв ее, достал револьвер и поднес к виску. Но нажать на курок не успел.

— Не надо, ваше превосходительство! — Нестеровский и Рябиков крепко держали его за руки.

— Пустите меня! — вырываясь, кричал Агеев. — Пустите!.. Внезапно он перестал сопротивляться, медленно осел на землю. Слезы катились по его лицу.

8 (21) августа.

«На бельгийском и французском фронтах наши действия принимают плохой оборот. Я получаю приказание выступить посредником перед императорским правительством, с целью ускорить, насколько возможно, наступление русских войск. Я тотчас же отправляюсь к военному министру и энергично излагаю ему просьбу французского правительства. Он призывает офицера и немедленно диктует ему, под мою собственную диктовку, телеграмму великому князю Николаю Николаевичу.

Затем я спрашиваю генерала Сухомлинова по поводу военных операций, происходящих на русском фронте. Я записываю его сообщения в таких словах:

1-е. Великий князь Николай Николаевич решил с возможной быстротой продвигаться вперед к Берлину и Вене, главным образом, на Берлин, проходя между крепостями Торном, Позеном и Бреславлем.

2-е. Русские армии перешли в наступление по всей линии.

3-е. Войска, нападающие на Восточную Пруссию, продвинулись вперед на неприятельской территории от 20 до 45 километров; их линия определяется приблизительно: Сольдау, Нейденбургом, Лыком, Ангенбургом и Инстербургом.

4-е. В Галиции русские войска, продвигающиеся на Львов, достигли Буга и Серета.

5-е. Войска, действующие на левом берегу Вислы, пойдут прямо к Берлину, как только северо-западным армиям удастся зацепить германскую армию.

6-е. 28 корпусов, выставленные теперь против Германии Австрии, состоят приблизительно из 1.120.000 человек.

Вчера германцы вошли в Брюссель. Бельгийская армия отступает на Антверпен. Между Мецом и Вогезами французская армия принуждена отступить, после того как она понесла тяжелые потери».

На обочинах, по обеим сторонам лесной дороги, лежали лошадиные трупы, валялось брошенное орудие. Солдаты в грязных гимнастерках уныло шли мимо. Вместе с ними шли Нестеровский и Рябиков.

— Армии больше нет, — сказал Нестеровский.

— Ну да нет, — возразил Рябиков. — Думаю, будем за Неман отходить. Для восстановления боеспособности.

— А немцы?

— Они теперь вышли к границам России. Что им еще нужно?

В небе послышался гул авиационного мотора. Солдаты шли и смотрели вверх.

— Опять герман летит, — сказал кто-то.

Рев мотора нарастал. Самолет пронесся совсем низко. Раздался свист, затем глухие удары о землю.

Все бросились в лес. На дороге остались лежать двое убитых. Рев мотора стих вдали.

Нестеровский наклонился и с трудом выдернул вонзившуюся в землю короткую металлическую стрелу.

— Свинцовые стрелы, — сказал Рябиков. — Немецкие летчики вытряхивают их из ящиков над скоплениями войск. Такая прошивает насквозь всадника вместе с конем.

— И стрелы с небес поразят бегущих, — тихо произнес Нестеровский.

178

— Что-что?

— И трупы повержены будут, как навоз на поле, и как снопы позади жнеца...

Внезапно из-за леса вновь вынырнул самолет. По дороге ударила пулеметная очередь. Нестеровский схватился за плечо. Рукав гимнастерки под его пальцами окрасился кровью.

15 (28) августа

«28-го августа британский связной офицер при штабе русской второй армии Нокс присоединился к командующему Самсонову, близ дороги изучавшему в кругу офицеров карту местности. Внезапно Самсонов вскочил на коня и отправился в направлении 15-го корпуса, запретив Ноксу сопровождать его. Общее настроение было таково, что, если даже случится худшее, это все равно не повлияет на конечный исход войны. Офицеры вокруг говорили: "Сегодня удача на стороне противника, завтра она будет нашей". Этот фатализм поразил Нокса не менее всего прочего».

16 (29) августа

«29-го августа немецкие батальоны начали брать в плен изможденных и осоловевших от непонимания происходящего русских офицеров и солдат. Даже у штаба армии с казацким прикрытием была всего лишь одна карта и один компас. Да и в спокойном тылу генерал Жилинский так и не понял всей глубины происшедшего вплоть до 2 сентября».

17 (30) августа

«Сегодня утром, войдя в кабинет Сазонова, я поражаюсь его мрачным и напряженным видом:

— Что нового? — говорю я ему.

— Ничего хорошего.

— Дела плохи во Франции?

— Немцы приближаются к Парижу.

— *Да, но наши войска целы и их моральное состояние превосходно. Я с уверенностью жду, что они повернутся лицом к неприятелю... А сражение при Сольдау?*

Он молчит, кусая губы, мрачно глядя. Я спрашиваю:

— *Неудача?*

— *Большое несчастье... Но я не имею права говорить вам об этом. Великий князь Николай не хочет, чтобы эта новость стала известной раньше, чем через несколько дней. Она и так распространилась слишком быстро и широко, потому что наши потери ужасны.*

Я спрашиваю у него некоторые подробности. Он утверждает, что у него нет никаких точных сведений.

— *Армия Самсонова уничтожена. Это — все, что я знаю».*

20 августа (2 сентября)

«*Сообщение русского штаба объявляет о несчастии при Сольдау в следующих выражениях: «Вследствие накопившихся подкреплений, стянутых со всего фронта благодаря широко развитой сети железных дорог, превосходные силы германцев обрушились на наши силы около двух корпусов, подвергнувшихся самому сильному обстрелу тяжелой артиллерией, от которой мы понесли большие потери... Генерал Самсонов, Мартос и Пестич и некоторые чины штабов погибли»...*

Публика не обманывается этим лаконизмом. Шепотом передают всевозможные версии относительно этого сражения; преувеличивают цифры потерь; обвиняют ген. Реннен-кампфа в измене; доходят до того, что говорят, будто немцы имеют шпионов среди окружающих Сухомлинова лиц; наконец, уверяют, что ген. Самсонов не был убит, но что он покончил самоубийством, не желая пережить уничтожения своей армии.

Ген. Беляев, начальник главного управления генерального штаба, утверждает, что энергичное наступление русских в

Восточной Пруссии и быстрота их продвижения на Львов заставляют немцев возвращать на восток войска, которые направлялись во Францию:

— Я могу, — говорит он мне, — гарантировать вам, что немецкий штаб не ожидал, что мы так быстро вступим в строй; он думал, что наша мобилизация и наше сосредоточивание войск будут происходить значительнее медленнее; он рассчитывал, что мы не сможем начать наступление, ни в одном пункте, раньше 15 или 20 сентября, и он полагал, что до тех пор он будет иметь время вывести Францию из строя... Итак, я считаю, что немцам не удалось привести в исполнение их первоначальный план...»

21 августа (3 сентября)

«*От Уазы до Вогезов семь немецких армий, грозный Левиафан из стали, продолжают свое охватывающее наступление, с быстротой переходов, с совершенством маневров и силой ударов, о которых еще ни одна война не давала представления. В настоящий момент линия французской и английской армий отмечается с востока на запад таким образом: Бельфор, Верден, Витри ле Франсуа, Сезанн, Мо, Понтуаз.*

В Галиции, к счастью, успех у русских блестящий.

Они вступили во Львов. Отступление австро-венгерцев приняло характер бегства.

С 17 августа русские, отправившись от линии Ковель — Ровно — Проскуров, продвинулись на 200 километров. Во время этой операции они захватили 70.000 человек и 300 орудий. На фронте Люблин — Холм австро-венгерцы еще сопротивляются».

22 августа (4 сентября)

«*Угроза, которая парит над Парижем, поддерживает в русском обществе пессимистическое настроение, почти заставляющее забывать победу у Львова. Здесь не сомневаются в том, что германцы овладеют приступом укрепленным лагерем Парижа. После этого, как говорят, Франция будет принуждена капитулировать. Затем Германия обратится всей своей массой на Россию.*

Откуда исходят эти слухи? Кем они распространяются?

Разговор, который я только что имел с одним из моих тайных осведомителей, Н., слишком просвещает меня в этом отношении. Личность эта подозрительная, как все люди его ремесла; но он хорошо осведомлен о том, что происходит и что говорится среди лиц, окружающих монархов. Кроме того, он теперь имеет особую вескую причину говорить со мною искренно. После восхваления великолепного патриотизма, воодушевляющего Францию, он продолжает:

— Я пришел заимствовать у вас немного бодрости, ваше превосходительство, так как, не скрою от вас, я отовсюду слышу самые мрачные предсказания.

— Пусть бы подождали, по крайней мере, результата сражения, которое начинается на Марне... И, даже если это сражение не будет удачным для нас, дело еще вовсе не станет безнадежным...

Я подтверждаю свое уверение рядом положительных: фактов и обдуманных предположений, которые не оставляют мне никакого сомнения в нашей окончательной победе, если у нас хватит хладнокровия и упорства.

— Это правда, — отвечает Н., — это правда! И мне очень приятно это слышать. Но есть один элемент, который вы не принимаете в соображение, и который играет большую роль в пессимизме, наблюдаемом повсюду... особенно в высших сферах.

— Ах, особенно в высших сферах?

— Да, в высших слоях Двора и общества, среди людей, которые обычно близки к монархам, и которые больше всего беспокоятся.

— Почему же?

— Потому что... потому что в этих кругах уже давно обращают внимание на неудачи императора; знают, что ему не удается все, что он предпринимает, что судьба всегда против

него, наконец, что он явно обречен на катастрофы. К тому же, кажется, что линии его руки ужасны.

— Как... такие пустяки могут производить впечатление?

— Чего же вы хотите, господин посол. Мы — русские и, следовательно, суеверны. Но разве не очевидно, что императору предопределены несчастья?

Понизив голос, как если бы он сообщал мне страшную тайну, и устремив на меня пронзительный взгляд своих желтых глаз, которые по временам вспыхивают мрачным огнем, он перечисляет невероятный ряд происшествий, разочарований, превратностей судьбы, несчастий, которые в продолжение девятнадцати лет отмечали царствование Николая II. Ряд этот начинается торжеством коронации, на Ходынском поле, в Москве, где 2000 мужиков были задавлены в суматохе. Через несколько недель император отправляется в Киев; на его глазах тонет в Днепре пароход, с тремястами человек. Несколько недель спустя он присутствует в поезде при внезапной смерти своего любимого министра, князя Лобанова. Живя под постоянной угрозой анархистских бомб, он страстно желает сына, наследника; родятся четыре дочери подряд, и, когда Господь, наконец, дарует ему сына, ребенок носит в себе зародыш неизлечимой болезни. Не любя ни роскоши, ни света, он стремится отдохнуть от власти среди спокойных семейных радостей: его жена — несчастная, нервная больная, которая поддерживает вокруг себя волнение и беспокойство. Но это еще не все: после мечтаний об окончательном царстве мира на земле, он вовлечен несколькими интриганами своего Двора в войну на Дальнем Востоке; его армии, одна за другой, разбиты в Маньчжурии, его флот потоплен в морях Китая. Затем, великое революционное дуновение проносится над Россией: бунты и резня следуют друг за другом, без перерыва, в Варшаве, на Кавказе, в Одессе, Киеве, Вологде, Москве, Петербурге, Кронштадте; убийство великого князя Сергея Александровича открывает эру политических убийств. И когда волнение едва успокаивается, председатель Совета Столыпин, который *выказал себя спасителем России, падает однажды вечером, в киевском театре, перед императорской ложей, под револьверным выстрелом агента тайной полиции.*

Дойдя до конца этой мрачной серии, Н. заключает:

— Вы признаете, ваше превосходительство, что император обречен на катастрофы и что мы имеем право бояться, когда размышляем о перспективах, которые эта война открывает перед нами?»

27 августа (9 сентября)

«На восток от Парижа, от Урка до Монмирайля, французские и английские войска медленно продвигаются вперед. По совершенно правильному инстинкту русское общественное мнение гораздо более интересуется сражением на Марне, чем победами в Галиции.

Вся судьба войны действительно решается на Западном фронте. Если Франция не устоит, то Россия принуждена будет отказаться от борьбы. Бои в Восточной Пруссии дают мне каждый день новые доказательства этого. Ясно, что русским не по плечу бороться с немцами, которые подавляют их превосходством тактической подготовки, искусством командования, обилием боевых запасов, разнообразием способов передвижения. Зато русские кажутся равными с австро-венгерцами; они имеют даже преимущество в рвении и в стойкости под огнем».

28 августа (10 сентября)

«На восток от Вислы, на границе Северной Галиции и Польши, русские прорвали неприятельскую линию между Красником и Томашем.

Но в Восточной Пруссии армия генерала Ренненкампфа в расстройстве.

Из Франции известия удовлетворительны. Наши войска перешли Марну между Мо и Шато-Тьерри. У Сезанна прусская гвардия была отброшена на север от Сент-Гондских болот. Если наш правый фланг, который образует «петлю» и простирает-

ся от Бар-ле-Дюка до Вердена, будет стойко держаться, вся немецкая линия разорвется».

29 августа (11 сентября)

«Победа! Мы выиграли сражение на Марне! На всем фронте германские войска отступают на север! Теперь Париж вне опасности! Франция спасена!

Русские также победили между Красником и Томашевым. Австро-венгерские силы, увеличенные немецкими подкреплениями, доходили более, чем до миллиона человек; артиллерия насчитывала более 2500 пушек. Зато армия генерала Ренненкампфа должна была покинуть Восточную Пруссию; немцы заняли Сувалки».

3 (16) сентября

Костин и Нестеровский сидели за столиком в ресторане. Из широкого окна был виден шпиль Адмиралтейства. Над ним плыли тяжелые темные облака.

— Всё, Санкт-Петербурга больше нет, — сказал Костин, глядя в окно. — Теперь в Петрограде живем.

— Хорошо хоть живем, — вздохнул Нестеровский. — А то думал, что навсегда отвоевался. Как с самолета начали из пулемета строчить, решил, что никогда больше не увижу ни Олю, ни Мишу, ни тебя. До сих пор кажется, что чудом спасся. — Он улыбнулся. — Однако что это я жалуюсь? Вроде боевому офицеру не к лицу.

— Ты не жалуешься, — сказал Костин. — Ты впечатлениями делишься.

К столику подошел официант и поставил перед ними бутылку нарзана. Нестеровский с удивлением посмотрел на бутылку.

— Что это ты заказал? Неужели как Петербург переименовали, так и водку в ресторанах перестали подавать?

— Сухой закон, — объяснил Костин. — В ресторанах водку действительно подавать нельзя.

Он налил содержимое бутылки в два бокала. Нестеровский понюхал свой бокал:

— Но это же водка!

— В графинах подавать нельзя, а в бутылках из-под нарзана можно. Конспирация.

— Ну, тогда давай. За встречу.

Они чокнулись, выпили.

— А ведь действительно могли бы не встретиться, — поставив бокал на стол и закусив, сказал Нестеровский. — Гинденбург сначала разгромил Вторую армию Самсонова, а потом едва не взял в кольцо нашу Первую армию. Мы еле вырвались.

— Самсонов, говорят, застрелился...

— Безвыходное положение, позора не выдержал. Приняв решение, сказал: «Император верил мне. Как же я смогу посмотреть ему в лицо после такого несчастья?» Генерал Агеев тоже хотел застрелиться, когда все узнал, но мы с Рябиковым его удержали.

— А Ренненкампф?

— Уехал со своим штабом в Вилковишки.

— Потеряли-то сколько?

— Тысяч двадцать, не меньше. Это — раненые и убитые. Восемьдесят тысяч попали в плен. Ну, и орудий больше сотни... А ведь у Ренненкампфа было двадцать дивизий и пятнадцать у Самсонова, а у Гинденбурга — четырнадцать. Впрочем, трудно воевать, когда связисты не знают, как пользоваться радио, и на сто пятьдесят тысяч человек только десять автомобилей и четыре постоянно ломающихся мотоцикла. Нет хлеба у солдат, а у лошадей овса.

Некоторое время оба молчали.

— Зато наступление немцев на Париж остановлено, — произнес Нестеровский. — Помнишь, в той книжке предсказывалось? «Волк бросится на петуха, а петух позовет на помощь медведя. Медведь нападет на волка, и петух уцелеет, а волк отгрызет медведю одну лапу».

Глава третья. Пророк

— Кассандров не ошибся. Он хотя и того-с, но правильно написал: «В янтарной стране тихих вод и темных песков мы бросили на ветер тайное слово, и немцы его поймали». Хочешь на него посмотреть?..

Вскоре Нестеровский и Костин вышли из трамвая, свернули за угол и, не пройдя и двух кварталов, оказались у ограды больницы.

За оградой по дорожкам мрачного и холодного парка прогуливались сумасшедшие в серых казенных халатах. Их было человек пятнадцать.

— Вон тот, седовласый, который что-то бормочет, — показал Костин.

Сахаров остановился, бессмысленно уставившись вдаль.

— Возжигающие огонь... — бормотал он. — Идите в пламень огня своего... Это будет вам от руки моей...

Надзиратель грубо толкнул его в спину.

— Иди-иди. Чего встал?

— Пойдете в пламень огня своего, — вздрагивая, шептал Сахаров. — В мучениях умрете...

В тот же день Нестеровский, Ольга и Миша сидели на дачной веранде.

К палисаднику подошел молодой человек в черном пиджаке.

— Эй! — позвал он. — Есть тут кто-нибудь?

Нестеровский вышел на крыльцо.

— Что вам? — спросил он.

— Не знаете, дачу здесь никто не сдает?

— Не знаю, — ответил Нестеровский.

Молодой человек, постояв немного, одернул пиджак и отправился дальше. Вскоре он скрылся в осенних сумерках.

* * *

«— Читали вы "Жития Святых"?

— Да,.. по крайней мере, частью, так как, если не ошибаюсь, этот труд содержит около 20 томов.

— Знаете ли вы также, когда день моего рождения?

— Разве я мог бы его не знать? 6 мая.

— А какого святого праздник в этот день?

— Простите, государь, не помню.

— Иова Многострадального.

— Слава Богу, царствование вашего величества завершится со славой, так как Иов, смиренно претерпев самые ужасные испытания, был вознагражден благословением Божиим и благополучием».

«Это была необычайная смесь нереализованного патриотизма, романтической радости по поводу возможности участия в великом приключении, наивного ожидания того, что тем или иным способом этот конфликт разрешит все прежние проблемы».

Глава четвертая

ЭШЕЛОН ИЗ АРХАНГЕЛЬСКА

25 января (7 февраля) 1915 года

«...немцы начали полуторадневное непрерывное движение, которое позволило трем немецким корпусам продвинуться глубоко за линию русских укреплений. Противостоящая Десятая русская армия была стратегически изолирована. А верховное русское командование было занято формированием шестикорпусной ударной группы на южных границах Восточной Пруссии. Созданная русской армией система траншей была примитивной. Половина дивизий была недостаточно подготовленной. Недавно полученные новые позиции развели русские силы по флангам, что создало дурные предчувствия у командующего Десятой русской армией генерала Сиверса уже в самом начале февраля, когда он предупредил генерала Рузского: "Ничто не может помочь Десятой армии избежать открытости своих оборонительных позиций и повторения судьбы первой армии в сентябре 1914 года"».

27 января (9 февраля)

«Большое оживление царит сегодня в Таврическом дворце, где Государственная Дума вновь открывает свои заседания... Во время перерыва я беседую с председателем Родзянко и несколькими депутатами — Милюковым, Шингаревым, Прото-

поповым, *Ковалевским, Василием Маклаковым, князем Борисом Голицыным, Чихачевым и др. Все они привозят из своих губерний одно и то же впечатление: они меня убеждают, что война глубоко взволновала народное сознание и что русский народ возмутился бы против мира, который бы не был победоносным...»*

В районе пакгаузов, как и во всем Петрограде, было пасмурно, падал снег.

Рядами стояли автомобили и фюзеляжи аэропланов в деревянных каркасах. Из сугроба торчал ствол пушки.

По лабиринту, составленному из сотен зарядных ящиков с маркировкой на английском языке, шли двое: английский представитель, капитан Джемиссон в военной форме и Костин.

— Мой Бог! — сказал Джемиссон. — Что в наше время есть диверсия? Все то, что мы здесь видим, это в наше время диверсия и есть!

— В каком смысле? — спросил Костин.

— Английские корабли шли в Архангельск до конца января. Через льды, рискуя попасть под огонь германской военно-морской армады. Для чего мы всё это привезли в Россию? Почему это лежит здесь? Это нужно на фронте.

— Вывезти не успеваем, — мрачно сказал Костин.

— Почему не успеваете? Как можно не успевать вывозить?

— От Архангельска до Москвы железная дорога с одной колеей.

— Я понимаю ваши трудности. Я понимаю их. Я знаю колоссальное напряжение войны на русском фронте. Но все же не могу представить, чтобы такое количество техники, снарядов, оружия, необходимых действующей армии...

— Простите, господин Джемиссон. У вас о диверсии точная информация?

27 января (10 февраля)

«...Двадцать первый германский корпус перерезал желез-
ную дорогу из Ковно на восток. Десятая русская армия начала
отступать через Августовский лес к Неману. Она дезинтег-
рировалась, а Рузский все торопил и торопил с контрнаступ-
лением. В конечном счете напряжение схватки сломало его, он
запросил отставки в связи с «чрезвычайным ослаблением, выз-
ванным общим ослаблением организма».

1 (14) февраля

На подъезде к станции в слабом свете фонарей ветвились
железнодорожные пути. В снежной пелене слышались гудки паровозов.

По шпалам шли Костин, Стрельников и двое мужчин в
форме железнодорожных служащих. Одним из этих служащих был грузный седоусый Семенов. Другим — длинный и
тощий, как кий, Ружанский, человек помоложе Семенова и
ниже его по должности.

— Его уже снегом замело, — рассказывал Семенов. —
Сегодня это быстро. Видите, что творится... Обходчики об
него чуть не споткнулись. Побежали за мной. Оказалось, не
пришлый какой, а наш стрелочник. Как упал, так и лежал
лицом вниз. Пощупал его — мертвый. Входное отверстие от
пули — вот здесь, — показал он себе на затылок.

— На себе не показывайте, — предостерег Стрельников.

— Весь ужас в том, — размахивая на ходу руками, вступил
в разговор Ружанский, — что как раз шел эшелон с военным
грузом.

— Откуда? — спросил Костин.

— Из Архангельска через Москву. Так бы и пошел на всей
скорости в шестой тупик. А там цистерны с керосином...
Слава Богу, успели перевести стрелку.

Они подошли к группе железнодорожных рабочих. Те
молча расступились.

На снегу, покрытый рогожей, лежал человек.

Один из рабочих нагнулся и отвернул край рогожи. Фонарь светил тускло, но света хватало, чтобы видно было лицо убитого и темный, набухший кровью снег у него под головой.

— Жена у него осталась, трое детишек, — сказал Семенов.

— Вон там шестой тупик, — взяв Костина за локоть, показал Ружанский туда, где что-то темное смутно угадывалось в снежной пелене. — Там двадцать цистерн... Еще хорошо, что метель. Эшелон опоздал на полчаса. А если бы шел по графику? Страшно подумать. Почти все вагоны с артиллерийскими снарядами.

Костин обернулся к Семенову.

— Кто из ваших подчиненных мог знать об этом эшелоне из Архангельска?

— Многие могли знать.

— Перепишите всех. С адресами. Да, обязательно с адресами...

2 (15) февраля

«В районе Тильзита, на Нижнем Немане, вплоть до района Плоцка на Висле, т. е. на фронте в 150 километров, русская армия отступает. Она потеряла свои окопы у Ангерапа и все извилины Мазурских озер, которые были так удобны для укрепления; она постепенно отступает на Ковно, Гродно и Осовец к Нареву».

Нестеровский в офицерской форме сидел в купе вагона 2-ого класса. Напротив него расположились пожилой полковник с темным, как бы закопченным лицом и юный, из вчерашних гимназистов, поручик с ясными голубыми глазами и рукой на перевязи.

— Возьмем обыкновенную винтовку, — нервно говорил полковник. — Современная винтовка состоит из ста пятидесяти шести деталей. У нас, конечно, все они изготовляются и собираются вручную. В итоге все русские заводы производят примерно тысячу винтовок в день. Но за тот же день мы теряем на фронтах в три-четыре раза больше.

— Хуже всего со снарядами, — вставил поручик. — У нас в батарее в сутки выдают по три снаряда на орудие.

— Это еще очень неплохо, — заметил Нестеровский.

— До чего довели армию! — кипятился полковник. — Три снаряда в сутки на орудие — для нас уже неплохо. А у немцев их сколько душе угодно. Знай молотят.

— Ничего, англичане подвезут, — сказал Нестеровский.

— Куда возить-то? На Балтике все наши порты блокированы германским флотом. Единственное спасение — Архангельск. Прямо как при Иване Грозном.

— За одним исключением.

— Каким же, капитан?

— Тогда не было поездов.

На ходу доставая папиросу, Нестеровский вышел в тамбур и закурил.

За окном в сгущавшихся сумерках тянулись ряды построек. Внезапно они кончились, поезд пошел мимо темного леса. Затем редкие фонари на подъезде к какому-то полустанку не освещали, казалось, ничего, кроме снега и безлюдия.

Дверь между вагонами отворилась. Колеса загремели с утроенной силой, дохнуло холодом. В тамбур вошли полицейский в башлыке и одетая в лохмотья девочка-подросток лет двенадцати.

— Пойдем в вагон. Слышь? Холодно, — попросила девочка.

— Стой тут, — равнодушно ответил полицейский.

— Ну пойдем, а? Застужусь я.

— Ничё с тобой не сделается. Полчаса до Питера.

Девочка попыталась прошмыгнуть в вагон, но полицейский, вытянув руку, оттащил ее.

— Ишь ты! Шустрая какая!

193

— Что бы вам и в самом деле не пройти в вагон? — с сочувствием глядя на девочку, спросил Нестеровский.

— Это ж второй класс. Кондуктор скандалить будет.

— Я ему объясню.

— Кондуктора нынче строгие. Разве ж им объяснишь. Да и по инструкции не положено, чтоб рвань такую во втором классе возить.

Девочка, забившись в угол, бессильно и озлобленно говорила:

— Да сам ты... Развоевался тут... В тылу-то...

— Цыть! — шикнул на нее полицейский.

Вагон качнуло на повороте. Девочка, воспользовавшись этим, опять попыталась вырваться, но полицейский крепко держал ее.

— За что вы ее? — спросил Нестеровский.

— У офицера в поезде полевую сумку стащила... Второй раз попадается. Наладилась, вишь, по офицерским сумкам. В прошлый-то раз отпустил ее. Пожалел... Нет, скажешь?

Девочка не ответила.

— Как тебя звать? — обернулся к ней Нестеровский.

Она посмотрела на него, шмыгнула носом и сказала:

— Надюха.

— Ну-ка, Надюха, пошли! В купе потолкуем.

Нестеровский взялся за ручку, чтобы открыть дверь в вагон. Полицейский рукой надавил на дверь:

— Не надо, ваше благородие!

— Ничего-ничего. Пошли.

Полицейский нехотя убрал руку.

Все трое вошли в вагон.

Вскоре перед Надюхой стояла кружка с чаем. Рядом с кружкой лежали пачка галет и другая снедь. Она рассказывала с набитым ртом:

— Отец на войне, а нас у мамки шестеро. Я самая старшая. Чё делать? Пошла на заработки.

— Хороши у тебя заработки! — вставил полицейский.

— А чё делать? Исть-то надо... У вас консерва есть? — спросила она Нестеровского.

— Нет.

— Плохо. Я консерву люблю.

— Значит, ты в поездах офицерские сумки воруешь. Так?

— Ну.

— На что они тебе?

— Да есть тут один. Хорошие деньги за их платит. За полковничью одному пацану десять рублей дал.

— Ого! За пустую сумку?

— Если там вещи есть, можно себе брать. А из бумаг он ничё трогать не велит.

— Кто ж это такой добрый?

— Зачем вам? — насторожилась Надюха.

Настеровский выложил перед ней на стол пятирублевую бумажку.

— Ну? — спросил он, придавив пальцем ассигнацию.

— Лишай это, — сказала она, пытаясь взять деньги.

— Обожди... Фамилия как?

— Не знаю. Все Лишаем зовут.

— И где его найти?

— И что мне будет, если скажу?

— Отпустим тебя, — сказал Нестеровский.

— Побожитесь.

Нестеровский широко перекрестился.

— Ей-Богу, отпустим.

— И он пущай побожится, — кивнула Надюха на полицейского.

Тот стоял и выжидающе смотрел на Нестеровского.

— Давайте-давайте. Ну что же вы?

Полицейский нехотя перекрестился.

— Раз капитан велит... Отпущу.

— Только Лишаю не сказывайте, что я вам сказала, — попросила Надюха. — А то он и убить может...

— Неужто он злодей такой? — стараясь говорить как можно более серьезно, спросил Нестеровский.

— А вы думали! Большущий злодей! За деньги любого враз порешит. А я еще хуже. Я вам его тайну хочу сказать.

— Ну, мы его упредим. Люди мы к злодеям строгие. Так что же за тайна?

Она отпила из кружки чай, откусила галету и, собравшись с духом, сказала:

— Сейчас на Варшавский вокзал приедем, идите к депо. Где угольные амбары. К ночи он всегда там. Спросите Лишая. Его все знают.

Огней за окном стало больше. Поезд стал замедлять ход, затем пошел совсем неспешно.

— Ну, к Петрограду приближаемся, — сказал Нестеровский.

В тот же день

В буфете 2-го класса на Николаевском вокзале было шумно. Посетители — военные и штатские люди — сидели, закусывали, пили кто чай, кто еще что-то и говорили о разном. Высокий, похожий на учителя, человек в длинном пальто и в очках вскакивал и кричал:

— Господа! Не надо чваниться! Присаживайтесь, чем бог послал!

Женщина в горжетке тянула его за полу пальто:

— Да сядьте ж вы, Егор Петрович! Полиция покажет вам чванство!

Егор Петрович садился, но тут же опять вскакивал.

— Да что ж вы все про полицию!

Был в том же буфете и Ружанский. Он сидел за столиком и, делая вид, что читает газету, внимательно наблюдал за кельнершей — хорошенькой девушкой лет двадцати. Девушка чувствовала его взгляд и нарочито громко кокетничала с подошедшим к стойке пьяным офицером.

— Ой, ну что вы! Настоящего боевого офицера сразу видно... Вы с какого фронта?

— С Западного... Сто двенадцатый Великолукский, — пьяно рапортовал офицер. — Геройский полк! Сам кайзер Вильгельм всех наших офицеров знает поименно. — Он понизил голос. — Слушай, налей рюмашку!

— Спиртного не держим.

— Ну слу-ушай... Я же знаю, как это делается...

— Нет-нет! Запрещено. Могу налить пива.

— Наливай!

— Когда война кончится, не слышали? — спросила девушка, наполняя кружку.

— О-о! — безнадежно махнул рукой офицер.

— Говорят, на фронте дела идут не очень хорошо.

— А знаешь, почему?... Потому что у вас тут везде измена... Везде! Там тоже! — Он указал пальцем в сторону окна.

— А что там такое?

— Зимний дворец, — шепнул офицер.

— Он не там.

— Как не там?

— Он вон там, — показала девушка в другую сторону.

— Один черт!.. Царица у нас кто? Немка. Русскими армиями кто командует? Сиверс, Ренненкампф. А они кто?.. То-то!

Некоторое время Ружанский внимательно прислушивался к их разговору, затем допил чай, убрал газету в карман и крикнул:

— Эй! Барышня!

Девушка подошла к нему.

— Сколько с меня?

— Так... Котлета с моченым горошком... Пирог... Чай... — называла она, поочередно распрямляя один из сведенных в кулак пальцев.

— С вас восемьдесят семь копеек.

Ружанский протянул ей рубль.

— Благодарю.

Она собиралась вернуться за стойку, но он удерживал ее за руку.

— Вы немка?

— С чего вы взяли?

— В России, когда что-то считают, делают вот так, — показал Ружанский, загибая пальцы. — А в Европе — вот так. Как делали вы.

— Так ведь Россия тоже в Европе.

— Частично! — поднял вверх палец Ружанский.

Она отошла от него и стала наливать офицеру пиво.

— Царица у нас кто? — громким шепотом сказал офицер.

Ружанский встал. Мимо него к выходу прошли женщина в горжетке и наконец угомонившийся «учитель» в длинном пальто.

Ружанский подошел к буфетчику и, кивнув на девушку, развязно поинтересовался:

— Немочка?

— Да... А что?

Ружанский подмигнул ему.

— Грешен, нравятся они мне... В Риге была у меня одна фройлен. — Он поманил к себе буфетчика, собираясь сказать ему по секрету нечто важное.

Буфетчик склонился к нему. Ружанский мечтательно произнес:

— Чистоплотная-а!

Он стал что-то шептать буфетчику на ухо. Тот с умным видом кивал:

— Да-а! Насчет этого они — да-а... Это они умеют... да-а... и повернется и ляжет.... А так уж совсем они мастера... Не то что наши...

— Как ее фамилия? — спросил Ружанский.

— Генкель.

— Генкель... Генкель... В какой-то книге встречалась мне такая фамилия.

— Зовут ее Анна, а фамилия Генкель.

Тогда же в передней квартиры на Мойке Ольга Нестеровская обнимала мужа.

— Саша... Сашенька... Боже мой! Боже мой!...

Внезапно она отстранилась.

— Ты не ранен?

— Нет-нет. Я по делам... Телефон работает?

— Пока еще работает. Но что же ты сразу звонить?

— Извини, Оля. Дело срочное. Надо с Сергеем поговорить.

— Ладно, ты поговори с Сережей, а я пока что-нибудь приготовлю.

В своем служебном кабинете Костин взял трубку:

— Алё!...

Внезапно его хмурое лицо озарилось улыбкой:

— Сашка! Откуда?

Он слушал, время от времени кивая:

— Так... Да... Да... Как-как?.. Понял... Все сделаем, не волнуйся... Алё! Алё!.. Да что там со связью!

Ольга нажала рукой на рычаг.

— Погоди, Оля... Ну что ты... Дело же срочное...

— Подождет твой Сережа... я уже все приготовила...

Обняв мужа, она принялась страстно целовать его в губы.

— Оля... ну что ты... дело ж ведь...

— Саша...

Он что-то ей стал говорить, расстегивая на ней платье. Она, от нетерпения путаясь в рукавах, помогала ему себя раздевать.

В тот же вечер среди пакгаузов на станционных задворках горел костер. Возле него, сидя на корточках, курили несколько беспризорников.

— Все шпиёнство от царицы, — рассказывал один. — Гришка-то ее... — Он выразительно показал, что делает с царицей Гришка. — Она ему все и рассказыват. Он это пишет и в бомбы закладыват вместо пороха. Наши-то с ероплана бомбу скинут, она так и лежит. Чё ей? Без пороха-то... Немцы прибегут, расковыряют ее, а там — план.

— И че план? — спросил маленький рыжий малый лет двенадцати.

— Как это че? Немцы ж потом наших тыщами ложат!

Он что-то еще хотел рассказать про этот план, но тут из темноты вышел какой-то большой человек, одетый как нищий, и с котомкой.

— Здорово, шпана! — весело сказал этот нищий. — Христос в помощь!

Беспризорники молча и напряженно смотрели на него.

— Ну, притихли чего?

Молчание.

— Лишай кто из вас будет?

— А накой тебе он? — спросил парень лет семнадцати, в драном сером пальто, перетянутом армейским ремнем. На голове парня красовалась огромная клетчатая кепка.

— Дело есть.

— Дай закурить, — сказал парень.

— Нету, все выкурил.

— Ладно... Так чё за дело?

— Пацаны в поезде сказали, что Лишай офицерские сумки покупает.

— Слушай их! Соврут и не кашлянут.

Нищий в упор смотрел на него.

— Что ли, ты Лишай?

Парень покачал головой, затем палкой стал ковырять в костре.

— Нету здесь Лишая.

— А когда придет?

— Он не придет.

— А чего так?

— Его вчера в Окуловке поездом задавило.

— Насмерть?

— А то как же не насмерть!

— Упокой Господь его душу грешную.

Нищий, потеряв интерес к компании, повернулся и быстро пошел обратно через рельсы.

Но прошел он немного. Кто-то окликнул его:

— Эй! Постой-ка!

Он остановился.

Его догнал парень в кепке.

— Ну, что еще?

— Ты показывай че принес.

— Так это, значит, ты Лишай?

— Тебе не один хрен? Где сумка?

— Какая сумка?

Сказав это, нищий вдруг кому-то обрадовался, кто не известно каким образом оказался за спиной парня. Тот оглянулся, но никого не увидел. И тут же, повернувшись, ударил кулаком туда, где должен был находиться подбородок обманщика. По подбородку он почему-то не попал. Зато нищий неожиданным приемом так сжал ему руку, что он скорчился и завизжал от боли.

Тотчас из темноты выбежали двое: Штольц и Стрельников. Оба были с револьверами.

— Уй! Пусти! Ты чё? — хныкал парень.

— Ловко вы его, Сергей Павлович! — восхитился Стрельников. — Где научились?

— Я же тебе говорил: в японском плену.

3 (16) февраля

«*10-я армия с большим трудом выбирается из лесистой области, которая простирается на восток от Августова и Сувалок. Южнее, в Кольно, на пути к Ломже, одна из ее колонн была окружена и уничтожена.*

«*Сообщения*» *из ставки ограничиваются заявлениями, что под давлением значительных сил, русские войска отступают на укрепленную линию Немана...*»

Фонари уже гасли, когда Костин, Штольц, Стрельников и Лишай шли утром по улице.

— Номер дома не помню, а показать могу, — сказал Лишай. — Я тогда за ним до подъезда шел.

— Зачем? — спросил Стрельников.

— Я эти сумки у пацанов покупаю, он — у меня. Еще кто-то — у него. Соображаешь?

— Нет.

— Э-эх, старый!.. Цена-то с каждым покупателем растет. Надо, думаю, сразу на того выходить, кому он мой товар сбывает. Чтобы, значит, без посредников.

— И вышел?

— Не успел. Проследил только, где сам квартирует.

— Так, и где он квартирует?

— Кажись, здесь, — указал Лишай.

Они остановились возле углового дома с двумя башенками. Ни звука не доносилось из этого дома. Он казался пустым.

Штольц, поправив очки, прочитал адрес на табличке:

— Росстанная улица, двадцать два.

— Как-как? — переспросил Костин.

— Вон табличка... Вы что-то потеряли, Сергей Павлович?

— Сейчас... Сейчас... Черт! Куда я его положил? — шарил по карманам Костин.

— Что?

— Список.

— Какой список?

— Да с Николаевской дороги. Семенов составил.

— Кто?

— Да этот Семенов, который нам про стрелочника сообщил. Ну, у него еще глаза слишком близко посажены и седые усы, — сообщая подробности портрета, рылся в карманах Костин. — Да где же список, черт возьми!

Наконец он вынул из кармана листок.

— Слава богу! Думал, что в кабинете на столе оставил. А бумага для нас очень важная. В ней указаны все, — сказал он, — кто мог знать о том эшелоне из Архангельска. Тот самый состав, который чуть на цистерны с керосином не пустили. Помните?

Штольц и Стрельников дружно кивнули.

— Вот... Вот и господин Янсен... Эдуард Францевич. Видите? — Костин показал им самую нижнюю в списке фамилию.

От этой фамилии он пальцем повел вправо, к графе с адресом.

— Читайте.

— Росстанная, дом двадцать два, — взяв список, отчетливо прочитал Штольц.

— Фью-у! — присвистнул Стрельников. — На коне сидим, а коня ищем!

— Ну, коли так, то по коням!

В следующую минуту все четверо вошли в подъезд и быстро пошли вверх по крутой узкой лестнице. Костин, Штольц и Лишай оказались на площадке четвертого этажа раньше Стрельникова.

— Давай скорее! — перегнувшись через перила, поторопил Штольц.

— Не по малину идем, — ответил тот. — Счас и я на место прибуду.

— Это верно, что не по малину, — сказал Костин и позвонил в дверь.

— Из окна-то не сиганет? — шепотом спросил подоспевший Стрельников.

— С четвертого этажа? — усмехнулся Костин.

Он позвонил еще раз.

За дверью раздался сонный женский голос:

— Кто?

— Полиция, — басом ответил Стрельников.

Лязгнул засов, дверь открылась.

Пожилая женщина в капоте, надетом поверх ночной рубашки, без всякой радости сказала:

— Господи! Что ж вы в такую-то рань...

— Простите, война.

— Да знаю, что война. Сама на досуге газеты читаю. Но вы-то что ж в такую рань? Спозаранку придут, и вот в дверь трезвонить...

— Что вы тут делаете? — перебил Штольц.

— Здрасьте! Что я тут делаю! Вот вы спросили! А то и делаю, что тут моя квартира... Что люди в своих квартирах делают?

— А Янсен, простите, вам кто? — спросил Костин, шагнув в квартиру.

Хозяйка посторонилась.

— Он мой жилец.

— Он сейчас дома?

— Дома. Спит, если вы его не разбудили.

Янсен, однако, не спал. Он от звонка проснулся и какое-то время лежал неподвижно, с открытыми глазами. Потом, услышав голоса, вскочил с постели и припал глазом к замочной скважине.

В коридоре он увидел троих в военной форме. Четвертым был тот наглый оборванец в огромной кепке, который продавал ему краденые сумки.

Вставив ключ обратно в скважину, он бесшумно повернул его и торопливо начал одеваться.

Перед дверью его комнаты хозяйка остановилась.

— Постойте-ка, — сказала она. — Что-то вы не похожи на полицию.

— Новая форма, — ответил Стрельников.

— То-то я смотрю, вроде вы люди военные...

Внезапно из комнаты послышался скрежет открываемой оконной рамы. Костин бросился к двери.

Она была заперта.

Он шагнул в сторону и подал помощникам знак.

Высадив дверь, Стрельников и Штольц ввалились в комнату. За ними вбежал Костин.

В комнате шел снег. Обе рамы были широко распахнуты. Стрельников и Штольц подбежали к окну.

Прижимаясь к стене, Янсен с трудом продвигался по карнизу к пожарной лестнице. Сильный ветер со снегом мешал ему идти.

Штольц выхватил револьвер.

— Стоять! — закричал он. — Стой... Сорвешься, дурак!

В этот момент нога Янсена скользнула по обледенелому карнизу. Он попытался дотянуться до пожарной лестницы, но это у него не получилось. Он подался вперед, еще раз попытался схватиться за лестницу и в следующую секунду шагнул в пустоту.

Его длинный крик еще был слышен в каменном колодце двора, когда Костин, Стрельников, Штольц и Лишай уже стояли над лежащим на снегу.

— Он? — спросил Костин у Лишая.

Тот не ответил.

— Ну, ты чего? — произнес Штольц и легонько толкнул парня в бок.

205

Тот на него посмотрел, словно стараясь узнать, и кивнул.

Стрельников, перекрестившись, сказал:

— Господи творец, пошли нам добрый конец!

5 (18) февраля

«10-й армии еще не удалось вполне освободиться от германского охвата. Состоящая из четырех корпусов или двадцати дивизий, она уже оставила в руках врага 50.000 пленных и 60 пушек.

Я обедаю в Царском Селе у великого князя Павла, в интимной обстановке.

Великий князь с беспокойством спрашивает меня о действиях, которые заставили Россию потерять неоценимый залог — Восточную Пруссию, и каждая подробность, которую он узнает от меня, вызывает у него глубокий вздох:

— Боже, куда нас это ведет!

Затем, снова овладевая собою, с прекрасным жестом решимости, он говорит:

— Нужды нет, мы пойдем до конца. Если надо еще отступать, мы будем отступать; но я вам гарантирую, что мы будем продолжать войну до победы... К тому же, я только повторяю вам то, что третьего дня мне говорили император и императрица. Они оба удивительно мужественны. Никогда ни одного слова жалобы, никогда ни слова уныния. Они стремятся только поддерживать друг друга. Затем никто из окружающих их, никто не осмеливается говорить с ними о мире».

Нестеровский и Костин поднялись на крыльцо здания контрразведки. Вскоре они уже шли по коридору на третьем этаже.

— Вчера у меня был человек из Архангельска, — сказал Костин.

— И что рассказывал?

— Да все про грузы. От союзников морем идут и на складах скапливаются. Весь Архангельск забит. Чего только нет!

Одних самолетов больше двух сотен. Гранат, снарядов — миллионы! Вывозим в час по чайной ложке.

— Я сейчас в разведке Западного фронта, — сообщил Нестеровский. — Недавно перехватили одну радиограмму в Стокгольм. Из нее следует, что немцы проявляют к Архангельску повышенный интерес.

— О чем, собственно, и предупреждали англичане.

— Они очень рискуют.

— Кто?

— Англичане.

— Мы тоже.

— Я говорю тебе о том, что германские военные корабли сделали северный морской путь крайне опасным, несмотря на смелые маневры наших подводных лодок.

— Понимаю...

— А России, как воздух, нужны английские кредиты. Тратим один миллион фунтов стерлингов в день... Мы, если судить трезво, оказались не готовы к долговременной войне. Как в смысле финансов, так и во всех остальных.

— А теперь еще эта проклятая изоляция в связи с закупоркой наших южных портов, — добавил Костин.

— Вот именно что закупорка. Это, знаешь ли, всем пробкам пробка. Такой еще в истории не было ни у кого. Хорошо хоть удалось проложить кабель, соединяющий Кольский полуостров с Шотландией. По этому кабелю возможен информационный контакт между Западом и Россией. Это, по-моему, еще больше повышает интерес немцев к нашему северу и, в частности, к Архангельску.

— Значит, ты из-за повышенного интереса немцев к Архангельску в Петроград приехал?

— Нет, в Петрограде мне надо получить новые панорамографы.

— Что получить?

— Па-но-ра-мографы.

— А что это такое?

— Аппараты для аэрофотосъемки.

— А-а!

Они вошли в кабинет с портретом императора на стене. Из-за дневных февральских сумерек в кабинете горел свет. Николай II на портрете словно удивлялся тому, что он-то, Николай Александрович Романов, хороший отец и любящий муж, и есть в то же время самый главный человек в России.

Навстречу вошедшим почти одновременно встали со стульев Штольц и Стрельников.

Нестеровский снял перчатку и с каждым поздоровался за руку.

— Здравствуйте... Рад видеть... Рад видеть...

— Мы, Александр Михайлович, ваши должники, — улыбнулся Штольц.

— В каком смысле?

— Вы вывели нас на этого Янсена.

— Это не я, а та девчонка в поезде. Это она на Лишая указала.

— Вы потом видели ее?

— Нет, больше не видел. Как на вокзале в толпе затерялась, так все.

— Да что толку! Покойника за язык не потянешь, — вдруг произнес Стрельников.

— Ты это о ком?.. Ах, да!

— Янсен, Янсен... Вряд ли он работал один, — садясь за стол, вслух размышлял Костин. — Пока трудно сказать, на кого мы выйдем, но что-то напоминает мне одно давнее дело. Тогда разведочное отделение вышло на штаб-офицера для особых поручений при главном интенданте ротмистра Ивкова. Впрочем, это случилось накануне войны на Дальнем Востоке. А сейчас война на западных и южных границах России. Поставки боеприпасов и вооружения от наших союзников идут с севера. Значит, у Янсена должны быть напарники. И здесь, и в Архангельске.

Он закурил папиросу и добавил:

— Не найдем их, надо ждать новых диверсий на железной дороге.

— Не желательно, — произнес Стрельников. — Так мы и Петрограда лишимся.

— Да уж...

— Вот, нашли у него, Сергей Павлович. Он их за подкладкой прятал.

Штольц выложил на стол две бумажки.

— Это что?

— Квитанции от почтовых переводов. И обе из Стокгольма, на одну и ту же сумму.

— Так, посмотрим.

Костин взял одну из квитанций.

— Четыреста сорок восемь рублей, шестнадцать копеек. Эта же цифра указана и на второй квитанции.

— Оба перевода «до востребования». Поступили на почту с разрывом в месяц, — пояснил Штольц.

— Похоже, что это его шпионское жалованье, — добавил Стрельников. — Но почему из этого... Как его...

— Почему из Стокгольма?

— Да, почему из этого... как его...

— Потому что через Швецию и Норвегию проходит единственный путь между Россией и ее союзниками.

Нестеровский тем временем что-то считал, записывая на листе бумаги.

— Хм! — весело сказал он, бросив карандаш. — Если перевести в немецкие марки, то что получается? Сумма получается. И сумма эта, доложу я вам, относительно круглая.

В тот же вечер в прихожей своей квартиры Анна Генкель, поправив перед зеркалом волосы, накинула пальто и открыла входную дверь. Затем, достав из-под вешалки спрятанный там узелок, она крикнула:

— Мама-а! Мамочка, я скоро вернусь!

— Ты куда? — послышался голос из глубины квартиры.

— К подруге. Тут недалеко, не волнуйся.

На лестничной площадке Анна подошла к перилам и поглядела в пролет, затем вверх.

В подъезде, кроме нее, никого не было.

Убедившись еще раз в том, что никто ее не видит, она быстро поднялась наверх, открыла замок на чердачной двери и вошла на чердак.

На чердаке, возле кирпичной дымовой трубы, сидел молодой человек, одетый в грязный тулуп и валенки. Здесь же находилось то, что служило ему кроватью — лежанка из досок и тряпья. Кружка и пара книг дополняли все эту более чем лаконичную обстановку.

Заслышав шаги, молодой человек вздрогнул и оглянулся.

— Это я, я, — сказала Анна.

Она подошла к нему, достала из кармана носовой платок и принялась стирать сажу у него со щеки.

— Холодно здесь. Ночью не замерз?

— Нет. В Архангельске холоднее было.

— А я что-то зябну.

— Садись поближе к трубе. Вот сюда.

— Тут сажи много. Испачкаюсь.

Анна достала из узелка кастрюльку.

— Немного ухи принесла.

— Сама варила?

— Нет, из буфета. Из дому я ничего не беру, ты же знаешь. А то мать заметит.

— Сейчас мы ее подогреем.

Молодой человек вынул из стенки дымовой трубы пару кирпичей и на их место поставил кастрюльку с ухой.

— Пожар не устроишь?

— Не бойся.

— Твой паспорт скоро будет готов, — сказала Анна, раскладывая на газете еду.

— Это я слышал неделю назад. Ты, наверное, мало им заплатила. Надо еще дать.

Молодой человек взял из стены кастрюльку, попробовал и начал жадно есть.

Внезапно Анна закрыла лицо руками и всхлипнула.

— Что с тобой? — испуганно спросил молодой человек.

— Мне страшно.

— Чего тебе страшно?

— Сегодня в буфете ко мне приставал один. Догадался, что я немка.

— Ты его знаешь?

— Знаю... В конторе железной дороги служит. Длинный и тощий, как жердь. Всякие сальности говорит. Ружанский его фамилия.

— Понятно, — щурясь, произнес молодой человек.

Это «понятно» он произнес угрожающе.

6 (19) февраля

«...жестокий мороз уступил место неожиданной оттепели, принесшей с собой распутицу. Но основная масса русских войск сумела пересечь Августовский лес, выйдя за пределы германских клещей в окрестностях Гродно. Немцы сзади окружили Августовский лес со всеми, кто отстал от основной массы войск, — 110 тысяч человек...»

Костин и Ружанский быстро шли по перрону.

— Эта барышня в буфете, ее Анной зовут, она немка, но скрывает свое происхождение. Ее фамилия — Генкель. Я узнал ее адрес,.. — нагибаясь к Костину и размахивая руками, взволнованно говорил Ружанский.

— В Петрограде десятки тысяч немцев, — сказал Костин, убыстряя шаги. — Все они — русские подданные. Германских и австрийских подданных давно или арестовали, или выслали.

— Да, но эта барышня задает офицерам странные вопросы.

— Например?

— Где служат, каково положение на фронте и тому подобное.

— В наше время это обычный разговор. Не поддавайтесь общей мании.

— Какой мании?

— Шпионской. А то недавно двое мастеровых приволокли ко мне одного беднягу. Из трамвая его вытащили. Кричат: «Шпион, шпион!» Оказалось, решил перекусить прямо в трамвае, а бутерброды у него были в финскую газету завернуты.

— Тут совсем другое дело! Поверьте моей интуиции!

— Прекрасно, что и вы не лишены интуиции. Но ее ведь к делу не пришьешь. Вы, если эту Генкель всерьез подозреваете, изложите в письменном виде и принесите к нам в канцелярию. Или пошлите почтой.

Они подошли к двухэтажному пристанционному зданию и вошли внутрь.

В коридоре Ружанский открыл одну из дверей, пропустил вперед Костина и вошел сам.

Семенов, увидев их, приподнялся на стуле.

— Здравствуйте, господин Семенов, — сказал Костин.

— А, это вы, — бесстрастно отозвался тот. — Присаживайтесь. Чем могу быть полезен?

— Мы нашли того мерзавца, который убил вашего стрелочника.

— Слава Богу!.. Кто он?

— Ваш добрый знакомый.

— Мой знакомый?

— Ну, не только ваш. Он был в том списке, который вы мне дали...

Ружанский сидел за столом на другом конце комнаты. Обмакивая перо в чернила, он на листе бумаги писал:

«В контрразведку Петроградского военного округа... Я, Ружанский Николай Федорович...»

Он продолжал писать свое сообщение, когда Костин вынул из кармана несколько фотографий и положил их на стол перед Семеновым. Тот стал их по очереди рассматривать.

На всех был запечатлен лежащий на снегу мертвый Янсен.

— Боже мой! Это же... Янсен!

— Он самый.

— И вы утверждаете, что он убил нашего стрелочника?

— Скорее всего, именно он выстрелил ему в затылок.

Ружанский тем временем писал, прислушиваясь к тому, о чем говорили Костин и Семенов.

Дописав, он убрал бумагу в карман, встал и подошел к столу, за которым сидел Семенов, и тоже стал рассматривать фотографии. Они так сильно действовали на него, что были видно, как дрожат его руки.

— Вот уж никогда бы не подумал, что этот человек способен на убийство! — вздохнул Семенов.

— Вы за ним ничего подозрительного не замечали?

— Да нет. Обычный служащий, очень исполнительный.

— У него были приятели среди сослуживцев?

— Не думаю. Он всегда держался особняком.

— Давно он у вас?

— Третий месяц.

Глядя на фотографии, Ружанский дрогнувшим голосом спросил:

— Вы, извините, его застрелили?

— Бог с вами! — усмехнулся Костин. — Я не убийца.

Чрез час он поднимался по лестнице в подъезде дома на Росстанной.

Поднявшись на четвертый этаж, он позвонил и вошел в квартиру, где жил Янсен.

— Как я могла знать, кто он? — Хозяйка ввела Костина в комнату. — Паспорт у него в порядке, сама его в полицию носила.

— Гости к нему ходили?

— Нет. Никто у него не бывал.

— И женщин не приводил?

— О-о, попробовал бы! Он мой характер хорошо знал. К нему тут недавно тетка из Архангельска приехала, так он даже родную тетку сюда привести не посмел.

— Тетка из Архангельска?

— Да, Надежда Павловна.

— Вы с ней знакомы?

— Нет. Его тогда дома не было, приносят телеграмму. Я ее прочитала. Написано, что Надежда Павловна приезжает четырнадцатого февраля, и чтоб он ее встречал. Я потом у него спрашиваю: «Кто такая?» Он говорит: «Тетка».

— Четырнадцатого февраля? Вы точно помните?

— Точно.

Костин достал из кармана блокнот. Раскрыв его, он прочитал сделанную несколько дней назад запись:

«14 февр. Эшелон из Архангельска. Снаряды. Убит стрелочник».

Вскоре в квартире Нестеровских раздался дверной звонок. Ольга открыла дверь. На пороге стоял Костин.

— Ой, Сережа! — воскликнула она.

— Опять метет. Снегу навалило! — сообщил он, раздеваясь и стряхивая снег с шапки.

— Что же делать? Февраль. И когда он только кончится... Проходи.

— Да уж февраль. То мороз, то оттепель.

Потом Костин, Нестеровский и Ольга пили чай в гостиной.

— Вы Лёлечку помните? — спросила Ольга.

— Конечно. Где она теперь?

— На Западном фронте. Их лазарет где-то под Варшавой.

— Супруг ее тоже воюет?

— Ну что вы! Он же у нас государственный муж, член Думы. Вместо писем посылает Лёлечке газеты со своими речами в Комитете по финансам. То-то ей в радость... Берите еще варенья.

— Спасибо.

Костин стал класть в розетку варенье.

В этот момент дверь распахнулась и вбежал Миша с криком:

— Мамочка! Мне нужны три рубля... Очень нужно!

— Зачем? — спросила Ольга.

— Мне Коля сказал... Он знает адрес. Если туда выслать по почте три рубля... всего три рубля, мамочка... то тебе пришлют аэроплан. Настоящий аэроплан, только маленький.

— Нет, — строго сказал Нестеровский.

— У тебя такой педагогический принцип? — поинтересовался Костин.

— Просто у него плохо с французским.

— Зато у меня с английским хорошо! — парировал Миша.

— Английский язык, милый, это роскошь. А французский — необходимость.

— После войны будет наоборот, — заметил Костин.

Когда Ольга вывела Мишу из комнаты, Костин спросил:

— Ну, зачем я тебе понадобился?

— Ты понимаешь, Сережа. Я тут прочел одну статью и обнаружил в ней весьма любопытную информацию.

— Тогда поделись.

— Автор сравнивает между собой разведки разных стран — русскую, французскую, английскую, американскую, немецкую. У каждой есть свои достоинства и недостатки. Но лучшая из всех... Какая, думаешь?

— Думаю, не наша, — усмехнулся Костин.

— Лучшей считается французская. Темперамент плюс энергия, плюс воображение. Тут французам нет равных. У англичан есть один серьезный недостаток — излишняя недоверчивость. Мешает при вербовке агентов.

— А у американцев — излишняя доверчивость?

— Правильно. А в чем, по-твоему, главная слабость немецкой разведки?

Костин задумался и ответил серьезно:

— Насколько я их знаю, работают они очень основательно. Порой, правда, фантазии им не хватает. Но самое их слабое место — стремление к единообразию. Норовят использовать один шаблон на все случаи жизни.

— В том и дело, — кивнул Нестеровский. — Ты говорил, что у Янсена должен быть по меньшей мере один напарник. Так?

— И что?

— Эти квитанции от почтовых переводов... Оба раза Янсен получил по четыреста сорок восемь рублей и шестнадцать копеек. Стрельников предположил, что это его месячное жалованье. Помнишь?

— Да.

— А напарник Янсена должен получать жалованье от немцев?

— Ну, должен.

— А главный недостаток немецкой разведки мы с тобой только что обсудили. Следовательно, месячное жалованье того субъекта, которого ты ищешь, должно составлять те же четыреста сорок восемь рублей и шестнадцать копеек. И получает он его тоже по почте. До востребования, как Янсен.

— Да-а! — восхищенно покрутил головой Костин.

— Все гениальное, Сережа, просто.

Глава четвертая. Эшелон из Архангельска

В тот же вечер

В грохоте несшегося в Петроград состава утонул чей-то крик.

Когда проехал последний вагон, возле рельс, на снегу осталось лежать тело отброшенного поездом человека.

6 (19) февраля

«Недостаток офицеров, снарядов, винтовок, даже обуви и униформ на протяжении уже первых недель Великой войны показал, как тяжело было России поддерживать современные военные усилия... Как только наступила первая зима, критическим вопросом стало: останутся ли граждане России твердыми в своей лояльности царю и стране? Ни одна из мыслей не была отныне излишне авантюристичной и героической теперь, когда террор битвы уже унес жизни миллиона молодых жизней России».

Костин открыл глаза. Возле кровати жалобно мяукала кошка.

— Сейчас, милая. Сейчас.

Он прошел в кухню, достал из-за окна пакет с мороженой рыбой, зажег примус, налил в кастрюлю воду и опустил в нее рыбу. Кошка кругами ходила около него.

В комнате зазвонил телефон. Костин снял трубку.

— Сергей Павлович, мне только что из Управления Николаевской дороги позвонили. Ружанского нашли мертвым, — услышал он голос Штольца.

— Когда?

— Вчера, поздно вечером.

— Стреляли в затылок?

— Нет. Поездом убило.

— Где?

— Неподалеку от пакгаузов.

— Так, выезжаю.

Он выключил в кухне примус и стал одеваться.

Кошка кругами ходила возле него.

— Прости, милая. Я скоро вернусь.

Группа железнодорожников окружила тело Ружанского. Был среди них и Семенов, а также — прибывшие к месту происшествия Штольц и Стрельников.

Подошел Костин. Пока он смотрел на труп, Штольц говорил ему:

— Обходчик его ночью нашел.

— А вы что скажете? — обратился Костин к Семенову.

— Он с вечера заступил дежурным, — пояснил тот. — Куда-то пошел, переходил пути и угодил под поезд. Видимо, за метелью не рассчитал расстояние. Думал, успеет перебежать. Но в точности сказать трудно, никто ничего не видел.

— По следам нельзя понять, как было дело?

— Какие там следы! Всю ночь мело.

— Пьяный был?

— На него не похоже.

— Может, его толкнули под поезд?

— Все может быть. После Янсена я уж ничему не удивляюсь... Вот, в кармане у него нашли.

Семенов подал Костину листок бумаги.

«*В контрразведку Петроградского военного округа...Я, Ружанский Николай Федорович...* — читал вслух Костин. — *...довожу до вашего сведения, что служащая в буфете 2-го класса при Николаевском вокзале Анна Генкель задает офицерам подозрительные вопросы о месте дислокации их частей и положении на фронте...*»

— Я сразу подумал, что это как-то может быть связано с его смертью, — сказал Семенов.

Костин отвел Штольца и Стрельникова в сторону.

— Займетесь этой Анной Генкель... Ты, — обратился он к Стрельникову, — для начала посиди у нее в буфете. Послушай, какие она ведет разговоры.

Костин заглянул в написанную Ружанским бумагу и сказал Штольцу:

— Адрес ее здесь указан. Литовский переулок, восемь. Свяжись с тамошним дворником. Пусть понаблюдает за ней.

В тот же день

В вокзальном буфете 2-го класса Анна хлопотала за стойкой. Посетителей было мало: двое военных и с ними женщина с ярко накрашенными губами. Один из военных ей что-то тихо сказал. Женщина с удивлением посмотрела на него и вдруг громко и отрывисто захохотала.

Еще один человек сидел в одиночестве за столом. Он был в пальто. Шапка лежала на стоявшем рядом стуле. Этот человек допил чай, затем, поймав взгляд Анны, пальцем поманил ее к себе. Она подошла.

— Загадочку загадаю, — сказал он. — Китайская стрела в Россию вошла, все русские сердца сгубила до конца... Что это?

— Не знаю.

— Так ведь и я не знаю! Однако чай у тебя добрый... Принеси-ка мне, милая, еще стаканчик.

8 (21) февраля

«Сообщение из Ставки объявляет и объясняет без особенных умолчаний эвакуацию Восточной Пруссии. Что особенно поражает публику, это настойчивость русского штаба, с которой он указывает на превосходство, которым германцы обязаны их проволочным заграждениям.

Пессимисты всюду повторяют: "Мы никогда не победим немцев"».

Костин в своем служебном кабинете снял трубку.

— Капитан Костин слушает... Да-да, я помню... Так... Так... Сумму не перепутали? Четыреста сорок восемь рублей и шестнадцать копеек... Замечательно! Служащие на почте предупреждены?.. Спасибо.

В дверь постучали.

— Войдите!

Вошел Стрельников.

— Целый час добирался, — сказал он, стряхивая снег с шапки. — Двенадцатый трамвай не ходит. На Николаевском мосту рельсы замело.

— Ну как? Есть что-нибудь?

— Да ничего, Сергей Павлович. Очень красивая барышня. При мне никаких подозрительных вопросов в буфете не задавала.

— Ладно... Оружие при тебе?

Стрельников молча похлопал себя по карману.

— Почту на Сенной знаешь?

— Да.

— Пошли.

Костин и Стрельников вышли на улицу. Из-за густого снегопада конца ее не было видно. Они пошли в сторону «неизвестного конца».

— На этой почте лежит перевод «до востребования», на имя Клименко Петра Станиславовича. Если он придет за деньгами, арестуешь его. Это тот самый, что работал в паре с Янсеном.

— Как я его узнаю?

— Служащий предупрежден, он даст тебе знать.

— А если почта закроется, а он не придет?

— Будем ждать завтра с утра... Я через часок подъеду. Справлюсь только в полиции насчет этого Клименко... Ну, давай!

Тем временем Анна, пряча лицо в воротник, с узелком в руке подходила к своему дому.

На тротуаре дворник сгребал снег. Анна поздоровалась с ним:

— Здравствуйте, Степан Петрович.

— И вам, барышня, доброго здоровьичка, — с преувеличенной любезностью ответил дворник.

Анна вошла в подъезд, поднялась на свой этаж и открыла ключом дверь квартиры.

Вскоре из-за угла выехала извозчичья пролетка. Подъехав к одноэтажному зданию с вывеской «ПОЧТА. ТЕЛЕГРАФЪ», пролетка остановилась. Костин выпрыгнул из нее и вошел в здание.

На почте было пусто. В операционном окошке виднелась голова почтового служащего. Женщина в шубе получила бандероль и с этой бандеролью ушла.

Костин склонился к окошку.

— Мне должны перевести деньги до востребования.

— Фамилия?

— Клименко.

Услышав эту фамилию, служащий встревожился, но быстро взял себя в руки.

— Извольте-с. Сейчас посмотрим. Айн момент.

Он одной рукой начал перебирать бланки в ящичке, а другой незаметно дернул под столом какой-то шнурок.

В соседней комнате звякнул колокольчик.

Стрельников, лежавший на диване, вскочил и, с грохотом роняя по пути стулья, с револьвером ворвался в зал.

И увидел у окошка Костина.

— Потише нельзя? — поморщился тот.

— Так ведь чтобы не сбежал...

— В таком шуме точно сбежит. Стулья все повалил?

— Так ведь, вашбродь...

Стрельников растерянно смотрел на Костина.

— Это репетиция, — объяснил Костин почтовому служащему, стоявшему с длинным от удивления лицом. — Извините... Я капитан Костин.

— Уф-ф-ф! — облегченно выдохнул служащий.

— Как вы его позвали?

— Кого?.. Ах да!

Служащий вытащил из-под стола шнурок:

— Вот... За него дернул.

— Отлично, — кивнул Костин. — Отсюда звонка не слышно. Но все-таки, когда придет настоящий Клименко, вы сильно-то не звоните. Еще спугнете его...

— Я все сделаю в точном соответствии...

— Ладно, я вам верю... Стрельников!

— Слушаю, вашбродь!

— Я все выяснил. В полиции паспорт на такого человека не выдавали. Стало быть, придет сюда с поддельным. Искать его в городе по этой фамилии нет никакого смысла.

Затем он снова обратился к служащему:

— А нет ли еще какой-нибудь корреспонденции для этого Клименко?

— Сейчас нет, но три дня назад была телеграмма. Тоже до востребования. Я как раз хотел вам сказать.

— И он ее получил?

— Да, но не в мое дежурство. В лицо я его не знаю.

Служащий принес казенную книгу и начал ее листать. Отыскав нужное место, он подал книгу Костину.

— Вот тут.

Костин вслух прочитал текст телеграммы:

— *«Тетя Соня едет из Архангельска большим багажом. Встречайте двадцать первого вечером»*... Сегодня какое день? — спросил он изменившимся голосом.

— Двадцать первое февраля, — ответил служащий.

— Закрывайте почту, — приказал ему Костин.

— Помилуйте! Еще час до закрытия.

— Закрывайте, черт возьми!

Костин и Стрельников вылетели на улицу. Извозчик неспешно выехал из снежной пелены.

— Стой! — закричал Костин.

Они прыгнули в пролетку.

— На Николаевский вокзал... Гони!

— За скорость бы, ваше благородие...

— Будет тебе и за скорость, и жене на серьги. Пошел!

Тем временем дворник во дворе дома в Литовском переулке снова взялся за лопату.

Вдруг сквозь освещенные окна подъезда он заметил, что Анна вышла из своей квартиры. Затем он увидел, как она поднимается на последний этаж, потом идет еще выше.

Он бросил лопату и вбежал в подъезд.

Среди ветвящихся подъездных путей шли Костин, Стрельников и Семенов. Их догнал молодой человек в форменной фуражке.

— Я телеграфист. Вы меня звали?

— Я вас не звал, — с железом в голосе ответил Костин. — Я приказывал срочно телеграфировать на ближайшую станцию. Ваша задача — остановить этот эшелон из Архангельска.

— Да нельзя его остановить. Нельзя! — плачущим голосом стал объяснять телеграфист. — Связи нет. Метелью провода оборвало.

— Почему раньше не доложили?

— Я докладывал...

— Под суд пойдете!

— Послушайте! С чего вы взяли, что готовится диверсия? Почему именно сегодня? — стараясь не отставать от Костина, на ходу спросил Семенов.

— Английская разведка донесла, — первое, что пришло в голову, ответил Костин.

Мимо пробежали люди с фонарями. Один из них на бегу обернулся и закричал:

— По пятому идите! По пятому!

— Почему по пятому?

— Этот эшелон уже полчаса как должен прибыть! Заносы на дороге!

В то же время дворник осторожно отворил чердачную дверь. Вдали, под стропилами, он в слабом свете чердачного окна увидел два силуэта — мужской и женский.

Под его ногой внезапно хрустнуло битое стекло. Он замер на месте.

— Слышишь? — встревожилась Анна.

— Это крысы.

— Не похоже...

— Не обращай внимания. Тут столько хлама. Вечно что-то падает. Когда ветер на улице, еще и не то услышишь.

Молодой человек с жадностью начал есть.

— Твой паспорт завтра будет готов.

— Правда?

— Да.

— Слава Богу! Наконец-то... Значит, сегодня последняя ночь на этом чердаке. Завтра перееду в номера. Буду спать в настоящей постели... М-м-м! — Он блаженно закатил глаза.

В темноте цепочка людей с фонарями двигалась вдоль железнодорожного полотна.

К Семенову, Костину и Стрельникову подбежал юный поручик с двумя солдатами.

— Кто здесь капитан Костин? — спросил он.

— Я... Вы из саперного батальона?

— Так точно. Поручик Егоров.

— С самодельными взрывными устройствами дело имели?

— Честно говоря, не приходилось.

Издали Костину были видны в метели маленькие черные фигурки с фонарями. Внезапно один фонарь начал раскачиваться из стороны в сторону.

Глава четвертая. Эшелон из Архангельска

— Сюда! Ко мне! Ко мне!

Человек продолжал истерично кричать, когда к нему подбежали Костин, Стрельников и поручик Егоров со своими солдатами.

— Что?

— Вот здесь!

— Светите! Да опустите фонарь, черт возьми!

В свете фонаря они увидели возле рельса полузасыпанный снегом небольшой деревянный ящик.

— Всем назад! — фальцетом крикнул поручик.

Все, кроме Костина, отпрянули в темноту.

Поручик присел над ящиком, осторожно сдвинул крышку.

Послышался далекий паровозный гудок.

— Ну что? Успеете? — спросил Костин.

— Сейчас, сейчас... Вот накрутили, сволочи!

Гудок послышался ближе.

— Ну что там у вас?

— Да тут вот зеленый провод...

— Ну-ка, отойдите! — властно приказал ему Костин.

Поручик повиновался.

Костин присел над ящиком. Поручик, постояв в нерешительности, опустился на корточки рядом с ним.

— Думаю, что вон тот контакт...

— Да уйдите вы Бога ради! — бросил ему Костин, одной рукой копаясь в ящике.

Гудок послышался совсем близко. Задрожали рельсы. Прожектор разорвал темноту.

Лицо Костина покрылось крупными каплями пота. Наконец он выдернул какой-то провод.

Пару секунд он сидел молча, с закрытыми глазами, затем сказал подбежавшим солдатам:

— Все... Берите его.

Солдаты унесли ящик. Костин остался на месте.

— Пойдемте, пойдемте! — Поручик и Стрельников почти насильно подняли его и увлекли прочь.

Мимо них с грохотом пронесся эшелон.

А на чердак ворвались дворник и Штольц с двумя полицейскими.

Анна и молодой человек испуганно вскочили.

— Стоять! Не двигаться! — крикнул Штольц.

9 (22) февраля

«Торжествующий кайзер посетил захваченный городок Лик, поздравляя свои атакующие в снегу войска».

Утром на почте Костин и Стрельников играли в шахматы.

— А мы вот так, — сказал Костин, передвигая фигуру на доске.

— А мы вот так, — сказал Стрельников, делая ответный ход.

— А мы тогда так.

— А мы... Шах тебе, Стрельников.

— Вы, вашбродь, где так в шахматы играть научились?

— Я же тебе говорил: в японском плену.

Почтовый служащий наблюдал за игрой.

— Все-таки это нехорошо, господа. Мы с вами делаем общее дело, а вы ничего не желаете мне объяснять. Кто такой этот Клименко?

— Он отца отравил, пару теток убил, взял подлогом чужое именье, — нараспев продекламировал Костин, делая очередной ход.

— Нет, господа, я серьезно, — обиделся служащий. — Скажите честно, он шпион?

Ему никто не ответил.

— Я грешным делом всегда посмеивался, когда читал в газетах про немецких шпионов, — сказал он. — Мне каза-

лось, это всего лишь удобный способ оправдать наши поражения на фронте. Можно всё свалить на них.

— Не всё, — ответил Костин, делая очередной ход.

В то же время перед операционным окошком какой-то
мужчина нетерпеливо барабанил пальцами по барьеру.

— Эй! — позвал он. — Есть тут кто-нибудь?

Хлопнула дверь. В окошке появилась голова служителя.

— Чего вы шумите? Не можете подождать минуточку?

— Извините.

— Что угодно?

— Я жду денежный перевод до востребования.

— Фамилия?

— Клименко. Вот мой паспорт.

Служащий взял паспорт. Другая рука его потянулась к
шнурку под столом.

Он дернул за него.

В соседней комнате колокольчик висел неподвижно.

Костин и Стрельников по-прежнему играли в шахматы.

В квартире Нестеровских зазвонил телефон. Ольга взяла
трубку.

— Алё.

Внезапно ее лицо осветилось радостью.

— Саша! — закричала она.

— Что? Меня к телефону? — ответил из своего кабинета
Нестеровский.

— Лёля в Питере! Приехала на два дня с фронта!

Сабурова повесила трубку.

— Лёля! — позвал ее из спальни муж. — Сколько можно
тебя ждать!

Оживленное после телефонного разговора лицо Сабуровой тут же потухло. Она остановилась на пороге спальни.

На столике, возле кровати горела настольная лампа. Сабуров, уже раздетый, лежал под одеялом. Он что-то писал.

— Ну что ты копаешься? Давай скорее, — деловито сказал он, продолжая писать. — У меня завтра тяжелый день. С утра совещание у министра. Я должен выспаться.

— Я лягу отдельно.

— Почему это? Мы так давно не виделись.

— Извини, я себя неважно чувствую, — ответила Сабурова и вышла из спальни.

Штольц сидел за столом в служебном кабинете. Перед ним были Анна Генкель и тот молодой человек, который прятался на чердаке.

— Что ж, приступим. — Штольц положил перед собой лист бумаги и, окунув перо в чернильницу, обратился к молодому человеку. — Фамилия?

— Пламек. Ян Пламек.

— Вы чех?

— Да.

— Род занятий?

— Я скрипач. Играл в оркестре Мариинского театра. Живу в России с детства, но считаюсь австрийским подданным.

— Поэтому вас и выслали в Архангельскую губернию?

— Да.

— Это несправедливо! — воскликнула Анна.

— Почему же? Все по закону, — сказал Штольц. — Мужчины от восемнадцати до сорока пяти лет, если они являются подданными Германии или Австро-Венгрии, подлежат высылке в отдаленные губернии. Как военнообязанные они считаются военнопленными.

— Вы говорите о законности, а она, — кивнул Пламек на Анну, — о справедливости. Это разные вещи. Мы, чехи, ненавидим австрийцев. Разве справедливо, что меня выслали из Петрограда?

— Что поделаешь? Война... Когда вы бежали из ссылки?

— До Питера добрался две недели назад.

— И все это время прятались на чердаке?

Анна подняла на Штольца заплаканное лицо.

— Он мой жених, — сказала она. — Понимаете? Я не могла привести его к себе домой, моя мать против нашего брака. Но я... Я его люблю! По-вашему, я должна была донести в полицию на собственного жениха? Так, по-вашему?

Штольц молчал.

— Что я должна была делать? Что? — всхлипывала Анна.

— Не знаю. Но по закону вам придется отвечать за укрывательство беглого ссыльного.

— Бог мой! — ужаснулся Пламек.

Тем временем почтовый служитель внимательно изучал протянутый ему паспорт.

— Что-то не так? — спросил мужчина.

— Нет-нет, все в порядке... Вы ждете письмо до востребования?

— Перевод.

— Ах да, простите. Сейчас.

Служитель, отыскав в своем ящичке разделитель с буквой «К», начал медленно перебирать бланки и конверты.

Одновременно он еще раз дернул за шнурок — теперь уже со всей силой.

Раздался истеричный звон колокольчика.

В тот же момент мужчина резко повернулся и бросился к выходу. Он взялся за ручку двери, но в зале уже появились Костин и Стрельников с револьвером.

— Стоять! — скомандовал Костин.

Мужчина распахнул дверь, но Костин настиг его. Мужчина быстро повернулся и кулаком хотел ударить Костина в лицо, но промахнулся. И в следующую секунду оказался на полу.

— Я же вам сказал стоять, господин Семенов!

— Мы знаем, — обращаясь к Анне, сказал Штольц, — что в буфете вы задаете офицерам вопросы о положении на фронте.

— Да, задаю. Я хочу знать, когда кончится эта проклятая война! Из газет ведь ничего не поймешь.

Штольц встал, подошел к окну и задумчиво посмотрел на улицу.

Ему показалось, что метель за окном, однажды начавшись, не кончится никогда. Город навсегда под снег уйдет. «Почему я должен мешать этим двоим жить?»

— Госпожа Генкель, вы свободны.

— Как это? — удивилась Анна.

— Вы можете идти. Если дворник будет спрашивать, скажете ему, что находитесь под следствием.

— Вы... Вы отдадите меня под суд?

— Нет. Протокол я сейчас перепишу. Надеюсь, ваш жених не станет настаивать на том, что на чердаке его прятали именно вы.

— А он? — с надеждой спросила Анна. — Его вы тоже отпустите?

— Увы. Его отпустить я не имею права.

— Что же с ним будет?

— Его отправят обратно в Архангельскую губернию.

— И больше я его не увижу?

— Почему же? Увидите... После войны.

Анна бросилась к жениху.

— Я к тебе приеду, — целуя его, говорила она. — Я приеду... Обязательно! Слышишь? Я приеду к тебе в ссылку. Мы там поженимся. Ты будешь меня ждать? Будешь?

— Да! Да! — тоже целуя ее, отвечал Пламек.

Штольц, отвернувшись, смотрел в окно.

10 (23) февраля

*«Германцы продолжают успешно продвигаться между Не-
маном и Вислой.*

*Констатируя усталость своих войск и истощение запа-
сов, великий князь Николай осторожно дал мне знать, что он
был бы счастлив, если бы французская армия перешла в наступление, дабы остановить переброску немецких сил на восточный фронт. Сообщая об этом желании французскому правительству, я позаботился напомнить, что великий князь Николай, не колеблясь, пожертвовал армией генерала Самсонова
29 августа прошлого года в ответ на нашу просьбу о помощи.
Ответ таков, какого я и ожидал: генерал Жоффр отдал приказ об энергичном наступлении в Шампани».*

Костин сидел за столом в своем служебном кабинете.
Напротив него в расстегнутом пальто и с красным от напря-
жения лицом сидел Семенов. У окна, спиной к улице стоял
Стрельников.

— Я все вам рассказал, — произнес Семенов.

— Надо теперь написать.

— Я ничего не стану писать.

— Стрельников!

— Слушаю, вашбродь!

— Он говорит, что писать не станет. А ты что думаешь?

— Думаю, что времечко аккурат подоспело, чтобы по уху
ему определить.

— Не надо. Он на почте и так пострадал. Так что, господин Семенов? Бумагу вам дать?

Закончив писать, Семенов подвинул лист Костину. Тот
нагнулся над ним.

Внизу столбиком были написаны несколько фамилий.

— Кто из этих людей послал телеграмму о тете Соне с большим багажом? — спросил Костин.

— Вот этот, — показал Семенов.

— Так... Сколько у вас на службе годового жалованья?

— Около двух тысяч.

— Это от нашего государя императора, — заметил Стрельников. — А от кайзера у вас только в месяц четыре с половиной сотни без двух рубликов. Нам бы так!

— Да еще, наверное, наградные, — усмехнулся Костин. — Скажите честно: если бы этот эшелон взлетел на воздух, вы бы их получили?

Семенов молчал.

— Получили бы, — продолжал Костин. — Я могу даже сказать, сколько.

— Интересно, откуда такие сведения?

— При обыске у вас нашли вырезанные из газет объявления о продаже домов на Финском взморье. Цена их колеблется от четырех до шести тысяч. Берем среднюю цифру. Значит, в ближайшее время вы рассчитывали получить пять тысяч рублей. Верно?

Семенов не ответил.

— Э-хе-хе! — вздохнул Стрельников. — Деньги что галки. В стаи слетаются.

— Надеюсь, суд примет это во внимание? — сдавленно спросил Семенов. — Я честно написал. Все, что знаю.

— Ну, положим, не всё. Кое-что вы забыли.

— Что я забыл?

— Убийство Ружанского... Это ведь вы толкнули его под поезд?

Солдат с винтовкой вел Пламека по перрону.

На другой платформе стояла Анна.

— Янек! — крикнула она.

Он остановился, обернулся к ней.

Глава четвертая. Эшелон из Архангельска

— Анна...

Они стояли и молча смотрели друг на друга.

Мимо шли люди. Гудели поезда. Снег падал на все, что ни было вокруг.

— Еще раз вам повторяю: я никого не толкал ни под какой поезд.

— Предположим. Но это вы написали?

— Что я написал?

— Вот этот список.

Костин положил перед Семеновым список с именами тех, кто знал о первом эшелоне из Архангельска.

— Да, я его составил по вашей просьбе.

— Почему Янсен здесь вписан последним?

— Потому что «Я» — последняя буква алфавита.

— Да, но остальные перечислены не в алфавитном порядке. И фамилия Янсена написана другим почерком. Не вашим. На всякий случай вы решили ее сюда не вписывать. Вот ваш почерк. — Костин подвинул Семенову листок, над которым тот только что трудился. — А вот почерк Ружанского.

Рядом легла бумага, начинавшаяся словами: *«В контрразведку Петроградского военного округа... Я, Ружанский Николай Федорович...»*

— Этот список попался на глаза Ружанскому, — продолжал Костин. — Он увидел, что в нем не хватает Янсена, и вписал его внизу. Когда выяснилось, что Янсен работал на германскую разведку, Ружанский задумался — случайно ли в составленном вами списке не было его фамилии? К тому же он, видимо, вспомнил, что свое место Янсен получил по вашей протекции. Но Ружанский не был уверен в своих подозрениях. Для начала он решил поговорить с вами... Чем это кончилось, мы знаем.

— Это не доказательство, — медленно произнес Семенов. — Все ваши улики против меня — косвенные. Их суд присяжных не станет рассматривать.

— Ничего. Найдутся и прямые. Их-то в суде и рассмотрят.

Костин встал, подошел к двери и распахнул ее.

За дверью ждали двое полицейских.

— Всё. Забирайте его.

Полицейские вошли в кабинет.

— Встать! — приказал один из них. — Руки за спину!

11 (24) февраля

«Сегодня днем, когда я, наконец, наношу визит г-же О., которая деятельно занимается благотворительными делами, внезапно с шумом открывается дверь гостиной. Человек высокого роста, одетый в длинный черный кафтан, какие носят в праздничные дни зажиточные мужики, обутый в грубые сапоги, приближается быстрыми шагами к г-же О., которую шумно целует. Это — Распутин.

Кидая на меня быстрый взгляд, он спрашивает:

— Кто это?

Г-жа О. называет меня. Он снова говорит:

— Ах, это французский посол. Я рад с ним познакомиться; мне как раз надо кое-что ему сказать.

И он начинает говорить с величайшей быстротой. Г-жа О., которая служит нам переводчицей, не успевает даже переводить. У меня есть, таким образом, время его рассмотреть. Темные волосы, длинные и плохо причесанные, черная и густая борода; высокий лоб; широкий и выдающийся нос, мясистый рот. Но все выражение лица сосредоточивается в глазах, в голубых, как лен, глазах со странным блеском, с глубиною, с притягательностью.

Взгляд в одно и то же время пронзительный и ласковый, открытый и хитрый, прямой и далекий. Когда его речь ожив-

*ляется, можно подумать, что его зрачки источают магнети-
ческую силу.*

*В коротких отрывочных фразах, с множеством жестов, он
набрасывает предо мною патетическую картину страданий,
которые война налагает на русский народ:*

— Слишком много мертвых, раненых, вдов, сирот, слишком
много разорения, слишком много слез... Подумай о всех несчаст-
ных, которые более не вернутся, и скажи себе, что каждый из
них оставляет за собою пять, шесть, десять человек, которые
плачут. Я знаю деревни, большие деревни, где все в трауре...
А те, которые возвращаются с войны, в каком состоянии, Господи Боже! искалеченные, однорукие, слепые! Это ужасно! В течение более двадцати лет на русской земле будут пожинать
только горе.

— Да, конечно, — говорю я, — это ужасно; но было бы еще
хуже, если бы подобные жертвы должны были остаться на-
прасными. Неопределенный мир, мир из-за усталости, был бы
не только преступлением по отношению к нашим мертвым: он
повлек бы за собою внутренние катастрофы, от которых наши
страны, может быть, никогда бы более не оправились.

— Ты прав... Мы должны сражаться до победы.

— Я рад слышать, что ты это говоришь, потому что я
знаю нескольких высокопоставленных лиц, которые рассчиты-
вают на тебя, чтобы убедить императора не продолжать более войны.

*Он смотрит на меня недоверчивым взглядом и чешет себе
бороду. Затем, внезапно:*

— Везде есть дураки!

— Что неприятно — так это то, что дураки вызвали к
себе доверие в Берлине. Император Вильгельм убежден, что
ты и твои друзья употребляют все ваше влияние в пользу мира.

— Император Вильгельм? Но разве ты не знаешь, что его вдох-
новляет дьявол? Все его слова, все его поступки внушены ему дья-
волом. Я знаю, что говорю, я это знаю! Его поддерживает только

дьявол. Но в один прекрасный день, внезапно, дьявол отойдет от него, потому что так повелит Бог, и Вильгельм упадет плашмя, как старая рубашка, которую бросают наземь.

— В таком случае, наша победа несомненна... Дьявол, очевидно, не может остаться победителем.

— Да, мы победим. Но я не знаю, когда... Господь выбирает, как хочет, час для своих чудес. И мы еще далеки от конца наших страданий: мы еще увидим потоки крови и много слез...»

В квартире в доме на Мойке сидели за столом две пары: Нестеровский с женой и Костин с Сабуровой. Горела люстра. Еще одна, маленькая, сияла в металлическом боку чайника. Ветер с гулом бросал снег в оконное стекло.

— Вот вам и февраль, — сказал Нестеровский. — А ведь считалось, что если немцы и способны нас побить, то исключительно летом. Зимой-то уж мы их непременно побьем. Мороз да вьюга, мол, наши союзники, все будет как при Кутузове. Что русскому хорошо, то немцу — карачун... И что? Ренненкампфа и Самсонова они разгромили в августе, а нашу Десятую армию — в феврале. Треть погибла, еще треть — в плену.

— Я тебе больше скажу, — сказал Костин. — Поговаривают, будто Германия поворачивается на восток.

— То есть?

— Гинденбург убедил кайзера, что сначала нужно разгромить Россию и принудить ее к сепаратному миру. А затем всей мощью обрушиться на французов и англичан. Если это действительно так, нам предстоят тяжелые времена.

— Ну что вы все о плохом? Не надоело вам? — сердито сказала Ольга.

— Ольга Семеновна, — обратился к ней Костин, — не найдется ли у вас чего-нибудь покрепче, чем чай?

— А сухой закон?

— Мы по маленькой.

— Тем более, что командировка моя кончается. Все дела сделаны, надо ехать, — сказал Нестеровский.

Ольга принесла бутылку вина, разлила по рюмкам.

— За удачу! — провозгласил Костин.

Они чокнулись, выпили. Костин поставил бокал на стол и пояснил:

— В нашем деле успех на девяносто процентов зависит от удачи.

— А еще десять процентов? — спросила Ольга.

— Пять — пот, пять — вдохновение.

— А вы человек удачливый? — спросила Сабурова.

— Я-то! Само собой.

Сабурова встала и повернула рычажок на граммофоне. В широко раскрытом, похожем на громадный цветок, раструбе что-то зашипело, затем медленно зазвучала мелодия.

— Странная музыка. Что это? — спросил Костин.

— Танго, — ответила Сабурова. — Самый модный танец... Потанцуем?

— Я не умею.

— Это просто. Я вас научу... Вставайте... Руку кладите сюда, эту — сюда... Вот так... Слушайте музыку... Отлично!

Нестеровский танцевал с женой, Костин — с Сабуровой.

— Танец войны, — сказал Костин.

— Почему? В нем нет ничего воинственного.

— Это танец для солдата и его женщины. Он на один вечер вырвался к ней с позиций. Они хотят забыть обо всем и чувствовать только друг друга. Может быть, нового свидания у них уже не будет. Наутро ему снова в окопы.

— Не ему, а ей. Вы остаетесь, а я завтра возвращаюсь на фронт.

— Я знал, что сегодня мы увидимся... Я готовился к встрече с вами.

— Побрились?

— Елена Ивановна...

— Я для вас просто Лёля.

— Лёля... Я... Я хочу вам сказать...

— Тсс-с! Мы просто танцуем. Это наш последний вечер. Бог знает, когда еще свидимся... И свидимся ли?

Мела метель. В освещенных окнах были видны силуэты танцующих пар. Какой-то солдат остановился и смотрел на них с улицы.

— Твари! — с ненавистью процедил он сквозь зубы. — Веселятся, твари!

А метель все мела...

«...безграничные массы покорных крестьян, как только прибывала униформа, оружие и амуниция, заполняли понесшие потери части. Россия не испытывала недостатка в людской силе... Но не хватало обученных офицеров, образованных руководителей и чиновников всех сортов, которые должны были управлять огромной массой солдат».

Глава пятая

КОВЧЕГ

22 марта (4 апреля) 1915 года

«В 1915 году Светлое Христово Воскресенье было 22 марта. Согласно обычаю, государь первые два дня пасхальной недели христосовался как с высшими, так и с низшими придворными чинами. Христосование это в первый день происходило в Александровском, а во второй — в Большом дворце, причем количество христосовавшихся с его величеством достигало в первый день цифры 850, а во второй 750 человек. Думаю, что традиция эта представляла для наших царей задачу не из легких. Но зато все христосовавшиеся с государем получали на память фарфоровое или мраморное яйцо».

2 (15) апреля

«Пилотируемой мною аэроплан летел над каменистым плато.

Внизу расстилался суровый пейзаж Восточной Армении. Вдали была видна двуглавая вершина Арарата.

Она приближалась.

Аэроплан летел над Араратом. Под ним — снега, ледники, голые утесы.

Внезапно на белом снежном поле среди скал я заметил какой-то темный контур, по форме напоминающий очертания корабля. Очень взволнованный увиденным, я с помо-

щью панорамографа сделал несколько снимков этого корабля, который более всего напоминал Ноев ковчег. Затем, сделав еще один маневр, я развернул аэроплан и полетел назад».

(Из сообщения летчика Ростовицкого командующему Кавказской армией генералу Юденичу.)

4 (17) апреля

Штаб Кавказской армии располагался в Карсе, небольшом, довольно грязном, не слишком приветливом городишке. Занимал штаб двухэтажный дом. Двое часовых стояли у подъезда. Над фронтоном развевался российский флаг. Туго скрученный пучок проводов выбегал из-под крыши и устремлялся к десяткам полевых телефонов в армейских частях. Во двор въезжали и со двора выезжали автомобили, всадники. Военные входили в подъезд и выходили из него. Когда Карс засыпал, в доме спать не ложились. Лишь под утро окна гасли. Кроме рабочих столов, во многих кабинетах стояли кровати.

В 10 утра общий доклад оперативной обстановки делал генерал-квартирмейстер. В своем докладе он отдельной строкой выделил обнаруженные с самолета очертания, которые «более всего напоминают ковчег».

В 11 утра во двор штаба въехал на сером коне рослый священник. Он слез с лошади и направился к крыльцу.

— Благословите, батюшка! — попросил попавшийся навстречу офицер.

Священник благословил его и вошел в здание.

Вскоре он открыл дверь кабинета.

— Разрешите?

— Пожалуйста. Мы вас ждем.

За широким столом, напротив военной карты сидел пожилой крупный мужчина в генеральском мундире, с огромными усами и круглым лысым черепом. Это был генерал от инфантерии Николай Николевич Юденич, кавалер восьми орденов и герой сражения под Мукденом. Он почти тридцать шесть лет прослужил в Вооруженных Силах России. Командующим Кавказской армией его назначили в декабре 1914 года. Юденич сменил на этом посту престарелого графа Воронцова-Дашкова, отозванного Ставкой в резерв верховного главнокомандующего. Во многом это новое назначение было вызвано тем, что, по оперативной информации, турецкое командование ставило своей целью как можно быстрее перехватить инициативу у русских, которая перешла к ним в результате январских боев 1915 года.

«Русские нанесли поражение туркам вблизи Саракамыша, на дороге из Карса в Эрзурум. Этот успех тем более похвален, что наступление наших союзников началось в гористой стране, такой же возвышенной, как Альпы, изрезанной пропастями и перевалами. Там ужасный холод, постоянные снежные бури. К тому же — никаких дорог и весь край опустошен. Кавказская армия русских совершает там каждый день изумительные поддвиги».

Священник сел. Напротив него в летном костюме сидел Ростовицкий.

— Вот, взгляните. — Юденич протянул священнику несколько фотографий.

На них отчетливо проступил похожий на корабль контур того пятна, которое видно было из кабины аэроплана.

— Съемка производилась панорамографом системы Тиле, — пояснил Ростовицкий.

— Что это такое?

— Многокамерный фотоаппарат для аэросъемки.

— С какой высоты это сфотографировано? — спросил Юденич.

— Около шестисот метров. Спуститься ниже невозможно. Там кругом скалы.

— Хорошо. Можете идти.

Когда Ростовицкий вышел, Юденич обратился к священнику:

— Ну, и что вы об этом думаете?

— Николай Николаевич, на вашем месте я бы отослал эти фотографии государю.

20 апреля (3 мая)

«...на пути из Севастополя в Царское Село государь посетил расположенные у станции Балва Брянские заводы. День прошел чрезвычайно интересно. Его величество осмотрел и поселок завода, напоминавший, по общему мнению, в культурном отношении уголок Америки...»

В комнате, где стояли ряды стульев с сидевшими на них людьми, темноту прорезал луч проектора. Пошли титры. Они поясняли, что присутствующие увидят сейчас фильму о действиях русских войск на Кавказе.

В стороне, за столиком с горящей на нем настольной лампой, расположился человек, читавший сопроводительный текст.

— ...Второго ноября прошлого, тысяча девятьсот четырнадцатого года, — слышался его голос, — Турция вступила в войну на стороне Германии. Однако на Кавказском театре активных боевых действий не велось до начала декабря, когда в командование Третьей турецкой армией вступил сам военный министр Энвер-паша.

Полковник Прохоров, сидевший рядом с Костиным, склонился к нему и шепотом сказал:

— Воспитанник Германской военной академии, между прочим. И все начальники штабов у него — немцы.

— Он перешел границу и вторгся на территорию Карского округа, — читал человек под лампой, — где находились основные силы нашей Кавказской армии. В ходе месячных боев Энвер-паша был полностью разбит, его войска потеряли девяносто тысяч убитыми, ранеными и обмороженными, около двадцати полевых и пятидесяти горных орудий. В январе Кавказская армия перешла в наступление, заняла Алашкертскую долину и предгорья Арарата...

На экране — двуглавый силуэт Арарата. Заходит солнце. Из автомобиля выходит Николай II. К нему подходит плотный, с громадными усами, пожилой генерал. Он что-то говорит государю.

Человек под лампой пояснил:

— Государь с огромным интересом выслушал доклад о достижениях артиллерийской техники по наводке крепостных орудий.

На зубцах цитадели Карс, возведенной турками в 1579 году и с 1807 года три раза покоренной русскими войсками, загораются электрические лампы. В небе начертано «НИКОЛАЙ II».

— Знакомые места? — шепотом спросил Прохоров.

— Да, — кивнул Костин.

Чтец продолжал:

— К настоящему времени части кубанских казаков приближаются к древней столице Армении, городу Ван. Армянское население сформировало несколько боевых дружин, которые храбро сражаются вместе с нашими войсками...

В тот же день

На одном из участков Кавказского фронта слышен был треск отдаленной перестрелки.

По дороге среди скал ехали всадники в форме Кубанского казачьего войска, в черкесках и папахах. Возглавлял отряд совсем юный хорунжий Елисеев — светловлосый и с румянцем на щеках. Рядом на черной лошади ехал денщик Елисеева, средних лет бородатый казак Боев.

Дорога была извилистой и очень узкой. Черные скалы нависали над ней. Ехать приходилось очень осторожно, чтобы не сорваться с крутого, почти отвесного склона. Падение с такой высоты не оставляло ни всаднику, ни лошади никаких шансов.

Всадники обогнули скалу и остановились.

На дороге лежали трупы.

— Армяне, — сказал кто-то из казаков. — Турки их режут. Баб, стариков, ребятишек. Всех...

— Господи, упокой их души!

Казаки, сняв шапки, перекрестились.

К ним подошли армянские дружинники во френчах без погон, с патронными лентами на груди. Среди них выделялся плечистый, перетянутый ремнями чернобородый человек лет сорока.

Он стоял и смотрел на мертвую армянку, почти девочку с тонкими чертами лица. На щеках его ходили желваки.

— Поедемте, ваше благородие, — мягко сказал Боев, обращаясь к Елисееву. — Вы еще молодой, не нужно вам на это смотреть.

— Нет, — сказал чернобородый. — Пусть смотрит.

В комнате, где показывали фильму, погас экран.

После нескольких секунд темноты и тишины под потолком загорелись светильники. Собравшиеся задвигали стульями и повалили в фойе.

Там работал буфет. Немолодая блондинка с накрашенными губами торговала закусками, фруктами, шоколадом, шампанским. Она улыбнулась Костину и налила ему шампанского в бокал. Он расплатился и отошел в сторону.

Какая-то ухоженная дама в аккуратной шляпке сказала:

— Наконец-то бедные армяне найдут защиту. Ужасы резни Абдул-Гамида для них навсегда останутся в прошлом.

— Говорят, турки вырезали триста тысяч армян, — заметил бритый, упитанный господин в светлой тройке.

— Не триста, а триста пятьдесят, — сказал человек адвокатского вида. — Это у них внутренняя политика такая. Хотят уничтожить всех неверных.

— Ужасно, ужасно! — вздохнула дама. — Теперь-то уж мы не дадим армян в обиду.

К Костину подошел полковник Прохоров.

— Как вам фильма? — спросил он.

— Впечатляет. Особенно по сравнению с тем, что происходит на Западном фронте.

— Ну! По сравнению с этим, конечно, не может впечатлить. Однако как они ухитрились лампочки в гору ввинтить? Кавказ, война, младотурки наглеют, а тут вдруг лампочки на горе. Это разве не впечатляет?

— Да, это достойно пера какого-нибудь современного поэта...

— Найдется и поэт, их теперь много. Они обожают патриотические стихи писать... А вы, насколько мне известно, когда-то служили в Карсе?

— В молодости. И всего полтора года.

— Но успели за это время увлечься альпинизмом. Верно?

— Да, было.

— Не хотите тряхнуть стариной?

В ответ Костин показал свою левую руку в черной перчатке.

— С моей-то культей?

— Вам вовсе не обязательно будет самому лазать по скалам, — сказала Прохоров. — Есть одно дело. Нужен человек с таким опытом, как у вас.

На дороге среди гор генерал Николаев, седой сухопарый старик, окруженный офицерами, остановил коня.

К нему подошел чернобородый, перетянутый ремнями армянин.

— Господин генерал, — страстно и в то же время с достоинством сказал он, — ванские армяне восстали. Они выбили турецкий гарнизон из города. Турки отошли на юг, но теперь пытаются контратаковать. Нужна срочная помощь.

— А что же ваши дружинники? — спросил Николаев.

— Они уже там.

Николаев обернулся к одному из офицеров:

— Давайте, полковник.

Тот выхватил из ножен шашку и, привстав на стременах, закричал:

— Кубанцы-ы! Слушай мою команду!.. Рысью... вперед... арш!

Послышался грозный, заглушающий все остальные звуки топот копыт. Клубилась пыль.

«...армянское и ассирийское население горной области Хеккияри (юго-восточнее озеро Ван) подняло общее восстание с целью обеспечить быстрое овладение городом Ван российскими войсками. Николай II даже послал телеграмму армянскому революционному комитету Вана, в которой благодарил его «за службу России». По убеждению повстанцев, сотрудничество с российской армией было необходимым этапом на пути к национальной независимости армян».

23 апреля (6 мая)

«События на Кавказском театре развиваются таким образом, что есть надежда на дальнейшие успехи войск генерала Юденича, который много внимания уделяет обеспечению бесперебойной связи между частями и войсковой разведкой. В то же время положение русских между Вислой и Карпатами становится критическим. После очень упорных боев у Тарнова, у Горлицы, у Ясло, они спешно отходят за-

*паднее Дунаец и Вислок. Потери их громадные; число плен-
ных доходит до 40.000».*

На берегу озера Ван, в каменном доме, за длинными
столами располагались казачьи офицеры, местные армяне и
армянские дружинники. Елисеев сидел рядом с черноборо-
дым, перетянутым ремнями армянином. Во главе стола был
генерал Николаев.

У дверей стояли девочки в платьицах с черными учени-
ческими фартучками. Они готовились к выступлению. Им
поручили ответственное дело: спеть что-то очень важное
для всех собравшихся.

Руководила девочками регентша — по-европейски одетая, молодая армянка.

— Тише, девочки! Тише. — Она подняла руку.

Девочки замерли.

Она подняла другую руку.

Собравшиеся, повернув голову к хору, тоже замерли.

Регентша взмахнула обеими руками.

Девочки, набрав воздух в легкие, громко и звонко
пропели:

> *Да буде письмертни твой сарьски родт,
> Да им благоденствуе руськи нарот.*

Офицеры бешено зааплодировали.

Когда гром оваций стих, встал чернобородый.

— Господин генерал, — обратился он к Николаеву, — мы
просим вашего позволения послать его императорскому величеству телеграмму...

Пока он разворачивал листок, широкоскулый офицер,
сидевший справа от Елисеева, спросил у него:

— Кто этот чернобородый?

— Дро, командир Второй армянской дружины, — ответил Елисеев.

Дро без акцента прочитал:

— В день рождения вашего величества, совпадающий с днем вступления ваших доблестных войск в столицу Армении, город Ван, мы, представители армянского народа, просим принять нас под ваше покровительство. Пусть в роскошном букете народов Великой России маленькой благоухающей фиалкой будет цвести автономная Армения.

Николаев встал. В глазах у него были слезы.

— Конечно, конечно, — растроганно сказал он. — Я разрешаю... Посылайте.

Тишина взорвалась громом аплодисментов.

Дро убрал бумагу в карман и подошел к регентше, которая что-то быстро говорила девочкам. Те смотрели на нее и кивали. Дро молча взял регентшу под руку и подвел к Елисееву.

— Это моя дочь, — представил он ее.

— Ануш, — сказала девушка и протянула руку.

Смущаясь, Елисеев по-мужски пожал ее.

— А что, казачьи офицеры не целуют дамам руки? — с улыбкой спросила Ануш.

Елисеев смутился еще больше.

— Простите, бога ради! Я не знаю, позволяют ли это армянские обычаи.

— Позволяют, — сказала Ануш.

— Моя дочь закончила гимназию в Москве, — констатировал Дро.

11 (23) мая

«В Дарданеллах англо-французы методически продвигаются, каждую ночь закрепляя окопами участки, занятые днем. Турки сопротивляются с необычайным упорством.

Глава пятая. Ковчег

Русское общество интересуется малейшими подробностями боев; оно не сомневается в их конечном результате и уверено в скором конце. В своем воображении оно уже видит, как союзные эскадры проходят Геллеспонт и становятся на якоре перед Золотым Рогом и это заставляет его забывать галицийские поражения. Как всегда русские ищут в мечтах забвения действительности».

«Турки сохраняют численное превосходство. Действовать нашим войскам приходится зачастую среди воинственного мусульманского населения. На этом фоне становится еще понятнее сложность работы штаба генерала Юденича».

«Резня продолжается на дорогах».

У себя в кабинете полковник Прохоров раскрыл лежавшую у него на столе Библию. Нужный фрагмент он сразу не обнаружил, стал Библию листать, затем нашел то, что нужно, и торжественно прочитал:

— *«И вышел Ной, и сыновья его, и жена его, и жены сынов его с ним. Все звери и все гады, и все птицы, все движущиеся по земле по родам своим вышли из ковчега»*... Помните, где это произошло?

— Там, где причалил Ноев ковчег, — пожал плечами Костин.

— А где он причалил?

— В Библии сказано: «на горах Араратских».

— А теперь взгляните на эти фото.

Прохоров выдвинул ящик стола, вытащил из него конверт и разложил перед Костиным фотографии. Те, что были сделаны летчиком Ростовицким.

Костин некоторое время разглядывал их. Потом спросил:

— Как это сфотографировано?

— С помощью панорамографа. Что это за устройство, вы, конечно, знаете.

— Знаю. Один мой приятель получал их зимой в Петрограде. Увез на Западный фронт.

— Как фамилия вашего приятеля?

— Нестеровский.

— Нестеровский... — Полковник ненадолго задумался, потом спросил:

— Это такой остроумный блондин, на гитаре играет?

— Нет, он — очень остроумный шатен. Играет на пианино. В свободное от службы в разведке время.

— Так он тоже, что ли, контрразведчик?

— Ну да.

— Тогда, значит, не он... Ну хорошо... Вернемся к фотографиям... Вы не находите, что то, что на них изображено, очень похоже на корабль?

Тогда же в приемную Прохорова вошел очень интеллигентный, с открытым, приветливым лицом молодой человек и обратился к дежурному офицеру:

— Мне назначено на шесть часов.

Тот поднял на вошедшего глаза:

— Придется немного подождать.

— Надеюсь, что не очень долго.

— Я тоже на это надеюсь. Но подождать вам все же придется. Полковник беседует с капитаном. Важный государственный вопрос.

— О находке было доложено государю, — сказал Прохоров. — Именно он является инициатором этой экспедиции. Вернее, она.

— Императрица? — догадался Костин.

Прохоров кивнул.

Глава пятая Ковчег

— Я не хуже вас понимаю фантастичность подобных гипотез. Но... Чем черт не шутит? Если мы найдем Ноев ковчег или то, что от него осталось... Это в условиях войны с Турцией будет событие колоссального значения.

— Понимаю, — кивнул Костин. — Территория с реликвией такого масштаба... Она непременно должна принадлежать христианскому миру.

— Точнее — армянской автономии в составе Российской империи... Но вы, конечно, можете отказаться и никуда не ехать. Если у вас есть на то причины.

— Какие у меня могут быть причины?

— Ну мало ли какие... Жена, дети...

— Нет их у меня. Я человек холостой.

Открылась дверь. Дежурный офицер доложил:

— Господин полковник, к вам господин Коржев.

— Просите.

— Знакомьтесь, господа. Это — капитан Костин. Он поедет с вами в Армению... А это талантливый ученый, Коржев Петр Семенович, археолог. Служит в Эрмитаже.

Костин и Коржев пожали друг другу руки.

Потом они шли по весенней улице, и Коржев увлеченно описывал Костину легендарное средство передвижения по безграничным водам Всемирного потопа.

— В Библии сказано, что Ноев ковчег имел триста локтей в длину, пятьдесят в ширину и тридцать в высоту.

— Величина линейного крейсера, — заметил Костин.

— Летчик видел остатки судна примерно таких же размеров.

Внезапно Костин остановился.

— Послушайте, — жестко сказал он. — Вы же серьезный ученый. Неужели вы в это верите?

— Ну что вы! Нет, конечно.

— Зачем тогда согласились ехать?

— Я не верю... Я допускаю.

— Допускаете, что Ноев ковчег существует?

— Еще совсем недавно все считали, что Троянская война — это выдумка господина Гомера. Шлиман доказал, что Троя существовала на самом деле.

2 (15) июля

Костин был в военной форме, Коржев — в костюме колониального путешественника. С пробоковым шлемом. Выглядел ученый несколько комически. Что и вызывало улыбки попадавшихся им навстречу военных.

Оба вошли в подъезд двухэтажного здания с российским флагом на фронтоне. Вскоре они сидели в кабинете Юденича.

Тот подал Костину одну из сделанных Ростовицким фотографий, но гораздо большего размера. На ней отчетливо был виден продолговатый, заостренный с одной стороны черный контур на белом фоне.

— Мы вывели эту фотографию на план и нанесли координатную сетку, — сказал Юденич.

Затем он показал на карте:

— Это приблизительно вот здесь.

— Это и есть Арарат? — спросил Коржев, надевая очки.

— Арарат, это не одна гора, а две, — объяснил Юденич. — Большой Арарат, по-армянски Масис, и Малый, по-армянски Сис. То, что видел летчик Ростовицкий, находится на склонах Большого Арарата, на высоте около двенадцати тысяч футов. Ориентир — ущелье Ахор.

— Если это был не мираж и не оптическая иллюзия, — заметил Костин.

— Возможно, что и мираж, однако фотографии подтверждают сообщение Ростовицкого. Оптическую иллюзию, насколько я понимаю, снять на пленку нельзя.

Глава пятая. Ковчег

— Простите, Николай Николаевич, но я по опыту знаю, что иногда бывает брак при проявлении и печатании снимков.

— Все в этой жизни бывает, — холодно согласился Юденич.

Костин на это ничего не сказал. Юденич снова обратился к настенной карте.

— Сойдете вот здесь... Это станция Хан-Тахты. Там вас будет ждать казачий конвой от Закаспийской бригады генерала Николаева. Кроме того, с вами пойдет один из командиров армянских дружин. Это нужно из политических соображений.

Возле армянской церкви, на берегу Вана сидели хорунжий Елисеев и регентша Ануш.

— Мы, армяне — единственный христианский народ, живущий в самом сердце исламского мира, — говорила Ануш. — И персы, и турки, все они раньше думали, что наша вера — это наша одежда. Что можно заставить нас снять эту одежду и надеть другую. Когда они поняли, что христианство — наша кожа, они стали убивать нас.

— Вы говорите афоризмами, — заметил Елисеев.

— Это сказал наш великий полководец Вардан Мамиконян. Полторы тысячи лет назад.

Подбежал Боев.

— Ваше благородие, — обратился он к Елисееву, — генерал Николаев требует вас к себе!

7 (20) июля

«Турецкое командование усиленно готовилось перехватить инициативу и восстановить положение. По приказу нового командующего 3-й турецкой армией Махмут Каимиль-паши из глубины подводились резервы, осуществлялись внутриармейские перегруппировки. Как доложили Николаю Николае-

вичу разведчики, начальник штаба армии немецкий майор
Г. Гузе выехал с группой офицеров на рекогносцировку, чтобы
на месте уточнить исходное положение для предстоящего на-
ступления».

Начальник штаба Третьей турецкой армии, майор Гузе,
окруженный турецкими офицерами, стоял на склоне горы и
с высоты смотрел в бинокль на равнину. Оттуда доносилась
вялая перестрелка.

Рядом остановил коня и спешился генерал Керим-паша.

— Герр Гузе, — по-немецки сказал он, — я просил вас
при выезде на позиции надевать турецкую форму. Вы рискуе-
те получить пулю.

— Зато русские будут знать, что операции ваших войск
планируют немецкие офицеры. Это немного охладит их пыл.

Ординарец подал ему планшет. Гузе прямо на земле расстелил карту. Она затрепетала от ветра. Керим-паша прида-
вил ее края камнями.

— Русские войска разбросаны на огромном расстоянии, — показывая на карте, сказал Гузе. — Их коммуникации растянуты... Основной удар мы нанесем вот здесь, в направлении на Мелязгерт. Дальше будем развивать наступление вплоть до предгорий Арарата. Мы окружим русских в
районе озера Ван и уничтожим их... Если на то будет воля
Аллаха, — с улыбкой добавил Гузе.

— Будет. Не сомневайтесь, — ответил ему Керим-паша.

К ним в сопровождении двух офицеров подошел стат-
ный человек с усами, в двубортном бешмете, с кинжалом на
поясе и ружьем за спиной. Его феска, как принято у курдов,
была обмотана черным шелковым платком с бахромой. Он
походил на разбойника.

— Это Мансур-бек, курд, — представил этого человека
Керим-паша. — Его люди будут охранять подрывников.

— Он знает тоннель возле Хан-Тахты? — спросил Гузе.

— Хан-Тахты, Хан-Тахты, — уловив в немецкой речи знакомое слово, важно закивал головой Мансур-бек.

— Это его родные места, — сказал Керим-паша.

9 (22) июля

«*...турецкая группировка, насчитывавшая более 80 батальонов пехоты и конницы, нанесла удар на Мелязгертском направлении, стремясь прорвать оборону фланговых частей 4-го Кавказского корпуса, перерезать его коммуникации, проходившие по долине Восточного Евфрата. Застигнутые врасплох подразделения боевого охранения русских, не оказав организованного сопротивления, отошли. В тылу корпуса активно действовали диверсионные группы. Командир корпуса вынужден был обратиться в арамейский штаб с просьбой разрешить отвод части сил на рубеж севернее Алашкертской долины.*

Правильно понимая всю тяжесть ситуации, генерал Юденич распорядился срочно сформировать сводный отряд, возглавить который поручалось генералу Н.Н. Баратову. Отряд включал 24 батальона пехоты, 36 сотен конницы и около 40 орудий. На него возлагалась задача нанести удар на левом фланге в тыл туркам».

В тот же день

Поезд остановился на крошечной станции, о которой Юденич в своем кабинете рассказывал прибывшим из Петербурга Костину и Коржеву. Совпало все в точности. Как говорил Николай Николаевич, «дыра несусветная». Ни на одной карте не сыщешь, кроме самой подробной армейской. Словом, несколько жалких глинобитных хижин. Вот и весь затерявшейся среди голых каменистых холмов, станционный поселок Хан-Тахты.

Костин и Коржев вышли из вагона. Оба вздохнули полной грудью, расправили плечи. Костин сказал:

— Здесь воздух, как в Швейцарии. Только еще лучше. Вы, Коржев, были в Швейцарии?

— Я собирался, но так и не съездил. Зато я прошел весь маршрут экспедиции Шлимана. Это грандиозно. Поэтическое сочинение господина Гомера оказалось не вымыслом, а реальностью.

— Да, если бы не война, — вздохнул Костин, — какие бы удивительные маршруты мы могли бы пройти, какую бы прекрасную реальность увидеть.

— Вашбродь, куда ставить-то?

Костин оглянулся. Рядом стоял невысокий пожилой солдат и рукавом вытирал пот с лица. Двое других с трудом держали длинный тяжелый ящик.

— Куда оборудование будем ставить, господин ученый? — спросил Костин Коржева.

— Вероятно, на землю. Куда же еще?

— Ставьте на землю, — приказал солдатам Костин.

Они вошли в вагон и, тяжело дыша, стали выносить из него и ставить на землю экспедиционный багаж — рюкзаки, ящики, свернутую палатку, теодолит и всякое другое. Наконец, они все из вагона вынесли и, с облегчением вздохнув, подошли близко к Костину и стали молча смотреть на него.

— Что еще? Ах, да! — Он дал им деньги.

— Благодарим, вашбродь.

— Это вам спасибо. Счастливо доехать.

Солдаты залезли на площадку. Поезд загудел в горах, эхо тотчас отозвалось. Состав тронулся. Замелькали вагоны. Когда мимо пронесся последний, у Коржева вырвался восторженный возглас:

— Боже мой!

Перед ними открылся замечательный вид на одну из самых знаменитых гор в мире — двуглавый Арарат, ослепительно сверкавший белыми вершинами.

— Смотрите, как близко! — ликовал Коржев. — Верст пять, не больше.

Глава пятая. Ковчег

— Двадцать, — сказал Костин. — Как минимум, двадцать.

— Не может быть!

— А то и все двадцать пять.

Они еще обсуждали расстояние до великой горы, когда к ним подошел совсем юный офицер с румянцем на обеих щеках.

— Вы капитан Костин?

— Да. А вы? Ах, да! Вы от генерала Николаева.

— Так точно, из Закаспийской бригады. Хорунжий Елисеев.

— Послушайте, господин хорунжий, — обратился к нему Коржев, — сколько от этого места до Арарата?

— Сорок верст.

— А кажется, что совсем рядом, — разочарованно произнес Коржев.

— Здесь горы. Здесь многое может показаться.

Потом все трое шли вдоль железнодорожного полотна. Сзади казаки тащили багаж.

— Считаю долгом предупредить, — сказал Елисеев, — это будет не увеселительная прогулка.

— Почему вы так говорите? — удивился Коржев. — Разве район Арарата не находится в тылу наших войск?

— Находится.

— Так что же тогда?

— В этих местах живут курды. Они мусульмане и воюют на стороне турок. Курдские шайки тут везде.

Они шли, и Елисеев рассказывал страшные вещи о курдских шайках. Коржев верил, очень переживал и все больше убеждался в том, что прогулка до Арарата ни в коем случае не будет увеселительной. Она будет трудной, долгой и очень опасной.

— Здесь из-за каждого камня стреляют, — сказал Елисеев. — Но если турки открыто воюют с нашими армейскими частями, то курды наносят удары исподтишка.

Они прошли мимо убогой хижины, не обратив внимания на сидевшего на корточках какого-то замызганного оборванца в восточной одежде. Мало ли оборванцев в горах да еще во время войны? Тогда как он внимание на них обратил и, продолжая сидеть на корточках, проводил их внимательным цепким взглядом. Одновременно он веточкой задумчиво вычерчивал на песке букву арабского алфавита.

В тот же день в расположении одной из частей Третьей турецкой армии на земле под деревьями был расстелен ковер. На нем стояло большое медное блюдо с пловом. Гузе и Керим-паша обедали. Разговор шел по-немецки.

— Среди армян ходят слухи, — говорил Керим-паша, — будто русские летчики обнаружили на Арарате корабль Нуха. Говорят, туда отправляется экспедиция. По личному распоряжению русской императрицы.

— Какой еще корабль? Какого Нуха?

— По-арабски Нух — это Ной. Русский летчик будто бы видели там Ноев ковчег.

— Что за чушь! — засмеялся Гузе. — Вы же образованный человек, учились в Берлине. Как вы можете верить в такие сказки?

— Я и не верю... Потому что, — после паузы продолжил Керим-паша, — в Коране сказано: корабль Нуха пристал не к Арарату, как считаете вы, христиане. Он пристал к горе Джуди. Эта гора на юге Турции.

— Тогда что же вас беспокоит, если корабль пришвартовался к горе на юге Турции?

— Русские могут что-то найти...

— Вы же сказали, что это *что-то* они уже нашли.

— Они могут найти то, что на самом деле кораблем Нуха не является.

— Ничего не понимаю!

— Русские решат, что нашли именно корабль. В этом случае царь никогда не смирится с тем, что Арарат будет принадлежать мусульманам.

— Это нас не касается, — сказал Гузе. — Мы с вами солдаты и должны делать свое дело.

Над медным тазом с пловом повисла тяжелая пауза. Наконец Керим-паша сказал:

— Ближайшая к Арарату железнодорожная станция — Хан-Тахты. Там есть мой лазутчик. Если туда прибудет русская экспедиция, он известит Мансур-бека. Мансур-бек со своими людьми пойдет за этой экспедицией.

— Надеюсь, сначала он доставит саперов к тоннелю, — заметил Гузе.

Оба встали. Керим-паша сел на лошадь. Уже в седле он, не глядя на Гузе, сказал:

— В этом случае Мансур-бек сам поднимется на Арарат вслед за русскими. Если он найдет там корабль Нуха, он сожжет его. То, что противоречит Корану, должно быть уничтожено.

Вскоре совсем близко от станции Хан-Тахты группа всадников во главе с Мансур-беком и Ахметом выехала на горный гребень. Среди курдов в восточной одежде выделялись двое в турецкой военной форме. Эти двое были саперы, которые собирались заложить взрывчатку в тоннель.

Далеко внизу тянулась узкая линия железной дороги: две тонкие черные нитки рельсов и грязно-желтая полоса посредине. Справа, казавшиеся издали ненастоящими, белели домики станционного поселка.

Мансур-бек подъехал к саперам. Он им по-турецки сказал:

— Тоннель — вон там... Завтра пойдем туда.

Тем временем Елисеев, Костин и Дро шли вдоль строя казаков. Костин за руку здоровался с каждым из стоявших в строю.

Крайней в шеренге в военном костюме стояла Ануш.

— Очень красивый казак, — сказал Костин. — К какому войску приписан?

— Это моя дочь, — сказал Дро. — Ее мать умерла. Я не хотел оставлять ее в Ване одну.

— Стрелять ваша дочь умеет?

— Я ее научил.

— Тогда пусть остается в строю.

Костин улыбнулся Ануш, затем, посерьезнев, вернулся к одному из казаков и приказал:

— Дыхни.

Тот дыхнул.

— Не пил?

— Никак нет, ваше благородие!

— А ну ты, — обратился Костин к стоявшему рядом Боеву.

— Выпил маленько, ваше благородие, — признался тот.

— Где его лошадь? — спросил Костин у Елисеева.

— Вон та.

Костин подошел к лошади. Покопавшись в седельной сумке, он вынул бутылку с вином и бросил ее на камни. Полетели осколки. Вино, как кровь, разлилось по камням. Боев, тяжко вздохнув, отвернулся.

10 (23) июля

«По турецкой версии, армяне получили следующее указание по подготовке восстания в Западной Армении: "Как только русская армия перейдет границу, а османская армия начнет отступление, необходимо повсеместно поднимать восстания. Таким образом, османская армия окажется между двух огней... армянские солдаты в составе османской армии должны уйти из своих подразделений, захватив оружие, сформировать партизанские отряды и объединиться с русскими"».

На вершине холма был виден валун с крупно нарисованной на нем буквой арабского алфавита — той самой, которую чертил на песке оборванец в Хан-Тахты.

Мансур-бек подъехал к валуну и спешился. Присмотревшись, он увидел нарисованную на валуне еле заметную стрелку.

Там, куда указывала стрелка, лежал небольшой камень. Мансур-бек поднял его.

Под ним оказалась записка, написанная арабскими буквами. Мансур-бек прочитал ее. К нему подъехал Ахмет.

— Русские прибыли в Хан-Тахты, — сказал Мансур-бек.

— Когда?

— Вчера. Они не должны выполнить задание русской императрицы.

Тем временем Елисеев объяснял Костину и Коржеву:

— По прямой здесь до Арарата сорок верст. Но по прямой не проехать, надо в объезд. Вначале двинемся вон туда... Вдоль железной дороги. Возле тоннеля повернем на север.

— Что ж, с Богом! — сказал Костин.

— Сади-ись! — скомандовал Елисеев.

Казаки сели в седла. Боев подвел двух лошадей — для Костина и Коржева.

— Вы вот на эту, — сказал он Коржеву. — Эта посмирнее будет.

Через минуту маленький отряд вереницей двигался вдоль железнодорожного полотна. Дро ехал рядом с Костиным.

— Ущелье Ахор находится на северных склонах Масиса, то есть Большого Арарата. Прежде чем начать подъем, нам предстоит проехать около сотни верст.

— Два дневных перехода, — заметил Костин.

Дро усмехнулся:

— Это в России. Здесь потребуется неделя.

На караульном посту возле железнодорожного тоннеля солдаты варили в котелке похлебку с овощами и картошкой. После обеда хотели выкурить трубку. Одну на всех.

— Ванюха, иди! — крикнули часовому, когда котелок сняли с огня. — Остынет.

— Не могу! — отозвался Ванюха. — Я на посту.

— Иди, иди! Никого нету.

Поправив винтовку на плече, Ванюха отрицательно покачал головой.

— Ну как хошь... Холодное будешь хлебать.

— Ну, буду.

Некоторое времени солдаты ели и ни о чем не говорили, потом один, положив ложку рядом с котелком, сказал:

— Ладно. Я за его постою.

Он встал, взял винтовку и направился к часовому.

Внезапный выстрел заставил солдата с удивлением оглянуться. В следующую секунду он упал. Из его рта тонкой струйкой текла кровь.

Стреляли сверху. Стреляли курды Мансур-бека. Рассыпавшись среди камней, они заняли удобную позицию. Пули с жужжанием летели в караульных.

Еще один упал замертво, едва успев схватить трубку полевого телефона. Следующая пуля ударилась о камень рядом с телефоном.

Курды вскочили на коней. По каменистой тропе они молча поскакали вниз по склону. Двое саперов остались наверху.

Оставшийся в живых караульный бросился в тоннель. Мансур-бек, спешившись, побежал следом.

Он вбежал в темноту. Грохнул выстрел. Мансур-бек вышел обратно, закидывая ружье за спину.

— Возле тоннеля стреляют, — сказал Дро.

— Курды? — спросил Костин.

— Они.

— Что будем делать, господин хорунжий?

Ничего не ответив, Елисеев дал знак. Казаки галопом бросились вперед. Дро успел крикнуть дочери:

— Стой тут!

— А я? — крикнул Коржев.

— Стойте и вы!

За Ванюхой, бежавшим по шпалам, верхом гнался Ахмет.

Ванюха, передергивая затвор, пытался отстреливаться, но кончились патроны. Ахмет, жутко улыбаясь, догнал его и вскинул руку с саблей.

Ванюха бросил винтовку. Он повернулся и, с ужасом глядя на Ахмета, поднял руки. Вложив саблю в ножны, тот спрыгнул на землю и достал кинжал.

Послышался сдавленный крик. Ванюха упал на шпалы с перерезанным горлом.

— Можно! — крикнул Ахмет, убирая кинжал. — Караульные кончились!

Саперы, проворно подхватив ящики, начали спускаться к тоннелю.

С другой стороны железной дороги Костин, Елисеев и Дро вскарабкались наверх и залегли за камнями на гребне. Неподалеку залегли Боев и другие казаки.

— Ирод! Мальчишку не пожалел, — в бессильной ярости шептал Боев, целясь в Ахмета.

— Не стрелять! — приказал Костин. — Пусть подойдут поближе...

— Ирод...

— Я сказал: не стрелять! Это саперы. Хотят взорвать тоннель. Стрелять сначала по ним. По моей команде.

Двое турецких саперов спускались к железнодорожному полотну.

— Вы — переднего, вы — заднего, — распорядился Костин. — Огонь!

Ударили выстрелы. Один сапер вскрикнул и осел на землю, второй бросил свой ящик и побежал к тоннелю.

Дро поймал его на мушку и выстрелил. Сапер, словно налетев на невидимую преграду, поднял руки и упал возле самого входа в тоннель.

Курды ответили огнем. Началась перестрелка.

Но вот Мансур-бек взмахнул рукой, и курдские всадники скрылись за гребнем горы.

А на караульном посту Елисеев кричал в трубку полевого телефона:

— Алё! Алё!.. Говорят с тоннеля возле Хан-Тахты... Хорунжий Елисеев...

Он еще продолжал кричать, когда Мансур-бек остановил коня. Подъехал Ахмет.

— Это были они, — мрачно сказал ему Мансур-бек.

— Кто?

— Те, что ищут корабль Нуха.

12 (25) июля

Ночью на фоне звездного неба ясно просматривался силуэт часового.

Горел костер, варилась еда. Ануш хлопотала над котлом. Елисеев подкладывал хворост в огонь.

Остальные сидели возле, слушая Коржева. Тот рассказывал:

— В тысяча шестьсот семидесятом году голландец Струйс побывал в Армении и привез оттуда на родину большой деревянный крест. Ему подарили его армянские монахи. По их словам, этот крест был сделан из куска дерева, взятого из палубы Ноева ковчега. Есть и другие подобные свидетельства.

— Там, поди, ничего уж не осталось, — сказал Боев. — Всё на кресты растащили.

— В тысяча восемьсот пятьдесят шестом году, — продолжал Коржев, — на Арарат взошла экспедиция Фридриха Паррота. Он принадлежал к тем ученым, которые стремились доказать, что в Священном Писании нет ни слова правды.

— Ишь ты! — заметил Боев.

— О результатах своей экспедиции Паррот не написал ни слова. Однако перед смертью он признался, что видел Ноев ковчег. Или, по крайней мере, что-то очень на него похожее.

— Сомневаюсь, — покачал головой Костин. — Это похоже на легенду о раскаявшемся грешнике.

— Вы правы, — согласился Коржев. — Но ведь на этот раз у нас есть фотографии. На Арарате нередки землетрясения. От них трескаются ледники, сходят снежные лавины. Возможно, только теперь обнажилось то, что раньше было скрыто подо льдом и снегом. Именно поэтому жители близлежащих сел ничего не знают.

Ануш хлопнула в ладоши.

— Готово! Ужинать! — объявила она.

Ночью Костин и Коржев лежали голова к голове и смотрели на звездное небо.

— Все-таки я не понимаю, — сказал Костин. — Прошли тысячи лет. Как он мог сохраниться?

— Во льду сохраняется всё, — ответил Коржев.

Ануш и Елисеев под звездным небом сидели рядом. Горы темнели вдали.

— Мне почти каждую ночь снится Москва, снег, извозчики, подруги по гимназии. Я иду по Арбату, в сумочке у меня билет на Шаляпина. Он только что приехал в Москву из Петербурга, — рассказывала Ануш. — Потом я просыпаюсь. И нет ни Москвы, ни Шаляпина. Я вижу эти горы, голубое небо над ними, зелень вокруг яркая и сочная, а камни черно-красные, на них ничего не растет... Мне кажется, что все это мне только снится. Будто бы мои сны — это явь, а вот это все — сон. Вы меня понимаете?

— Да, — кивнул Елисеев.

— Вы бывали в Москве?

— Не довелось. Война кончится, съезжу.

14 (27) июля

«Наряду с депортацией младотурки проводили политику насильственной ассимиляции армян. Кое-где армянским семьям удавалось уцелеть ценой перехода в ислам. Разрешался переход в ислам армянских девушек с последующим угоном их в гаремы. Официоз «Танин» поставил вопрос ребром: все армянские женщины должны быть уничтожены либо обращены в мусульманство. Газета находила, что только этим путем возможно «спасти империю». Банды младотурецких погромщиков насиловали армянских женщин, многие из которых затем кончали жизнь самоубийством. В Орду и Гиресуне были случаи, когда муж убивал свою жену, сын — мать, отец — детей, чтобы избежать позора. Семьи же тех, кто сумел спастись путем бегства в Россию или в Иран, подлежали уничтожению, чтобы не осталось никакой связи с родиной».

Генерал Николаев и несколько офицеров застряли в потоке армянских беженцев.

— Они бегут от турок, — сказал пожилой офицер. — Их тысячи. Ими забиты все дороги. Если мы не оторвемся от них, турки отрежут нас от основных сил.

Николаев молчал. На одной из телег он увидел двух армянских девочек, певших на банкете в Ване.

— Что будем делать, ваше превосходительство? — спросил офицер.

— Ничего, — глядя на этих девочек, ответил Николаев. — Отбиваться и отступать вместе с ними. Если мы уйдем вперед, турки вырежут их всех.

Тем временем по другой дороге ехали турецкие аскеры. Обгоняя их, проехал автомобиль с яростно работающим мотором. На заднем сиденьи располагались Керим-паша и майор Гузе в немецкой форме.

— Русские оставили Ван, — сказал Керим-паша. — Бригада генерала Николаева отходит на север, но ее продвижению мешают армянские беженцы.

— С Николаевым, — ответил Гузе, — случится то же самое, что с генералом Самсоновым в Восточной Пруссии. Мы поймаем его в мешок.

Автомобиль въехал в сожженную армянскую деревню. Развалины еще дымились. Возле дороги лежал труп ребенка.

— Неужели нельзя пощадить хотя бы детей? — глухо сказал Гузе.

— Когда в доме выводят крыс, — ответил Керим-паша, — гибнут и крысенята.

«Армянские историки говорят о продуманной до деталей целенаправленной акции младотурок. Турецкие историки, напротив, ссылаются на никому кроме них не известные приказы правительства о защите перемещаемых армян от гнева турецкого населения. "К сожалению, — пишут они, — там, где османский контроль был слабым, армянские переселенцы пострадали более всего. Очевидцы приводят примеры, как колонны из сотен армян охранялись всего лишь двумя жандармами"».

15 (28) июля

Отряд русских вереницей растянулся по плоскогорью. Никто из участников экспедиции не видел, что Мансур-бек, Ахмет и еще один курд, укрывшись среди камней, наблюдают за ними.

Ахмет, загибая пальцы, считал проезжающих всадников:

267

— Бир... Эки... Ючь... Ялды... Сакиз...

Ануш сказала ехавшему рядом с ней Костину:

— Вас, наверное, удивляет, что мой отец — здесь. В то время, когда турки убивают армян... Он не хотел ехать с вами. Он хотел сражаться... Его убедили, что он должен участвовать в этой экспедиции.

— Почему именно он?

— Эти места знакомы ему с юности... Если мы найдем Ноев ковчег, это будет праздник для всех армян.

— А если не найдем?

Курд, поймав на мушку Костина, хотел выстрелить, но Мансур-бек сжал его руку.

— Нет, еще рано. Пусть вначале укажут нам путь.

— Надо захватить одного из них, — сказал Ахмет. — Он расскажет, где это место.

Все трое отползли назад и спустились в лощину.

Когда они сели в седла, лошадь под одним из них громко заржала.

— Слышите? — насторожился Боев.

Он и Елисеев спрыгнули с коней и стали карабкаться вверх.

Сверху они увидели скачущих прочь троих всадников.

— Курды, — сказал Елисеев. — Те, что застрелили караульных.

Вскоре стало темнеть. За поворотом тропы перед экспедицией открылась такая же убогая, как Хан-Тахты, деревня — несколько глинобитных хижин.

— Стой! — скомандовал Елисеев.

— Почему? — удивился Коржев. — Мы в этой деревне разве не заночуем?

— Может, и заночуем. Если там засады нет.

— Я проверю, — вызвался Дро и спрыгнул с коня.

— Я с тобой! — заявила Ануш, тоже спешиваясь.

— Нет.

Дро с винтовкой наготове вошел в деревню.

Глава пятая. Ковчег

Кругом царила странная тишина. Казалось, что в каждом доме кто-то затаился и выжидает момент, чтобы напасть.

Дро подошел к первой хижине, прислушался, затем спросил по-армянски:

— Есть кто-нибудь?

Не дождавшись ответа, он толкнул ногой дверь. Она со скрипом отворилась. С наставленной винтовкой он ворвался в хижину. Никого. В сумерках видны были следы поспешного бегства. Остались тарелки на столе, чашки. Внезапно в тишине зажужжал механизм, и пробили часы.

Дро вышел из хижины и вошел в следующую.

Экспедиционеры в отдалении ждали.

Костин слез с лошади. Он смотрел на эту маленькую деревню и вспоминал, что ему рассказывал Нестеровский. На Западном фронте были десятки брошенных деревень, городов... Не раз оказывалось, что ужин еще не остыл, раскрытая книга лежит на столе.

Костин увидел, что Дро издали машет рукой.

— Пошли, — сказал он. — В этой деревне пусто.

— Да, — отозвался Елисеев. — Это тяжкая пустота.

Потом все ужинали в хижине. На стене исправно ходили часы. Две свечи отражались в стекле футляра.

— В конце прошлого года, — рассказывал Дро, — турки собрали шестьдесят тысяч армян, служивших в турецкой армии, отделили их от остальных частей и расстреляли из пулеметов. Затем начались аресты живших в Стамбуле армянских поэтов, журналистов, врачей.

— Большинства из них уже нет в живых, — заметила Ануш.

— В апреле, — продолжал Дро, — турецкое правительство отдало приказ о поголовном уничтожении армянских мужчин. Стариков, женщин и детей приказано депортировать в пустыни Сирии и Месопотамии. По пути их, беспомощных, вырезают курды и турецкие аскеры. Детям разбивают головы о камни, женщин насилуют и сбрасывают в пропасти. Те, что уцелели, десятками тысяч погибают от голода. Люди отдают последнюю одежду за кусок сухого чурека. Дороги вымощены их телами. Энвер-паша и Талаат-паша проводят в жизнь новый лозунг: Армения без армян.

— Одного не понимаю, — сказал Коржев. — Как могут с этим мириться немцы? Они же цивилизованная нация.

— Особенно в Польше, — произнес Костин. — Или еще где-нибудь.

— Немцы закрывают глаза на геноцид, — ответил Дро. — Их газеты утверждают, будто все это русская и английская пропаганда.

Елисеев вышел во двор. Там стоял караульный казак.

— Иди поешь, — сказал он караульному.

— Спасибо, ваше благородие.

Казак ушел. Елисеев медленно пошел по темной улице. Небо над ним было сплошь исколото звездами. Он шел и вдыхал теплый ветер.

Внезапно послышался конский топот. В то же мгновение взлетел аркан и захлестнул шею Елисеева. Он, однако, успел схватиться руками за петлю, не давая ей сдавить ему горло, и закричал.

На его крик из хижины выбежал Костин. Выхватив револьвер, он несколько раз подряд выстрелил. Лошадь вздыбилась и упала. Всадник рухнул вместе с ней, но тут же вскочил на ноги и исчез во тьме.

18 (31) июля

«Вот уже три дня, как опасное положение русских армий значительно ухудшилось: они должны уже не только бороться против неудержимого натиска австро-германцев между Бугом и Вислой, но и выдерживать двойное наступление, начатое противником на севере, на фронте Нарева и в Курляндии. В районе Нарева германцы овладели позициями у Млавы, где

захватили 17.000 пленных; в Курляндии перешли р. Виндаву, овладели Виндавой и угрожают Митаве, расположенной лишь в 50 верстах от Риги.

Такое положение как будто укрепляет императора в его намерениях, столь своевременно выраженных манифестом 27 июня. В связи с этим он уволил обер-прокурора св. синода Саблера, орудие пацифистской и германофильской партии, клеврета Распутина. Его заместитель — Александр Дмитриевич Самарин, московский губернский предводитель дворянства; высокое общественное положение, великодушный патриотизм, ум широкий и твердый — вот его качества; этот выбор прекрасен».

«Тем временем штаб Кавказской армии приступил с согласия Ставки к разработке плана операции в Северном Иране с целью исключить выступление Ирана и Афганистана против России».

Во дворе армянского монастыря перед высоким, седовласым стариком-монахом стояли Костин, Коржев, Елисеев, Ануш и Дро. Старик говорил по-армянски.

— Его никто никогда не видел, но монахи знают, что он там есть, — переводил Дро. — Тысячи лет он был скрыт подо льдами, в глубине гор. Но бури Всемирного потопа вырвали из него куски дерева. Люди иногда находят их в этих местах.

Старик произнес еще несколько фраз.

— Может быть, от величайших бедствий, которые переживает сейчас наш народ, — перевел Дро, — дрогнули горы и разломились льды на Арарате. Если ковчег вышел на поверхность земли, это знак, что Господь не оставит нас в наших несчастьях.

— Попроси его, пусть он благословит нас на поиски, — шепнул Елисеев на ухо Ануш.

Она перевела это монаху.

Тот покачал головой.

— Почему он не хочет нас благословить? — недовольно спросил Елисеев.

Старик что-то сказал.

— Он говорит, — перевела Ануш, — что лучше нам туда не ходить. Все должно оставаться в тайне. Если о ковчеге узнают турки, они уничтожат его.

— Почему? — удивился Костин. — Турки тоже должны почитать Ноев ковчег. О нем говорится в Коране.

— В Коране сказано, — возразил ему Коржев, — что Ной высадился не на Арарате, а на горе Джуди в Турции. Ноя они называют Нухом.

— Вот оно что! Вернусь в Петербург, обязательно сообщу об этом императрице.

Вечером отряд остановился возле уходящего ввысь склона.

— Ущелье Ахор — вон там, — показал рукой Дро.

— Переночуем здесь, а завтра начнем подъем, — сказал Костин.

19 июля (1 августа)

«Год тому назад Германия и Австро-Венгрия, а затем и Турция подняли оружие против России и направили полчища свои в пределы Отечества нашего.

Доблестные войска армии и флота! Ровно год, как вы призваны к защите чести России и благосостояния мирного населения Родины нашей. В течение этого года вы явили присущие вам издревле доблесть и мужество, покрыли знамена свои новою славою, и многие тысячи лучших сынов Родины запечатлели жизнью своею преданность правому делу России. Подготовлявшиеся в течение десятилетий к вторжению в Отечество наше враги не сокрушили мощи нашей и, попирая существующие законы войны, разбивают полки свои о гранитную твердость русского солдата».

(Из «Приказа Армии и Флоту», отданного Николаем II 19 июля 1915 года.)

Глава пятая. Ковчег

«*Немилость, поразившая вчера обер-прокурора св. синода, коснулась и министра юстиции Щегловитова, ни в чем не уступавшего Саблеру в качестве реакционера, проникнутого духом самодержавия. Его заместитель, член Государственного Совета Александр Алексеевич Хвостов — честный и беспартийный чиновник.*

Последовательная отставка Маклакова, Сухомлинова, Саблера, Щегловитова не оставила среди членов правительства ни одного, кто бы не являлся сторонником союза и решительного продолжения войны. С другой стороны отмечают, что Саблер и Щегловитов были главнейшей поддержкой Распутина.

Графиня Н. говорила мне:

— Государь воспользовался своим пребыванием в Ставке для принятия этих важных решений. Он ни с кем не посоветовался, даже с императрицей... Когда известие об этом пришло в Царское Село, она была потрясена; она отказывалась даже верить... Г-жа Вырубова в отчаянии... Распутин заявляет, что все это предвещает большие несчастья».

Боев проснулся от треска отдаленных выстрелов. Он разбудил Елисеева:

— Ваше благородие! Стреляют.

Стреляли там, где по дороге медленно двигались несколько запряженных быками телег с армянскими беженцами. Истошно закричали женщины, заплакали дети.

К беженцам, стреляя на скаку, неслись всадники Мансур-бека.

Трое мужчин-армян стреляли в них.

Один курдский всадник упал. Остальные спешились. Одни из них перебежками двинулись вперед, другие поддерживали огнем.

Трое армян отстреливались, но силы были слишком неравны.

Но вот из-за холма появились казаки во главе с Елисеевым и Дро.

По знаку Мансур-бека курды вскочили на коней и рассыпались в разные стороны.

— Уходят! — крикнул Елисеев.

— Далеко не уйдут! — крикнул Боев.

Он на скаку вынул шашку и бросился в погоню за Ахметом. Тот, отстреливаясь, несся в сторону скал, за которыми скрылись остальные курды. Но Боев догнал его. И с яростью взмахнул клинком.

Фонтаном брызнула кровь, похожая на вино из разбитой бутылки. Обезглавленный всадник проскакал еще сотню метров, прежде чем упал с лошади.

Ануш в это время стояла на дороге. Она прижимала к себе девочку лет восьми с расширенными от ужаса глазами. Несколько армянок голосили над убитыми мужчинами. Прочие с криком и плачем окружили казаков. Они падали перед ними на колени, ловя и целуя их руки.

Одна из армянок, расстегнув платье, показала Костину свой нательный крест.

— Кристин! Армен кристин! — повторяла она.

— Что она говорит?

— Она говорит, что они, армяне, христиане, — объяснил Дро.

Возвратился Боев, ведя на поводу лошадь Ахмета.

— Этот курд, — сказал он Елисееву и Костину, — я его узнал. Он был у тоннеля. Мальчонку-то он и зарезал... Я ему вначале руку посек, а потом уж того-с, — Боев издал характерный звук.

— Зачем? — угрюмо спросил Елисеев. — В уставе сказано: раненого не добивай.

— Эх, ваше благородие! Думаете, если бы его взяла, он бы меня не добил?

К ним подошел Дро.

— Они, — указывая на беженцев, сообщил он, — говорят, что турки прорвали фронт и вышли в Алашкертскую долину.

Глава пятая. Ковчег

Потом Костин, Коржев, Елисеев и Дро совещались в стороне от остальных. Ануш на это совещание приглашать не хотели, но решили, что надо позвать и ее. Зачем девушку обижать?

— Беженцев нельзя оставлять! — горячо убеждал Дро. — Я не могу их бросить. Без нас они погибнут.

— Не можем же мы взять их с собой, — говорил Елисеев.

— Курды вернутся, если мы их оставим. Обязательно вернутся.

— Курдов было десять, — сказал Костин. — Я сосчитал. Двое застрелены, один обезглавлен. Осталось семеро.

— А нас одиннадцать, — вставил Коржев. — Впрочем, — добавил он, — как боевую единицу меня можно не считать.

— Мы вас считаем как ученую единицу.

— Ануш тоже, — заметил Елисеев.

— Но я же стрелять умею, — сказала она.

— Да, умеешь. Но лучше тебе обойтись без стрельбы.

— Ладно, сделаем так, — решил Костин. — Дро с Ануш и пятью казаками проводят беженцев до границы. А вы, хорунжий, и ваш денщик пойдете с нами... Сколько здесь до границы?

— Верст сорок, — ответил Дро.

— Проводите их до первого русского поста и вернетесь обратно. Наших лошадей прихватите с собой. Там, — кивнул Костин вверх, — они нам не понадобятся.

Костин, Коржев, Елисеев и Боев смотрели вслед уходящему каравану беженцев, охраняемому казаками.

Внезапно от этой группы отделилась фигурка и побежала обратно.

— Это Ануш, — сказал Елисеев. — Вот девчонка неугомонная. Так и хочется ей пострелять.

— Этой девушке, господин хорунжий, стрелять совсем не хочется, — заметил Костин. — Она хочет две вещи: увидеть ковчег и быть рядом с вами. Не знаю, чего больше.

Караван тем временем удалялся.

— Я пойду с вами, — с трудом переводя дыхание, объявила Ануш.

— Отец тебе разрешил? — строго спросил Елисеев.

— Да. Я убедила его, что с вами безопаснее.

— Почему вы так думаете? — не понял Коржев.

— В долине можно наткнуться на турок или курдов. А туда, — указала Ануш в сторону горных снегов, — они вряд ли полезут. Грабить там некого... Ну пожалуйста, господин хорунжий! Разрешите мне пойти с вами!

Елисеев молчал. Он явно колебался.

Ануш обратилась к Костину:

— Господин капитан, вы тут старший по чину. Прикажите взять меня с собой.

— Оставляю этот вопрос на усмотрение господина хорунжего, — ответил Костин.

— Ладно, — махнул рукой Елисеев.

Ануш от радости подпрыгнула и неожиданно поцеловала хорунжего в щеку. Он густо покраснел.

Вершины гор ярко белели вдали. Каравана почти не было видно.

Все пятеро, растянувшись цепочкой, начали подъем.

20 июля (2 августа)

«Совещание с начальником главного управления генерального штаба.

Генерал Беляев указывает мне на карте положение русских армий. В Южной Польше, между Бугом и Вислой, их фронт идет через Грубешов, Красностав и Иозег-ров, в 30 верстах к югу от Люблина. Кругом Варшавы они оставили течения Бзуры и Равки, чтобы отойти по дуге круга, образованной Ново-Георгиевском, Головиным, Блоне, Гродиском, где приготовлены сильные укрепления. В районе Нарева они держатся приблизительно по течению реки, между Ново-Георгиевском и Остроленкой. К западу от Немана обороняют, в Мариампольском направлении, подступы к Ковно. Наконец, на курляндском уча-

стке, после оставления Виндавы и Туккума, они опираются на Митаву и Шавли.

После некоторых малоутешительных замечаний об этом положении, генерал Беляев продолжает:

— *Вы знаете нашу бедность в снарядах. Мы производим не более 24.000 снарядов в день. Это ничтожно для такого растянутого фронта... Но недостаток в винтовках меня беспокоит гораздо больше. Представьте себе, что во многих пехотных полках, принимавших участие в последних боях, треть людей, по крайней мере, не имела винтовок. Эти несчастные терпеливо ждали под градом шрапнелей гибели своих товарищей впереди себя, чтобы пойти и подобрать их оружие. Что в таких условиях не случилось паники — это просто чудо. Правда, что у нашего мужика такая сила терпения и покорности... Ужас от того не меньше... Один из командующих армиями писал мне недавно: «В начале войны, когда у нас были снаряды и амуниция, мы побеждали. Когда уже начал ощущаться недостаток в снарядах и оружии, мы еще сражались блестяще. Теперь, с онемевшей артиллерией и пехотой, наша армия тонет в собственной крови»... Сколько времени еще наши солдаты смогут выдерживать подобное испытание?.. Ведь, в конце концов, побоища эти слишком ужасны. Во что бы то ни стало нам нужны винтовки. Не могла ли бы Франция нам их уступить? Умоляю вас, господин посол, поддержите нашу просьбу в Париже.*

— *Я горячо буду ее поддерживать; я телеграфирую сегодня же...»*

Отважные экспедиционеры с высоты любовались открывшимся перед ними видом. Костин вспомнил, что однажды видел его. На киноэкране. В кабине паркового аттракциона. Тот был, правда, черно-белый. Однако сходство было почти асолютное. Что лишь усиливало впечатление нереальной, мистической красоты.

— В древности здесь находилось царство Урарту. — Коржев произнес это, не в силах оторвать глаз от «мистической» панорамы. — Отсюда и Арарат. Гора высотой 5120 метров. К ней причалил ковчег. Все другие горы оказались под водой.

— А как же Эверест? — спросил Костин. — Он же выше Арарата?

— Эверест в Индии, — сказал Коржев. — Там, скорее всего, ковчег не причаливал.

— А гора Джуди, о которой вы говорили?

— Там мог. Но с разницей больше чем в шестьсот лет. Ислам — молодая религия.

— Э-эх, — вздохнул Боев, которому тоже очень понравилась эта древняя панорама, — сюда бы казачков переселить. На добровольных началах, конечно. Я первый поеду. Курды — народ воинственный, мы их оказачим, разбойничать отучим. Они турок-то не шибко любят. Вы, армяне, — обратился он к Ануш, — будете торговлишкой заниматься, а мы вас защищать. Вот заживем-то!

— Размечтался... Пошли! — скомандовал Елисеев.

Они продолжили путь.

— А что? — улыбаясь Елисееву, сказала Ануш. — Мне понравился этот проект. Не хотите после войны сюда переселиться?

— Там поглядим. Дожить надо.

21 июля (3 августа)

Курды карабкались вверх среди валунов.

Один достиг ближайшего гребня и осторожно выглянул из-за камней.

Вдали он увидел цепочку людей.

— Они? — спросил Мансур-бек.

— Они, — ответил курд.

— Пока пусть идут. Мы все равно сожжем то, что они найдут в ущельи Ахор. Императрица дала им плохое задание.

Вечером экспедиция русских остановилась на ночлег. Выше этого места начиналась полоса снегов.

Глава пятая. Ковчег

Костин сказал Елисееву:

— Можно вас на пару слов?

Они отошли в сторону.

— Холодновато тут, — заметил Боев, когда они отошли. — Палатку надо ставить... Ты чего сидишь?

— А что надо делать? — спросила Ануш.

— Кулеш варить... Вынимай керосинку.

— Подождите. Меня ноги не держат

— Сама напросилась. Вставай давай! Все устали.

— Сейчас, — сказала Ануш, но с места не встала.

— Всеж-таки хитрый вы народ, армяне! — произнес Боев. — Не зря турки вас режут.

Ануш от обиды широко раскрыла глаза.

— Смотрите, — сказал Костин. — Боев узнал этого курда... Ну, которого он зарубил. Этот курд был из тех, что убили часовых у тоннеля возле Хан-Тахты.

— И что?

— Я сначала не придал этому значения, а теперь думаю... Получается, курды с тех пор все время шли за нами.

— Возможно, хотели улучить момент и отомстить?

Костин покачал головой.

— Нет... Таких моментов у них было сколько угодно, но они ни разу даже не попытались на нас напасть. Лишь попробовали вас заарканить. Хотя проще было застрелить... Мне кажется, они откуда-то знают о цели нашей экспедиции. Хотят выследить, куда мы пойдем, но опередить нас.

— Зачем?

— Чтобы уничтожить ковчег. Они, видимо, думают, что если он там есть, то не настоящий. Что это все подстроили армяне. Ведь настоящий ковчег может находиться только на горе Джуди.

Елисеев и Костин вернулись обратно. Елисеев увидел заплаканные глаза Ануш.

— Что случилось? — спросил он.

— Ничего. — Она отвернулась.

— А почему ты плакала?

— Так...

Наступившая звездная ночь была очень светлой. Все закончили ужинать. Ануш снегом вычистила миски. Костин и Елисеев рассматривали взятый у Юденича план.

— Мы находимся приблизительно вот здесь, — показал Елисеев. — Вот ущелье Ахор. До него верст пять.

— А потом еще две версты к западу. Если встать пораньше, завтра дойдем, — сказал Костин.

— Думаете? — засомневался Елисеев.

— Дойдем. Вопрос в том, что мы там увидим.

Коржев подошел к ним и остановился сзади.

— Видите? — аккуратно обвел он пальцем темный контур на плане, внутри имевший более светлую окраску. — Это палубные борта. Сама палуба, видимо, провалилась под тяжестью льда и снега. Внутри все заполнено снегом.

— Да, похоже, — согласился Елисеев.

— Непонятно только, — заметил Костин, — почему за тысячи лет не сгнила сама обшивка.

— Тот крест, который Струйс привез в Голландию, был сделан из олеандра, — объяснил Коржев. — Это дерево из семейства кипарисовых. Его древесина практически не подвержена гниению.

Потом все укладывались спать. Елисеев взял винтовку.

— Вы куда это, ваше благородие? — спросил Боев.

— Покараулю пока. Потом ты меня сменишь.

— Да кого тут бояться?

— Спи, не разговаривай. Я тебя разбужу.

Елисеев сидел на камне с винтовкой в руке, все остальные спали. Кроме Ануш. Она подошла к Елисееву и села рядом.

— Можно, я с вами покараулю?

— Нельзя.

— Почему?

— Всякое может случиться.

— Я только две минуточки посижу и пойду, — попросила Ануш.

— Ну ладно, посиди... Потом иди спать. Тебе же ведь должна Москва присниться.

— Я думала, вы забыли, что я вам рассказывала.

— Не забыл... Мне после твоих рассказов очень в Москву захотелось. Двадцать два года на свете прожил, а Москвы не видал. У тебя действительно был билет на Шаляпина?

Вместо ответа Ануш нагнулась и поцеловала Елисеева в губы.

— Ты... это зачем?

— Затем, что ты мне очень нравишься.

Тем временем Мансур-бек и трое курдов отдыхали под скалой. Сверху к ним спустился еще один.

— Они легли, — сказал он.

— Хорошо, — кивнул Мансур-бек.

— Нападем на них ночью?

Мансур-бек покачал головой.

— Нет. Рано.

22 июля (4 августа)

«Распутин уехал к себе на родину, в село Покровское, около Тюмени, в Тобольской губернии. Его приятельницы, «распутинки», как их называют, утверждают, что он отправился отдохнуть немного, «по совету своего врача», и скоро вернется. Истина же в том, что император повелел ему удалиться.

Это новый обер-прокурор св. синода добился приказа об удалении.

Едва вступив в исполнение своих обязанностей, Самарин доложил императору, что ему невозможно будет их сохранить за собою, если Распутин будет продолжать тайно господствовать над всем церковным управлением. Затем, опираясь на московскую древность своего происхождения, он описал возмуще-

ние, смешанное со скорбью, которое скандалы «Гришки» под-держивают в Москве — возмущение, не останавливающееся даже перед престижем высочайшего имени. Наконец он зая-вил решительным тоном:

— Через несколько дней соберется Государственная Дума. Я знаю, что некоторые депутаты предполагают предъявить мне запрос о Григории Ефимовиче и его тайных махинациях. Моя совесть принудит меня высказать все, что я думаю.

Император ответил просто:

— Хорошо. Я подумаю».

Экспедиция двигалась среди снегов. Снежный склон полого уходил вверх. На груди у Коржева висел фотоаппарат.

— Давайте передохнем, — предложил он Костину.

— Волнуетесь?

— Да.

Подошли остальные.

— Как же Ной тут виноград садил? — спросил Боев. — В снегу-то.

— Здесь Ною с сыновьями был глас Господень, — сказал Коржев. — Сказал им Бог: плодитесь и размножайтесь, и наполняйте землю... Все мы, если вдуматься, происходим от Ноя. Русские, немцы, армяне, турки, курды. Мы все род-ственники. Если бы Ной увидел, что творится сейчас на зем-ле, он бы в гробу перевернулся.

Все некоторое время молчали. Наконец Костин отдал команду:

— Пошли. Теперь уже близко.

Неподалеку от вершины склона Коржев остановился. Повозившись с фотоаппаратом, он сказал:

— Он ведь там, за этим склоном. Да?

— По плану получается, что так, — ответил Костин.

— Пожалуйста, можно я поднимусь туда первый?.. Я вас очень прошу! Разрешите мне первому!

— Валяйте, — усмехнулся Костин.

Глава пятая. Ковчег

— Боже мой! Боже мой! — сказала Ануш. — Неужели я сейчас увижу ковчег?

Боев истово крестился. Елисеев настороженно осматривался вокруг. Винтовка у него была не за спиной, как у остальных, а в руке.

Коржев быстро шагал впереди. Остальные на небольшом расстоянии следовали за ним.

Коржев поднялся на вершину склона и замер.

Остальные остановились шагах в десяти ниже.

Коржев стоял к ним спиной. Что он видел перед собой? Этого они еще не знали, но в его позе чувствовалось, что перед ним открылось нечто удивительное. Такое, что никогда не открывалось никому.

Несколько секунд длилась страшная и торжественная тишина.

Затем Мансур-бек поймал Коржева на мушку.

Стрельба прекратилась. Все четверо побежали по склону вверх, к тому месту на гребне, где лежал Коржев.

Костин добежал первый и склонился над ним.

Коржев был мертв. В руке он держал очки, которые не успел надеть. Разбитый фотоаппарат лежал рядом.

Костин выпрямился, и лишь теперь его взгляд упал туда, куда перед смертью смотрел Коржев.

С гребня склона, далеко внизу на снежном поле виднелась продолговатая каменная впадина, в точности повторяющая очертания контура на сделанных Ростовицким фотографиях. Внутри эту впадину заполнил снег, но каменные глыбы на ее краях были обнажены. Полное впечатление погруженного в снег гигантского корабля!

Рядом с Костиным стояли Елисеев и Ануш. Они молча смотрели вниз.

Боев немного отстал. Он нес взятые у мертвых курдов ружья.

Все стояли на склоне и смотрели на замерший внизу «гигантский корабль». И никто не видел, что раненый Мансур-бек ползет следом.

Он прицелился сначала в Костина, затем перевел дуло на Елисеева, затем — на Ануш.

Лишь в последний момент Боев увидел Мансур-бека. Боев прыгнул вперед и заслонил Ануш.

Раздался выстрел. И тут же еще один.

Елисеев опустил винтовку. Он добил Мансур-бека.

Затем он, Костин и Ануш подбежали к Боеву. Ануш присела над ним, пытаясь нащупать рану.

— Ты армянка... Он хотел убить тебя, — шептал Боев. — Вы, армяне, хитрый народ...

Взгляд его остановился. Зрачки стали угасать.

Костин и Елисеев выпрямились и обнажили головы. У Ануш окаменело лицо.

Они медленно пошли вниз. Очертания мнимого ковчега скрылись за склоном.

Вершины величественного двуглавого Арарата сияли в лучах высоко стоявшего солнца.

5 (18) августа

«Прения в Таврическом дворце разгораются все ярче и ярче. Будь то открытое или закрытое заседание, — произносится непрерывный и беспощадный обвинительный акт против всей системы военного управления. Все ошибки бюрократии изобличены, все пороки царизма выставлены на свет. И одно заключение возвращается, как припев: «Довольно лжи!.. Довольно преступлений!.. Реформ!.. Наказаний!.. Государственный строй должен быть изменен сверху донизу!»...

345-ю голосами из 375 голосовавших Государственная Дума сейчас предложила правительству предать суду генерала Сухомлинова и всех должностных лиц, виновных в нерадении или в измене».

Глава пятая. Ковчег

На маленькой станции, окруженной горами, возле вагона поезда стояли четыре бывших экспедиционера: Елисеев, Ануш, Дро и Костин. Прижав коробок к груди, Костин чиркнул спичкой и закурил.

— А вы теперь куда? — спросил Костин.

— К моим дружинникам, — ответил Дро.

— А я к себе в полк, — сказал Елисеев. — Николаев сумел-таки вывести бригаду из окружения.

Послышался паровозный гудок. Костин пожал руки Елисееву и Дро, поцеловал Ануш в щеку и поднялся на площадку.

Паровоз дал гудок. Поезд тронулся.

Костин стоял у вагонного окна и смотрел, как угасает еще один день.

Мимо проносился каменистый пейзаж Армении.

* * *

Несколько месяцев спустя холмы в Армении покрылись снегом. За окнами штаба в Карсе мела метель.

В кабинете Юденича, возле его рабочего стола расположились генералы и офицеры.

— Чтобы избежать проникновения турецких лазутчиков в расположение наших войск, — сказал Юденич, — в ближайшие дни будет разорвана всякая связь фронта с тылом. Подготовка к наступлению должна проходить в обстановке строжайшей секретности. Никаких письменных инструкций вы не получите.

Юденич подошел к карте и продолжал:

— Турки убеждены, что мы будем наступать через Персию в Месопотамию, на соединение с англичанами. Но на персидскую границу будет отправлен всего один полк. Двадцать восьмого декабря мы начинаем наступление на Эрзурум.

«Пешие и конные разведывательные группы систематически осуществляли рейды в расположение неприятеля. Они за-

хватывали отдельные высоты и прочно закреплялись там. Таким образом, отдельные полки 4-го Кавказского корпуса к 25 января продвинулись в вперед на 25—30 км. Была занята даже гора Хныскала, перекрывавшая основные пути выдвижения турецких резервов из Месопотамии. Отряд под командованием подполковника Чиковани выбил турок из селения Ташкисен. В течение следующих двух ночей смельчаки продвинулись на 3—4 км и вышли к первой позиции турок, прикрывающей форты Палантекена. Тогда же отряд 1-го Кавказского корпуса вытеснил противника из верховья Аракса. Турецкие подразделения отошли к Эрзурумской крепости. Тем самым был надежно прикрыт левый фланг ударной группы русских войск. Столь же успешно складывались дела и на Пассинской равнине. Здесь обходящие отряды и разведывательно-диверсионные группы, проведя ряд ночных вылазок, захватили более 20 пленных, очистили восточную часть хребта Палантекен. Они закрепились на участке Тыкташ, Сахкал-тутан, оборудовав временные позиции».

14 (27) января

Командующий Кавказской армией подписал приказ:

« "…*Используя захват массива Карга-базар, господствующего над левым флангом Девебойнской позиции, произвести стремительный удар в полосе Чабан-деде, Далан-гез, с одновременным наступлением 2-го Туркестанского корпуса со стороны Гурджибогазского прохода на Кара-гюбекскую позицию и обходом Девебойну своим правым флангом… Разбить противника…*"

Всего для штурма выделялось 88 батальонов, 70 сотен, 10 дружин ополчения, 4 саперные роты, 166 орудий, 30 полевых гаубиц, 16 осадных мортир. Русским противостояли примерно те же силы — более 80 батальонов».

16 (29) января

«…*соединения и части Кавказской армии заняли исходное положение. В 2 часа полудни артиллерия открыла огонь по форту Чабан-деде. 1-й Кавказский корпус перешел в наступление в 20 часов, а 2-й Туркестанский — в 23 часа. За сутки туркестанцы овладели северной позицией Гурджибогазского прохода. А кавказцы захватили форт Далан-гез.*

Кровопролитные бои развернулись за обороняемый отрядом подполковника И.Н. Пирумова форт Далан-гез. С рассвета 1 февраля турки сосредоточили по нему огонь более сотни орудий. Защитники оказались отрезанными от главных сил 1-го Кавказского корпуса. Всякие попытки подвести подкрепления и подать патроны кончались неудачей.

Обороняющиеся встретили врага организованным ружейным и пулеметным огнем. Турки поспешно вернулись в исходное положение. Затем последовал еще ряд яростных атак при поддержке артиллерийских батарей. Таяли ряды защитников форта, кончились патроны. Шестую по счету атаку отбивали уже штыками.

Седьмую атаку отражать приготовились все, кто мог еще стоять на ногах. Подпустив противника вплотную, русские с криками «Ура» бросились в штыковую. Турки отступили. В сумерках их свежие части повели восьмую атаку, против которой немногочисленные, оставшиеся в живых защитники вряд ли бы устояли. Спасение пришло неожиданно. Безвестный герой-солдат вовремя доставил боеприпасы на ослах.

Из 1400 нижних чинов и офицеров полутора батальонов 153-ого пехотного полка осталось в строю около 300 и то большая часть раненых. За ночь гарнизон форта был усилен, раненые эвакуированы.

19 января (1 февраля)

«...стал переломным в штурме турецких укреплений. Русские овладели последним из запиравших Гурджибогазский проход фортом Тафта. Колонна генерала Воробьева, местами сбив противника с северного склона хребта Девебойну, начала спускаться в Эрзурумскую долину.

Турецкое командование, трезво оценивая создавшуюся угрозу в основном секторе обороны, прилагало все усилия к задерж-

ке русских. С большим трудом неприятель под прикрытием сильных арьергардов упорно отвоевывал Девебойнскую укрепленную позицию.

Ва-банк шел и генерал Юденич. Получив данные авиационной разведки об оставлении турками собственно крепости Эрзурум, он переподчинил командиру 2-го Туркестанского корпуса колонны генералов Волошина-Петриченко и Воробьева, а также конницу полковника Раддаца, рейдировавшей в тылу турок».

21 января (3 февраля)

«*...русские ворвались в Эрзурум. Было захвачено около 300 орудий, пленено 137 офицеров и до 8 тысяч аскер. В тот же день во всех частях и подразделениях Кавказской армии был оглашен приказ, в котором выражалась благодарность ее командующего всему личному составу за мужественное выполнение воинского долга. Среди еще не погасших пожарищ Николай Николаевич лично вручал Георгиевские награды отличившимся при штурме крепости воинам».*

22 января (4 февраля) 1916 года

Развалины дымились под облачным небом, освещенным заревом пожара. Дым расползался по снегу.

В одну шеренгу выстроились русские офицеры. Юденич шел вдоль строя, вручая Георгиевские кресты.

Стоял в этом строю и хорунжий Елисеев.

За спиной Юденича солдаты вели пленных турок. Были среди них майор Гузе в немецкой форме и генерал Керим-паша.

«По данным немецкого ученого И. Лепсиуса, с которым соглашаются многие исследователи, общее число депортированных и убитых армян составило 1 396 350 человек. Численность беженцев из родных мест составляла 244 400 человек».

ТЕЗКА ИМПЕРАТОРА

«Трудно на словах передать всю драматичность положения. Только часть бойцов, находившихся на фронте, была вооружена, а остальные ждали смерти своего товарища, чтобы, в свою очередь, взять в руки винтовку. Высшие штабы изощрялись в изобретениях, подчас очень неудачных, только бы как-нибудь выкрутиться из катастрофы. Так, например, в бытность мою генерал-квартирмейстером 9-й армии я помню полученную в августе 1915 года телеграмму штаба Юго-Западного фронта о вооружении части пехотных рот топорами, насаженными на длинные рукоятки. Предполагалось, что эти роты могут быть употребляемы как прикрытие для артиллерии. Фантастичность этого распоряжения, данного из глубокого тыла, была настолько очевидна, что мой командующий, генерал Лечицкий, глубокий знаток солдата, запретил давать дальнейший ход этому распоряжению, считая, что оно лишь подорвет авторитет начальства. Я привожу эту почти анекдотическую попытку ввести «алебардистов» только для того, чтобы охарактеризовать ту атмосферу почти отчаяния, в которой находилась русская армия в кампанию 1915 года».

Генерал Н.Н. Головин

289

5 (18) августа 1915 года

«Сегодня ночью, после ожесточенной атаки, германцы заняли Ковно.

У слияния Вислы и Буга, они взяли штурмом выдвинутые укрепления Новогеоргиевска.

Южнее они подходят к Брест-Литовску.

Взятие Ковны производит сильнейшее впечатление в кулуарах Государственной Думы. Обвиняют в неспособности великого князя Николая Николаевича, говорят об измене со стороны немецкой партии».

6 (19) августа

«Сегодня у Сазонова те лихорадочные глаза и бледный цвет лица, какой бывает в плохие дни.

— Послушайте, — сказал он, — что мне сообщают из Софии. Я, впрочем, этому нисколько не удивляюсь.

И он прочел мне телеграмму Савинского, утверждающего, согласно достоверному сообщению, что болгарское правительство уже давно и твердо решило поддержать германские державы и напасть на Сербию».

7 (20) августа

«Крепость Новогеоргиевск, последний оплот русских в Польше, в руках германцев. Весь гарнизон, приблизительно 85.000 человек, захвачен в плен.

Мой японский коллега, Мотоно, только что проведший несколько дней в Москве, констатировал там прекрасное состояние духа во всем, что касается войны: желание борьбы до крайнего напряжения, принятие заранее величайших жертв, полная вера в конечную победу — все чувства 1812 года».

Глава шестая. Тезка императора

* * *

*«К чести всех моих товарищей по совету, я должен ска-
зать, что среди них не нашлось ни одного, который покривил бы
душой. Одни с большей, другие с меньшей живостью, но все с
одинаковой свободой раскрыли перед Государем отрицатель-
ные стороны задуманного им плана. Даже Горемыкин выразил
ему свои опасения по поводу риска, связанного с его появлением
на фронте в активной роли главнокомандующего».*

По рельсам, дымя, медленно ползла «Большая Берта».
Эта «Берта» и в самом деле была очень большой. Весила она
125 тонн и ствол имела длиной 34 метра. Стодвадцатики-
лограммовый снаряд выстреливался на расстояние 131 км
при максимальной высоте подъема над землей 4 км. Мотор,
находившийся в нижней части лафета, позволял «Берте»
двигаться самостоятельно.

Сновавшие вокруг орудия, крошечные по сравнению с
ним, солдаты кричали:

— Стой! Стой!

— Глуши мотор!

— Лейтенант Юнгер, уберите своих людей!

— Первый расчет, приготовиться к стрельбе!

Пушка остановилась, ее облепила обслуга.

Лязгнули механизмы. Медленно и зловеще поднялся в
небо толстый, отвратительно раздутый у основания орудий-
ный ствол.

В стороне за этим наблюдали немецкие пехотинцы. Пушка была настолько страшной, что молодому солдатику стало
дурно. Побледнев, он осел на землю.

Громадный снаряд на самодвижущейся тележке, урча,
втянулся в недра казенной части орудия. Загремели заглуш-
ки, и воцарилась мертвая тишина.

Артиллеристы надели специальные наушники.

Стоявшие поодаль пехотинцы побежали прочь, на бегу зажимая уши.

Донеслась команда: «Огонь!»

Неимоверной силы грохот сотряс землю.

Рельсы, дрожа, едва выдержали вес откатившегося по ним орудия. Треснули шпалы.

Через несколько секунд на крошечном тихом озерце, заросшем камышом и осокой, вспучилась и обрушилась на берег громадная волна.

Послышался тяжелый гул. Снаряд разорвался в поле.

Двое немецких офицеров, Толлер и Гейнц, с биноклями издали наблюдали за обстрелом.

— Бьют по седьмому форту, — сказал Толлер.

— В прошлом году из «Большой Берты» обстреливали форты под Льежем. Бельгийцы тогда сдались на третий день, — ответил Гейнц.

— Русские продержатся не дольше.

8 (21) августа

Под грохот разрывов русский полковник быстро шел по подземной галерее одного из крепостных фортов.

Полковника остановил телефонист. Он что-то кричал, беззвучно разевая рот. Слова тонули в ужасающем грохоте. Наконец полковник расслышал:

— Есть связь с пятым фортом!

Полковник присел над аппаратом полевого телефона. Надрываясь, он закричал в трубку:

— Алё! Пятый! Пятый!.. Говорит седьмой. Дайте генерала Григорьева... Как нету! Где он?.. Как не знаете?..

От очередного разрыва посыпалась штукатурка. Трещины, ветвясь, поползли по стенам и по потолку. В соседнюю амбразуру брызнул огонь. Когда дым немного рассеялся, стали видны разбросанные по полу трупы.

— Пятый форт! Пятый! — кричал полковник в трубку.

На него наткнулся ослепший обезумевший солдат с залитым кровью лицом. Телефонист молча оттолкнул его. Солдат отступил, что-то хотел крикнуть, но крикнуть не смог и упал.

— Передайте генералу Григорьеву, — кричал в телефон полковник, — долго мы не продержимся. Немцы ведут огонь из осадных орудий. Это «Большая Берта»... Алё! Алё!

Опять гул, затем — удар невероятной силы. Связь прервалась.

А за крепостными стенами было солнечное летнее утро. С горы отчетливо просматривалась панорама старого Вильнюса — черепичные крыши, шпили костелов. Эта картина была настолько мирной, что нереальными казались и «Берта», и взрывы, и кричавший в трубку полковник.

9 (22) августа

«Распутин недолго оставался в своей сибирской деревне. Возвратившись три дня назад, он уже имел длинные собеседования с императрицей.

Государь — в действующей армии».

10 (23) августа

В чистом номере гостиницы в Вильно к стене был пришпилен детский рисунок. Юный художник цветными карандашами изобразил скакавшего в сторону леса всадника с саблей. Под всадником печатными буквами художник написал: «МОЙ ПАПА». На столе в кожаной рамочке стояла фотография молодой улыбающейся женщины. Это была мама художника — Ольга Нестеровская.

Папа художника сидел за столом. Он давно уже встал, побрился и теперь, одетый в военную форму, делал записи. В них речь шла о неожиданном и фантастическом явлении природы: землетрясении, потрясшем небольшой литовский городок.

В дверь постучали.

— Открыто! — дописывая «... во всех домах вылетели стекла», крикнул Нестеровский.

Вошел хозяин гостиницы — с усиками, аккуратно подстриженный, с темными печальными глазами.

— Дзень добрый.

— Здравствуйте, пан Флейшман.

— Имею один вопрос к пану капитану. Можно?

— Хоть два.

— Говорят, Ковенская крепость капитулировала....

Нестеровский перестал писать и с ног до головы оглядел Флейшмана.

— Значит, правда,..— с грустью сказал тот.

— Вам-то что за дело?

— Не, мне-то ничего. Но...

— Что — но?

— Скажу вам, господин капитан, что приехал ее начальник, — понизив голос, сообщил Флейшман.

— Чей начальник?

— Той крепости, что капитулировала.

— Генерал Григорьев? — Нестеровский вдруг очень захотел, чтобы все, что сейчас говорил Флейшман, оказалось вымыслом.

— Так, пан. Только он назвался другой фамилией.

— И когда он приехал?

— Вчера.

— Такого быть не может.

— Он-таки приехал, пан капитан.

— Не может быть, это не он.

— В наше время всё может быть... Я сразу его узнал. Такой видный мужчина. Настоящий русский жолнеж. Месяц назад он жил у меня в гостинице.

— Где он сейчас?

— Я дал ему хороший номер. Этот номер с окнами в сад. Как в этом саду птицы в июне поют, господин капитан!

— Да перестаньте вы про птиц! Номер где находится? — Нестеровский встал.

— Он находится на втором этаже,... — не двинувшись с места, произнес Флейшман и виновато улыбнулся. — Понимаете, пан капитан... Пан генерал ведет себя очень странно. Заперся в номере, никуда не выходит, никого к себе не впускает. Я стучал в дверь, я говорил: «Господин Григорьев! Надо открыть. Это я, Флейшман, хозяин гостиницы. Нельзя так надолго пану запираться. Я беспокоюсь об вас, как бы чего не случилось. Такое вокруг беспокойное время, что...

Нестеровский, жестом заставив его замолчать, подошел к телефонному аппарату.

— Дайте комендатуру! — сказал он в трубку.

В то же день

В Петрограде, у себя в квартире Костин зажег примус. Белая кошка вертелась у его ног.

— Сейчас, Амалия, сейчас.

Он положил в кастрюлю рыбу.

В комнате зазвонил телефон.

— Ну вот! Опять к начальству вызывают!

Потом он в пролетке ехал по улице. Над Невой, как и год назад, кружили чайки. Шпиль Адмиралтейства был устремлен в голубое ясное небо.

У входа в здание Окружной контрразведки Костин кивнул часовому, затем по сумеречному коридору дошел до двери в кабинет на втором этаже.

— Звали, Станислав Николаевич?

— Да, — ответил сидящий за столом полковник Судзиловский. — Садитесь...

Костин сел.

— Вы ведь когда-то в Литовском полку служили?

— Давно. Еще до войны с японцами.

— Гвардейский полк... Почему перешли в армию?

— Не поладил с начальством. Язык мой — враг мой.

— Оно, может, и к лучшему. А то не сносить бы вам головы.

— Почему это?

— Нехорошая история... Стояли они на позициях за Вильно. Было затишье, черт их попутал отмечать свой полковой праздник. Собрались все офицеры, выпили, а немцы вдруг пошли в атаку.

— Понятно, — вздохнул Костин.

— А вот мне совершенно непонятно. Откуда немцы узнали дату их полкового праздника?.. Полагаю, что без предательства тут не обошлось. Вряд ли они случайно атаковали аккурат в этот день... Словом, поезжайте-ка вы в Вильно, разберитесь.

Костин встал. Встал и Судзиловский, протянул Костину руку.

— Поосторожнее там, Сергей Павлович...

— От судьбы не уйдешь...

— Это понятно. Но все же не надо рисковать без надобности.

Костин подошел к двери и остановился.

— Могу я спросить, Станислав Николаевич?

— Да, я вас слушаю.

— Почему именно я должен ехать в Вильно?

Судзиловский, немного помедлив, сказал:

— Мы рассматривали несколько кандидатур, но все они были нами отвергнуты. Остановились на вас. Во-первых, вы сами когда-то служили в этом полку. Во-вторых... Понимаете, среди погибших есть отпрыски весьма известных фамилий. На армейскую контрразведку люди не надеются... Так что поезжайте, голубчик.

— Это приказ?

— Да.

Глава шестая. Тезка императора

Тогда же в гостинице в Вильно по лестнице поднимались Нестеровский, Флейшман и двое солдат.

Они остановились перед дверью того номера, который Флейшман назвал «хорошим». Если судить по мягкому ковру перед дверью и массивной медной ручке, это действительно было так. Нестеровский постучал.

Ответа не было.

Он с силой нажал на медную ручку. Дверь была заперта изнутри.

— Генерал Григорьев! Откройте!

Тишина.

— Ломайте, — приказал Нестеровский солдатам.

Те приготовились высадить дверь, но Флейшман, широко разведя руки, заслонил ее.

— Ни-ни-ни! — Взгляд его стал очень печальным. — Вы знаете, сколько стоит такая дверь? Вы не знаете, сколько стоит такая дверь...

— Флейшман, немедленно отойдите!

— Не отойду.

— Они будут стрелять, — сообщил Нестеровский, указывая на солдат.

— Зачем стрелять в безоружного человека?

Флейшман глубоко засунул руку в карман, вытащил оттуда связку ключей, нашел на связке нужный ключ, вставил его в замочную скважину и, прислушиваясь к тишине в номере, повернул.

— Я же сказал вам, что не надо ломать.

Дверь открылась. Нестеровский вошел в номер.

В нем царил невероятный хаос. Повсюду валялись вещи, один стул был перевернут, на столе и под столом — пустые бутылки.

Среди этого хаоса, на неприбранной кровати сидел небритый человек в галифе и нижней рубахе. Рядом лежал револьвер.

— Вы генерал Григорьев? — спросил Нестеровский.

Человек посмотрел на него мутными глазами и не ответил.

— Часть гарнизона Ковенской крепости сумела избежать плена, — сказал Нестеровский. — Мы знаем, что вы покинули крепость за день до ее капитуляции.

— Вы кто такой?

— Капитан Нестеровский. Разведка Десятой армии.

— Разведчики, мать вашу... Вот у немцев разведка. Били куда надо.

— Что вы имеете в виду?

— Ладно, капитан. Ваньку-то не валяйте... Кто-то передал им схему наших подземных укреплений.

Григорьев с трудом встал, подошел к столу, тяжело опустился на стоявший рядом стул и положил револьвер перед собой.

— Сейчас напишу письмо жене и... Я знаю, что я должен сделать... Что вы тут стоите? Хотите посмотреть, как я вышибу себе мозги?.. Оставьте меня одного.

Внезапно он сорвался на крик:

— Вон отсюда!

У Нестеровского задрожала нижняя губа.

— Вы арестованы, — сказал он.

Он взял со стола револьвер и подал знак солдатам, чтобы те подошли.

— Вы не знаете, что там творилось, — шепотом сказал Григорьев. — Вы не знаете... Это был ад... Настоящий ад...

Он уронил голову на грудь. Плечи его затряслись от рыданий.

Костин вышел из пролетки у дома на Мойке. Вскоре он стоял на лестничной площадке и звонил в квартиру. В руках он держал свою белую кошку.

— Здравствуйте, Ольга Семеновна... Я к вам с нижайшей просьбой.

— Вижу, вижу... Заходите.

— Приютите мою красавицу?

— Что делать? Не первый раз и, думаю, не последний... Ну иди ко мне! Кс-кс... Да не бойся ты. Что, не узнаешь?

Ольга взяла кошку.

— Только сырую рыбу ей не давайте. Она сырую не ест.

— Скажите, какие мы нежные!.. Куда едете?

— В Вильно.

— Боже! Ведь и Саша сейчас там... Я вам дам его адрес. Телеграфируйте ему, он вас встретит... Миша! — позвала Ольга.

Вбежал Миша.

— Ой! Амалия! — восхищенно воскликнул он и схватил кошку.

— Оставь ее! — приказала Ольга. — Немедленно садись писать письмо папе. Сергей Павлович завтра едет к нему.

11 (24) августа

«Военные неудачи, естественно, вызывают возбуждение на заводах Петрограда, где случаи забастовок и неповиновения повторяются ежедневно. Глава партии «трудовиков» в Государственной Думе, адвокат Керенский, уже будто бы приготовил, как меня уверяют, обширную программу революционных действий, основанную на сотрудничестве рабочих и солдат, он, будто бы, сказал буквально: «Если армия не будет за нас, ею будут пользоваться против нас». Поэтому он устраивает смешанные комитеты из солдат и рабочих, которые в день восстания смогли бы принять руководство движением.

Охранное отделение, пристально следящее за этой пропагандой, произвело в последнее время многочисленные аресты на Охте, а также в Выборгской и в Нарвской частях».

12 (25) августа

«Когда, сегодня утром, я вошел к Сазонову, он немедленно объявил мне бесстрастным, официальным тоном:

— *Господин посол, я должен сообщить вам важное решение, только что принятое его величеством государем императором, которое я прошу вас держать втайне до нового извещения. Его величество решил освободить великого князя Николая Николаевича от обязанностей верховного главнокомандующего, чтобы назначить его своим наместником на Кавказе, взамен графа Воронцова-Дашкова, которого расстроенное здоровье заставляет уйти. Его величество принимает на себя лично верховное командование армией.*

Я спросил:

— *Вы объявляете мне не намерение только, но твердое решение?*

— *Да, это непоколебимое решение. Государь сообщил его вчера своим министрам, прибавив, что он не допустит никакого обсуждения.*

— *Император будет действительно исполнять обязанности командующего армией?*

— *Да, в том смысле, что он отныне будет пребывать в ставке верховного главнокомандующего и что высшее руководство операциями будет исходить от него. Но, что касается подробностей командования, то их он поручит новому начальнику штаба, которым будет генерал Алексеев. Кроме того главная квартира будет переведена ближе к Петрограду; ее поместят, вероятно, в Могилеве.*

Несколько времени мы сидим молча, глядя друг на друга. Затем Сазонов говорит снова:

— *Теперь, когда я сказал вам в официальной форме все, что следовало, я могу вам признаться, дорогой друг, что я в отчаянии от решения, принятого государем. Вы помните, что в начале войны он уже хотел стать во главе своей армии, и что все его министры, и я первый, умолили его не делать этого. Наши тогдашние доводы имеют теперь еще большую силу. По всем вероятиям, наши испытания еще далеко не кончились. Нужны месяцы и месяцы, чтобы переформировать нашу армию, чтобы* дать ей средства сражаться. Что произойдет за это время? До каких пор принуждены мы будем отступать? Не страшно ли думать, что отныне государь будет лично ответствен за все несчастья, которые нам угрожают? А если неумелость кого-нибудь из наших генералов повлечет за собою поражение, это будет поражение не только военное, но и вместе с тем поражение политическое и династическое.

— Но, — сказал я, — по каким мотивам решился император на такую важную меру, даже не пожелав выслушать своих министров?

— По нескольким мотивам. Во-первых, потому что великий князь Николай Николаевич не смог выполнить свою задачу. Он энергичен и пользуется доверием в войсках, но у него нет ни знаний, ни кругозора, необходимого для руководства операциями такого размаха. Как стратег, генерал Алексеев во много раз его превосходит. И я отлично понял бы, если бы генерал Алексеев был назначен верховным главнокомандующим.

Я настаиваю:

— Каковы же другие мотивы, заставившие государя самого принять командование?

Сазонов пристально смотрит на меня одно мгновение, печальным и усталым взглядом. Потом он нерешительно отвечает:

— Государь, несомненно, хотел показать, что для него настал час осуществить царственную прерогативу — предводительствовать армией. Никто отныне не сможет сомневаться в его воле — продолжать войну до последних жертв. Если у него были другие мотивы, я предпочитаю их не знать.

Я расстаюсь с ним на этих многозначительных словах».

У себя в рабочем кабинете в Ковно Толлер только что закончил читать официальную бумагу о том, что «назначенный генерал-интендантом оккупированных земель Эрнст фон Айзенхарт-Рот организовал собственную систему управления завоеванными землями». В бумаге подчеркивалось, что теперь на этих землях повсеместно господствует суд военного трибунала, всякая политическая деятельность запрещена, собрания объявлены вне закона. В школах учителями могут быть лишь немцы, а языком обучения — немецкий язык. Запрещено любое высшее образование на любом языке, кроме немецкого. Понятно, что исключения не составил и польский университет, учрежденный Александром I в Вильно.

«Жестко, но правильно, — подумал Толлер. — Хотя Вильно мы еще не оккупировали, но оккупируем обязательно. Причем очень скоро...»

Вошел Гейнц. Он доложил, что... «предварительная информация по этой женщине, которая два дня назад вышла на контакт с нашей разведкой, проверена и соответствует действительности».

— Так как, вы говорите, ее зовут? — спросил Толлер.

— Ванда Броневская, — ответил Гейнц.

Толлер взял со стола фотографию.

— Очень красивая женщина. Кто она такая?

— Вдова. Две недели назад приехала сюда с дочерью из Вильно. Польская патриотка. Дважды арестовывалась русскими властями. Была в ссылке в Вологодской губернии.

— Это говорит в ее пользу, — заметил Толлер.

Тем временем Ванда Броневская в своей комнате сидела на диване и вырезала салфетку из бумаги. Ее дочь, пятилетняя Ядзя, наблюдала.

Отложив ножницы, Ванда развернула сложенный в несколько раз бумажный лист.

— Бабушка! Бабушка! — закричала Ядзя.

Вошла мать Ванды, поразительно похожая на нее женщина лет пятидесяти.

— Посмотри, бабушка, — радовалась Ядзя, накрывая салфеткой кукольный столик. — Это мама вырезала. У моих кукол будет скатерть.

Мать Ванды заметила на диване фотографию мужчины лет сорока. Она взяла фотографию.

— Кто этот человек?

— Витольд Зеленский.

— Поляк?

— Да.

— И хороший пост занимает?

— Он — редактор «Виленского курьера».

— Это будет мой новый папа, — объявила Ядзя. — Я видела, как мама с ним целовалась.

Возле дома остановился автомобиль. Рядом с шофером сидел Гейнц. Он протянул руку и сжал грушу гудка.

Ванда, услышав автомобильный гудок, выглянула в окно.

— Это за мной, — сказала она матери. — Принеси мне ту белую блузку с красным галстучком.

— Белое с красным? Ты не боишься надевать польские цвета?

— Пожалуйста, мама, делай, что я говорю.

В то же время редактор «Виленского курьера» Витольд Зеленский сидел в ресторане гостиницы, где жил Нестеровский. На столе, накрытом белой скатертью, ничего не было, кроме большой стеклянной пепельницы. Зеленский закурил.

— Кто бы ни победил в этой войне, — услышал он чей-то голос, — независимость Польши будет восстановлена. Вопрос, в каких границах.

Он резко обернулся. Нестеровский стоял рядом с ним.

— Добрый день, господин Зеленский.

Он сел на свободный стул.

— Черт, опять с утра ничего не ел.

— Так это легко поправимо!

— Конечно, если мы в ресторане.

— И то верно... Полек!

Вскоре кельнер Полек, крупный полноватый блондин, который, казалось, не имел привычки улыбаться, поставил перед ними тарелки с едой, стаканы и бутылку зельтерской.

— Что это вы заказали? — спросил Нестеровский.

— Это так называемые «цеппелины». Очень рекомендую.

Нестеровский попробовал.

— Да, вкусные эти ваши «цеппелины». Они с творогом?

— Да, они с творогом. Отличное блюдо местной национальной кухни.

Какое-то время они в молчании ели, потом Зеленский сказал:

— Что будет, если войну выиграют немцы?

— Не будьте пессимистом. Сейчас наши войска отступают, но к октябрю положение на фронте стабилизируется. Немцы будут еще более далеки от победы, чем в начале года.

— Я рассматриваю худший вариант. В случае их победы Виленский край войдет в состав Германской империи. Большую часть поляков немцы хотят отсюда выселить. Наши земли отдадут немецким колонистам из Поволжья. Все газеты будут выходить только на одном языке — на немецком, дети будут учиться только на немецком, студенты — тоже самое. Уже сейчас немцы организуют собственную систему управления завоеванными землями.

— Почему же тогда многие поляки желают нам поражения? — произнес Нестеровский.

— Они ослеплены естественной для нас ненавистью к России... Полек! — позвал Зеленский, оборачиваясь к кельнеру. — Еще одну бутылку зельтерской.

— Проше пана. — Полек принес воду.

Когда он ушел, Нестеровский сказал:

— Вы редактируете «Виленский курьер». Самую популярную газету края...

— Да, редактирую.

— Хорошо. Не могли бы вы опубликовать в разделе хроники вот это сообщение?

— Я могу опубликовать любое сообщение, не запрещенное цензурой. Вплоть до репортажа о вечерней прогулке царя и успехов русских войск на Кавказе. На ваше разрешите взглянуть?

Нестеровский, открыв папку, подал Зеленскому листок бумаги с машинописным текстом.

Тот прочитал и пожал плечами.

— Какая-то чепуха. В Литве может быть все, но только не это.

— Тем не менее прошу вас напечатать. Поверьте, это в наших общих интересах.

В кабинете Толлер сидел за столом и откровенно рассматривал красивую блондинку в белой блузке и красном галстучке. Положив ногу на ногу, она сидела перед ним. В стороне стоял Гейнц и варил на спиртовке кофе в походном кофейнике.

— Я приехала в Ковно повидаться с матерью, — по-русски сказала Ванда. — Но ваши войска продвинулись так стремительно. Я оказалась по эту сторону фронта, а мои друзья — по ту.

— Чем вы докажете, что ваша организация действительно существует? — тоже по-русски спросил Толлер.

— Мы подготовили несколько диверсий. В ближайшее время они будут осуществлены. Самая крупная — взрыв склада боеприпасов в Сморгони.

— Допустим вы его взорвете. Как я об этом узнаю?

— Наверняка у вас есть информаторы в Вильно.

— Допустим и это. А откуда о взрыве узнают они?

— Откуда угодно. Из газет, например.

— Разве русские отменили военную цензуру? Неужели они позволят напечатать в газетах сообщение о взрыве склада боеприпасов?

— За сто лет русского владычества мы, поляки, в совершенстве овладели эзоповым языком. Обманывать цензуру — наша профессия.

— Охотно верю. А что вы хотите от нас, пани Броневская?

— Я оторвана от моих друзей по ту сторону фронта.

— Это я уже понял.

— Если вы поможете мне связаться с ними, мы могли бы объединить наши усилия.

Гейнц, поклонившись, подал Броневской чашечку кофе.

— О! — восхитилась она. — Я уже отвыкла от настоящего кофе.

— К сожалению, это эрзац... Война.

— А пахнет как! Совсем, как настоящий!

— Потому что это немецкий эрзац, — сказал Толлер.

В то же время Зеленский и Нестеровский шли к выходу из ресторана. Всегда серьезный Полек провожал их.

— Пан Зеленский, я каждый день покупаю вашу газету.

— Приятно слышать.

— Но почему она в прошлом месяце так подорожала?

— Это не она.

— А кто?

— Никто. Это деньги подешевели.

В небольшом и чистом вестибюле их догнал Флейшман. Он запыхался и говорил от этого немного отрывисто:

— Пан капитан, до вас телеграмма.

— Откуда?

— Не могу знать, пан капитан.

Нестеровский взял у него телеграмму. Распечатав ее, прочитал:

«Приезжаю Вильно двадцать шестого поезд 17 Костин».

— Пан Флейшман, сегодня я вернусь поздно, — сложив телеграмму, сказал Нестеровский. — Если меня будут спрашивать, скажите, пусть не ждут.

— Добже... Но знаете, кто вас будет ждать всю ночь?

— Кто?

— Горячий чай.

Вечером Нестеровский и средних лет человек в одежде польского крестьянина встретились на окраине Вильно и пошли по дороге в сторону леса. Инструкции Нестеровский выдал ему еще накануне, теперь решил проверить, как «крестьянин» разобрался в поставленной перед ним задаче.

— Ты хорошо понял, что мне нужно знать? — спросил Нестеровский.

— Еще разок мне скажите.

— Экий ты непонятливый, Кляцевич. Мне нужно знать, где стоит кавалерия.

— И все?

— Нет, не все. Походишь по деревням, посмотришь. Если сумеешь, узнай, какая это кавалерия — немецкая или венгерская. Какие части, как вооружены, есть ли телефоны, радио, где находится штаб... Ну, в общем, все.

Кляцевич кивнул.

— Вот пропуск. Пройдешь через наши позиции, спрячь на себе. Он тебе понадобится на обратном пути.

— Вем, пан, — кивнул Кляцевич. — Не перший раз.

Расставшись с ним, Нестеровский оказался вскоре на окраине города. Ночью улица, по которой он шел, была пуста. Островерхие крыши темных домов касались неба. На камнях мостовой слышны были только его шаги.

Вдруг он увидел, что бегущая через улицу дворняга остановилась возле подворотни. Собака залаяла. Нестеровский почувствовал, что в подворотне кто-то стоит. И в ту же секунду увидел вспышку в темноте. Грохнул выстрел. Пуля с мерзким жужжанием пролетела мимо и высекла искры из каменной стены.

Он выхватил револьвер и выстрелил. Чья-то смутная тень отшатнулась, затем, быстро удаляясь, застучали сапоги по камням.

Нестеровский вбежал через подворотню во двор. Никого.

В тот же день

«Вечером я узнал, из самого лучшего источника, что опала великого князя Николая Николаевича давно подготовлялась его непримиримым врагом, бывшим военным министром генералом Сухомлиновым, который, несмотря на свои скандальные злоключения, тайным образом сохранил доверие высочайших особ. Ход военных действий, особенно в последние месяцы, дал ему слишком даже много поводов, чтобы приписать все несчастья армии неспособности верховного главнокомандующего. Он же, кроме того, при поддержке Распутина и генерала Воейкова, понемногу заставил государя с государыней поверить тому, что великий князь стремится создать себе в войсках и даже в народе вредную популярность, с заднею мыслью — быть вознесенным на престол мятежным движением. Восторженные клики, приветствовавшие много раз имя великого князя во время недавних волнений в Москве, доставили его врагам очень сильный довод. Император, однако же, не решился предпринять такое важное решение, как смену главнокомандующего, во время самой критической фазы всеобщего отступления. Главари интриги сказали ему тогда, что нельзя терять времени: генерал Воейков, в ведении которого находится дворцовая охрана, утверждал, что его полиция напала на след заговора, составленного против царствующих особ и главным деятелем которого является один из офицеров, состоящих при них. Так как государь еще упорствовал, было сделано обращение к его религиозному чувству. Императрица и Распутин повторили ему с самой настойчи-

вой энергией: "Когда престол и отечество в опасности, место самодержавного царя — во главе его войск. Предоставить это место другому — значит нарушить волю Божию".

Впрочем, старец от природы чрезвычайно болтлив и не делает тайны из тех речей, которые он держит в Царском Селе. Он говорил о них еще вчера, в тесном кружке, где разглагольствовал два часа сряду, с тем порывистым, горячим и распущенным вдохновением, которое делает его порою очень красноречивым. Насколько я мог судить по обрывкам этих речей, донесшимся до меня, доводы, приводимые им государю, далеко выходят за пределы современной политики и стратегии: предметом его защиты служит религиозный тезис. Сквозь красочные афоризмы, из которых многие вероятно подсказаны ему друзьями из св. синода, выступает некоторая доктрина: "Царь не только руководитель и светский вождь своих подданных. Священное миропомазание при короновании вручает ему гораздо более высокую миссию. Оно делает его их представителем, посредником и поручителем перед Всевышним Судьей. Оно, таким образом, заставляет его взять на себя все грехи и все беззакония своего народа, так же как и все его испытания и все его страдания, чтобы отвечать за первые и выставить другие перед Богом"... Теперь я понимаю одну фразу Бакунина, когда-то меня поразившую: "В темном сознании мужика царь есть нечто вроде русского Христа"».

13 (26) августа

«Германцы овладели Брест-Литовском. Русская армия отходит на Минск».

В редакции «Виленского курьера» молодой человек стучал на пишущей машинке. Зеленский положил перед ним на стол взятую у Нестеровского папку и вынул из нее листок.

— Янек...

— Да, пан редактор?

— Поставь это в завтрашний выпуск.

— В какой раздел, пан редактор?

— В раздел хроники.

Янек, продолжая печатать, взял листок, прочитал текст и стал читать его снова. Прочитав текст еще раз, он прекратил печатать и поднял глаза на Зеленского.

— Про что здесь написано, пан редактор?

— В каком смысле?

— У нас не бывает землетрясений.

— Я раньше тоже так думал, — невозмутимо ответил Зеленский. — Но теперь все изменилось. Видимо, сама природа устала от этой войны.

Тем временем Костин и Нестеровский, встретившись на вокзале, вышли на небольшую привокзальную площадь. Дверь в маленький магазин была открыта. Возле нее сидел на стуле какой-то старик с газетой в руках. Неподалеку стояла бричка с солдатиком на козлах.

— Давай в гостиницу, — сказал солдатику Нестеровский. Они поехали по улицам Вильно.

Радостно светило солнце. Но прохожих было мало. И они, и весь город, казалось, находились в ожидании дальнейших событий.

— Тебе письмо, — сказал Костин.

— От Миши?

— Да. Твоя жена пригласила меня выпить чаю. А Миша в это время сидел за столом и писал. Я наблюдал за ним. Очень старался человек, когда писал папе на фронт.

Нестеровский, прочитав письмо, отвернулся и глухо сказал:

— Просит, чтобы я ему немецкую каску привез.

— Значит, надо привезти.

— Надо... Но я почему-то об этом забываю.

Бричка свернула за угол. Проехав по узкой улице еще немного, она остановилась возле гостиницы. В окно ресторана, невидимые с улицы, смотрели на прибывших двое: Флейшман и кельнер Полек.

— Свободных номеров нет, будешь жить в моем, — сказал Нестеровский.

— У тебя большой номер?

— Не как в «Англетере», но на двоих хватит. Видишь, что на вывеске написано?

Костин прочитал название гостиницы:

— «Отель Санкт-Петроград»... Отлично! Прямое и точное указание на связь со столицей.

— Это еще что! Тут за углом есть прачечная. Ее название указывает на прямую связь с нашими союзниками.

— То есть?

— Она называется «Русско-французско-английская прачечная имени бельгийского короля Альберта».

— Да-а, во всем мире фантазия человеческая безгранична.

В то же самое время на одной из позиций русской артиллерии к офицеру подбежал солдатик.

— Вашбродь! Смотрите!

Офицер посмотрел туда, куда указывал солдатик.

Из-за леса медленно и зловеще выплывал немецкий цеппелин.

Громадный летательный аппарат повис над позицией.

Выйдя из брички, Нестеровский и Костин поднялись по лестнице и вошли в светлый гостиничный номер с детским рисунком на стене. Костин поставил на стул чемодан. Щелкнули замки.

— Куда можно вещи сложить?

— Вон тот шкаф видишь?

— Вижу. Прекрасный шкаф. У тебя в квартире похожий стоит.

— В нем много пустого места, туда и складывай.

Костин стал разбирать вещи.

Некоторое время он занимался этим молча и сосредоточенно, потом сказал:

— Ты полковника Судзиловского, конечно, знаешь.

— Владислава Николаевича? Опытный человек. Был одним из инициаторов создания специального органа контрразведки. Можно сказать, у истоков стоял. Известна его ученая записка, в которой он определил возможные направления военного шпионажа в России.

— Так вот, при всем своем опыте и знаниях Владислав Николаевич не понял, что здесь у вас произошло. Стал мне объяснять, я тоже ничего не понял. Все вроде в окопах напились, а немцы этого как будто только и ждали.

— Да, постыднейшая история, — вздохнул Нестеровский.— Не кончилось бы все так трагически, мог бы и господин Дорошевич что-нибудь в газете едкое написать.

— Ты подробности знаешь?

— Не намного больше, чем ты.

— Все равно поделись.

— Ну, что тебе сказать... Они отмечали полковой праздник в резерве, за версту от передней линии. И как же без водки на таком празднике. А потом немцы их неожиданно атаковали. Из офицеров, по-моему, никто не уцелел.

— Ты думаешь, это случайность? Или действительно немцев кто-то предупредил?

— Черт его знает! Но дело это дохлое.

— Почему?

— Спрашивать не у кого. Остатки Литовского полка отвели в тыл. Кругом хаос, никаких концов не сыщешь. Хотя...

Нестеровский, немного помедлив, взял трубку телефона:

— Алё! Дайте четырнадцатый... Воронина, пожалуйста... Николай Федорович?... Нестеровский. Не в службу, а в дружбу. Мне нужно знать, есть ли в здешних лазаретах кто-нибудь из Литовского полка... Хорошо... Обещал через полчаса перезвонить, — сказал он, положив трубку.

Покончив с разборкой вещей, Костин сел в кресло.

— Чем ты тут еще занимаешься? — спросил он.

— Создаю шпионскую сеть.

— И далеко продвинулся?

Нестеровский достал из бумажника фотографию Ванды.

— Это Ванда Броневская.

— Дай посмотреть.

Костин взял фотографию, встал и подошел к окну.

— Хороша, ничего не скажешь. Вот почему Ольга жалуется, что ты ей редко пишешь! «Нет на свете царицы краше польской девицы»...

— Она — мой агент, — перебил Нестеровский.

— Хороша, ничего не скажешь...

— Она действительно мой агент.

Костин посерьезнел.

— Польская патриотка? — возвращая фотографию, спросил он.

— Немцев она ненавидит. Нас — тоже, но меньше. Знает, что если мы проиграем войну, Виленский край будет заселяться немецкими колонистами. Сейчас она в Ковно. Ее задача — убедить германскую разведку, будто она связана с польской диверсионной группой по нашу сторону фронта.

— Такая группа есть?

— Мне о ней ничего не известно. Зато немецкая агентура точно имеется. Резидент у них тоже есть. Он находится здесь, в Вильно.

— Надеешься, что немцы выведут на него твою Ванду?

— Грешен. Надеюсь... Хотя, кажется, этот человек знает, что я за ним охочусь.

— Как ты это определил?

— Вчера ночью в меня кто-то стрелял. Думаю, это был он.

Издали донесся гул, похожий на артиллерийскую канонаду.

Нестеровский и Костин подошли к окну.

Сгущались сумерки. Небо на горизонте озаряли вспышки.

— Похоже, с цеппелина бомбят, — сказал Нестеровский.

— Помню я один цеппелин, — отозвался Костин. — Его двое рабочих раскачивали в парке, а внутри фильму показывали. Демон над Кавказом летал, а люди в это время с самолета снимали наши укрепленные позиции. Тогда еще было трудно предположить, какая это будет война.

— Смертельный аттракцион...

— Особенно для России.

В номере зазвонил телефон. Нестеровский взял трубку.

— Алё!.. Да, записываю.

Он что-то записал на листке бумаги.

— Спасибо. Я ваш должник.

Он положил трубку и сказал:

— Один нашелся. Унтер-офицер Ляшко, телефонист. Был контужен, неделю назад выписался из госпиталя. Телефонистов у нас не хватает, его отправили в Нижегородский полк. Их позиции под Троками.

14 (27) августа

«Выступая на заседании Совета министров, генерал Поливанов сказал, что верит «в необозримые пространства, непролазную грязь и милость Святого Николая Чудотворца, покровителя Святой Руси».

Костин спрыгнул в окоп. В окопе солдаты курили самокрутки.

— Как тут у вас? — поинтересовался Костин.

— Пока тихо. Герман каву пьет.

— А потом что?

— Попьет каву, на земляные работы пойдет. Тогда наши батарейцы станут его гонять.

Глава шестая. Тезка императора

Подошел прапорщик.

— Вы кто? — неприветливо спросил он.

Костин подал ему свои документы.

— Мне нужен телефонист Ляшко.

— Ляшко! — крикнул прапорщик.

В то же время по ту сторону линии фронта Толлер сидел в своем кабинете. Перед ним в грязных сапогах, без шапки и в разодранном на локте пиджаке стоял Кляцевич.

— Его задержали в лесу за линией фронта, — по-немецки доложил Гейнц. — В шапке нашли пропуск через русские позиции.

— Ты русский шпион? — по-русски спросил Толлер.

— Так, пан.

— И что тебе велели разведать?

— Им интересно, где стоит ваша кавалерия.

— Похоже, русские догадываются, что мы готовим кавалерийский прорыв, — по-немецки сказал Толлер Гейнцу.

Затем, снова переходя на русский, он спросил у Кляцевича:

— Ты понимаешь, что тебя расстреляют?

— Матка Боска! Для чого?

— Святая простота... Не слышал, что шпионов расстреливают?

— То глупство. Русские, если ваших поймают, всегда перевербовывают.

— О-о, какие ты слова знаешь! — засмеялся Толлер.

Он обернулся к Гейнцу и по-немецки сказал:

— У русской разведки при всех ее достоинствах есть одно слабое место. Они мало платят своим агентам.

Затем опять обратился к Кляцевичу:

— Сколько тебе платят за одну разведку?

— Смотря что расскажешь. В среднем рублей по тридцать.

— И ради такой суммы ты рискуешь жизнью?

— Что делать, пан? Я четверых детей имею.

После паузы Толлер спросил:

— Хочешь заработать двести марок?

Тем временем в окопе Костин внимательно слушал то, что рассказывал ему телефонист Ляшко — человек лет тридцати, с большим родимым пятном на щеке.

— Погода была как сейчас — благодать, — рассказывал Ляшко. — Все офицеры собрались на поляне. Саперы им стол сколотили. Вино, закуску навезли из Вильны. Стали речи говорить. За государя, за победу. То, сё. Часа не посидели, вдруг — пальба. Мы туда телефон протянули, да кабель с первого же залпа осколком перебило. Связи не было. Они повскакали, да поздно. Куда там! Герман уже прет, не остановишь. Народу полегло — ой-ё! Меня снарядом контузило. Очнулся — ночь. Отлежался в лесу, потом к своим ушел.

— Угу, — кивнул Костин.

— Я вам вот что скажу. Темное это дело.

— Думаешь, немцы знали, что офицеров нет на передовой?

— А то нет! Уж больно складно они в атаку-то поперли.

Вечером того же дня Ванда укладывала в постель Ядзю.

— Мама, расскажи сказку.

— Хорошо... Жила на свете одна красавица...

— Как ее звали?

— Польша.

— Ой, не надо! — поморщилась Ядзя. — Знаю я эту сказку!

— Ничего, послушай еще раз... И посватались к ней три короля — русский, прусский и австрийский. А она ни за кого из них выходить не хотела. Тогда короли уговорились: станем драться, и кто победит, тот и женится на Польше. Дрались, дрались, никто победить не может. Вот они и порешили: разрубим ее на три части и поделим между собой. Разрубили красавицу, она и умерла...

Глава шестая. Тезка императора

— Но не насовсем, — подхватила Ядзя. — Когда эти короли снова между собой передерутся, она оживет и станет еще краше, чем прежде. Так?

— Так.

— Скучная сказка. Расскажи другую.

— Я других не знаю, — очень серьезно сказала Ванда.

Вечером Нестеровский и Костин сидели за столиком в гостиничном ресторане.

— Говорил я с этим Ляшко, — рассказывал Костин. — Он тоже считает, что немцев кто-то предупредил.

— Мне сегодня еще об одном доложили. Поручик Ардашев, лежит в лазарете возле костела Святой Анны. Чудом уцелел.

К ним подошел кельнер Полек. В руках у него был поднос. Ловко сорвав с подноса салфетку, он опустил его и составил на стол тарелки с едой.

— Это литовское национальное блюдо, — объяснил Нестеровский. — Специально для тебя заказал.

Костин попробовал.

— Картофель с творогом?

— Угадал. Эти штуки, знаешь, как называются?

— Как?

— Они называются «цеппелины».

— Вкусно.

— Очень вкусно. А сейчас я тебе испорчу аппетит.

— Может, не надо?

— Может, и не надо, но все равно испорчу.

— Тогда приступай.

— Вчера под Троками немецкий цеппелин разбомбил батарею наших десятидюймовок.

Костин перестал есть вкусные «цеппелины».

— Откуда здесь взялись десятидюймовки? Это же орудия береговой артиллерии.

— В чем и дело! Представляешь, каково было везти сюда с Балтики эти махины! Еще толком установить не успели. Причем за десять верст от передовой... Похоже, кто-то немцев на них навел.

— Тот самый человек, кого ты ищешь?

— Очень может быть.

Некоторое время они молча ели. Наконец Костин сказал:

— А что, если тот, кого ищешь ты, и тот, кого ищу я...

— Одно лицо?

— Да.

К столику подошел Флейшман. Он был, как всегда, аккуратно причесан и очень вежлив.

— Вас к телефону, пан капитан, — немного пригнувшись, сказал он Нестеровскому.

— Спасибо, пан Флейшман.

Нестеровский встал и вышел в вестибюль.

Костин достал из кармана папиросы.

Трубка телефона была снята и лежала на стойке портье.

— Нестеровский слушает... Да... Да... Благодарю вас. Завтра с утра буду.

А по ту сторону фронта, на опушке леса стояли Кляцевич в драном своем пиджаке, а также Толлер и Гейнц.

— Повторите, где и когда ты должен его ждать! — приказал Толлер.

— Возле костела Святой Анны. В субботу, с пяти до шести вечера. В левой руке я должен держать яблоко. Ко мне подойдет человек и передаст письмо. Я должен принести его вам... За это вы обещали мне двести марок.

— Я передумал, — улыбнулся Толлер.

— Не понял, пан?

— Не двести... Двести пятьдесят.

— Дзенкуем, пан. Расписочку будьте ласковы.

— Расписку?

— Так. Что обязуетесь уплатить мне двести пятьдесят марок.

Толлер засмеялся:

— Пройдоха!.. Ладно.

Он вырвал листок из блокнота, написал расписку и протянул Кляцевичу.

— С собой не носи. Спрячь где-нибудь.

— Я ее тут в лесочке зарою. Вернусь, выкопаю.

— Через две недели наши войска будут в Вильно. Если обманешь, мы тебя найдем и расстреляем.

— Як можно, пан!

— Хорошо, хорошо. Иди...

Кляцевич ушел.

Толлер и Гейнц некоторое время молча смотрели ему вслед.

— Вдруг он обманет? — сказал Гейнц. — Не боитесь, что тем самым мы поставим Императора под удар?

— Не волнуйтесь. Император сам о себе позаботится.

— Будем надеяться. Это — наш лучший агент.

— Извините, Гейнц, не наш, а мой. У агента, как у собаки, должен быть один хозяин.

15 (28) августа

«Императрица Александра Федоровна в обстановке неизбежной истерии предупреждает супруга, что «в штаб-квартире есть шпион, и этот шпион не кто иной, как генерал Данилов, — хотя он может казаться очаровательным и честным, но он смотрит все телеграммы и встречается с важными людьми». Окончательно снятый со своего поста Сухомлинов дал показания Особой комиссии, открывшие неприглядную картину неготовности России к продолжительной войне. Министр оказался в Петропавловской крепости...»

Нестеровский шел по окопу. Пригнувшись, он вошел в блиндаж, где, сидя на ящиках, трое офицеров при свете фонаря играли в карты.

— Кто здесь поручик Лукашин? — спросил Нестеровский.

— Ну, я.

— Мне вчера телефонировали... Говорят, вы нашли что-то интересное.

— А-а, милости прошу!... Быстро вы. Я только вчера доложил, а вы уже тут.

— Стараемся.

— Что ж, идемте, пока тихо.

Тем временем Костин по тихой улочке шел к двухэтажному зданию, над которым развевался белый флаг с красным крестом. На крыльце стоял молоденький солдатик с забинтованной головой.

— Послушай, где здесь канцелярия?

— В конце коридора, ваше благородие. Простите, закурить не найдется?

Костин дал ему две папиросы.

— Благодарю. Два дня не курил.

Костин по коридору дошел до двери в канцелярию.

За столом спиной к нему сидела во всем белом сестра милосердия и что-то писала.

— Сестричка, разрешите обратиться?

— В чем дело? — не оборачиваясь, спросила она.

— У вас лежит раненый из Литовского полка. Поручик Ардашев.

— Есть такой.

— Мне надо его повидать.

— Свидания с ранеными строго ограничены.

— Только не для меня.

— Это еще почему?

Сестра перестала писать и медленно повернулась.

Он увидел ее лицо.

Откуда-то донеслись звуки танго. За окном — заснеженный Петербург. В комнате играл граммофон. Затем видение пропало, и появилась канцелярия лазарета.

— Сережа?..

Костин молча опустился на колени.

— Сережа, — сказала она. — Почему же ты спорил со мной...

— Прости...

Он стал целовать ее руки. Она отняла их.

— Не надо! Они у меня йодом сожжены... Не смотри, не надо...

В то же время Нестеровский и Лукашин шли по лесу. Сухие ветки трещали под ногами. Верхушки деревьев светились в лучах заходящего солнца. Лукашин рассказывал:

— Вчера смотрю, солдатики бочонок откуда-то притащили. В землянке, знаете, и бочка — мебель. Для стола сгодится. По грибы, говорят, в лес пошли, и углядели. Ну, я сразу смекнул, что к чему. У бочонка-то ни дна, ни крышки. В общем, приказал вернуть на место...

Лукашин остановился перед кучей хвороста и палкой расковырял верхние ветки. Под ними оказался бочонок.

— Видите? Тут пусто и тут. На обручах держится. Немецкая разведка использовала такие бочонки на Западном фронте. Понятно, для чего?

— Если честно, то нет.

— Проволочные заграждения видели? Вон там, — показал Лукашин. — По проволоке пускают электрический ток. Кто не знает, тот схватится, а кто знает...

— А-а! — догадался Нестеровский. — Бочонок можно просунуть между рядами проволоки и по нему пролезть на другую сторону. Как по тоннелю.

— Точно. Я читал об этом в журнале «Разведчик».

— Хм... И кто его мог тут спрятать?

— Кто спрятал, тот за ним и придет, — сказал Лукашин. — Думаю, сегодня. Ночь будет безлунная... К вечеру посажу здесь пару человек в засаде.

Костин сидел на стуле возле постели раненного Ардашева. Рядом стояла Сабурова.

— Наш полковой праздник установлен со времен войны с Наполеоном, — сказал Ардашев.

— Традиция?

— Да. В общем, когда немцы появились, мы уже порядочно выпили. Пошли на пулеметы с одними револьверами.

— Что пили? Водку?

— Бог с вами! Пили шампанское, хорошие вина.

— Сухой закон, вина тоже запрещены. Откуда их привезли?

— Из Вильно.

— Кто привез?

— Понятия не имею.

— А кто договаривался?

— Капитан Зотов из штаба полка.

— Где он сейчас?

— Убит. Штыком горло проткнули... У меня на глазах.

— Вы не думали, что кто-то заранее известил немцев о вашем празднике?

— Думал, конечно... Но кто?

— Им могли сообщить оттуда, где вы заказывали вино.

— А ведь и в самом деле... Как-то в голову не приходило.

— Может быть, вы слышали от Зотова хоть что-нибудь? Постарайтесь вспомнить.

— Вот разве что... Я сидел в штабном блиндаже, а Зотов говорил в телефон... Мы все-таки гвардия, у нас была прямая телефонная связь с Вильно. У некоторых офицеров там жены жили... С кем говорил, не знаю, но помню, он сказал... «Если, — говорит, — этот императорский тезка пришлет кислое вино, я его наизнанку выверну».

322

— Императорский тезка? — переспросил Костин.

— Может быть, тезка императора. Точно не помню.

— В восемьсот двенадцатом году войска Наполеона, направляясь к Москве, перешли Неман примерно в этом месте, — сказал Толлер. — Вильно — там, — показал он рукой. —
Наша кавалерия должна выйти в тыл к русским и отрезать
им путь на восток.

Рядом с ними суетился долговязый фотограф. Заело на
треноге какой-то винт. Он тихо ругался по-немецки, пытаясь вкрутить этот винт. Наконец, с облегчением выдохнув,
он справился с винтом, установил деревянный аппарат и
приготовился снимать сидящего на земле вислоусого человека с рачьими глазами и в украинской свитке. За спиной
«украинца» были свалены доски. Немецкий солдат сосредоточенно поливал их керосином из бидона.

Неподалеку другой немецкий солдат переодевался в русскую форму. Гейнц подал ему трехлинейку с примкнутым
трехгранным штыком.

— Готов? — спросил у него Толлер.

— Да, герр капитан, — ответил тот.

— Зажигай!

Солдат чиркнул спичкой и бросил ее на доски.

Они загорелись. На фоне высокого коптящего пламени
«русский солдат» подошел к «украинцу». Резко и почти по-
настоящему он «ударил» его штыком и с «умным видом» замер в этой позе.

Полыхнул магний.

— Прекрасно! — похвалил Толлер.

— Да, очень выразительно, — согласился Гейнц.

— Это просто восхитительно! Наконец-то в ставке поняли всю важность украинского освободительного движения.
Надеюсь, эти фотографии произведут должный эффект в
лагерях для военнопленных.

— Они такой эффект обязательно произведут!

А перед аппаратом позировал уже другой «актер». Он был с черной ненатуральной бородой, в восточном халате и с чалмой на голове.

«Русский солдат» вновь замахнулся штыком.

Опять вспыхнул магний.

— Национальный вопрос, вот что погубит Российскую империю, — сказал Толлер.

— Возможны и другие вопросы, — сказал Гейнц. — Они тоже губительны для империи... Не обязательно для Российской.

Поздним вечером под звездным августовским небом двое солдат лежали в лесу неподалеку от того места, где был спрятан бочонок.

— Слышь, Семен?

— Шо тоби?

— Табачку не отсыплешь?

— Нема.

— А сам что куришь?

— То мох.

— А пахнет табачком.

— Трохи тильки тютюну. А так — мох.

Подумав, что вот война до чего довела, что приходится курить мох, он сказал:

— И чё мы енту бочку стережем? Ни дна, ни покрышки... Кому надоть?

— Кому надо, тот по лесам бочки не стережет.

— Ладноть, на, докуривай.

Он лег поудобнее и, готовясь заснуть, натянул на голову шинель.

Семен сидел и курил, глядя на небо.

Тогда же Нестеровский и Лукашин из походных кружек пили чай в блиндаже.

— Да успокойтесь вы, — сказал Лукашин. — Вам там делать нечего. Если кто появится, мои орлы доставят его прямо сюда... Лучше скажите, когда отступать кончим.

— Не знаю точно, но думаю, что ближе к октябрю.

— Почему вы так думаете?

— Потому что у немцев силы тоже не безграничны. Смысл их жертв тоже не всегда можно объяснить.

— Но мы же Варшаву потеряли, все крепости сдали, один за другим оставляем города.

— Для немцев это их триумфальное шествие закончится печально. Им не удастся сомкнуть клещи за спиной русской армии.

Нестеровский встал.

— Все же пойду к вашим караульным.

— Ладно, я с вами.

Они вышли из блиндажа.

Огромное звездное небо простиралось над ними.

Они шли в полной тишине, затем вдали послышались слабые выстрелы.

— Что это? — с тревогой спросил Нестеровский.

— Да бабы это.

— Какие бабы?

— Которые половики выбивают.

— Я так и понял.

— Тогда чего спрашиваете? Фронт все-таки.

А в полумраке гостиничного номера — Костин и Сабурова.

— Когда немцы заняли Варшаву, нас перевели сюда, — сказала Сабурова. — Боюсь, и тут долго не пробудем. Никто не верит, что мы сумеем удержать Вильно.

Костин положил свою ладонь на ее руку. Она подняла на него глаза.

— Я столько всего перевидала за этот год... Во мне что-то окаменело. Понимаешь?

Костин не ответил.

— Нет, ты не можешь понять. Для этого надо быть на фронте, ежедневно видеть кровь, смерть, страдания... Тебе понравилась не я, а другая женщина. Та, какой я была раньше. Теперь ее больше нет... Посмотри на меня внимательно... Видишь? Это уже не я.

Костин молча склонился к ней.

— Ты что, Сергей?

— Внимательно смотрю на тебя.

— И что ты видишь?

— Я вижу именно ту женщину, с которой год назад познакомился в гостиной у своих друзей.

Он поцеловал ее в губы.

— А чтобы лучше разглядеть, надо зажечь лампу.

— Ты хочешь...

— Да.

— Может, не надо?

— Надо.

Он встал и зажег лампу.

— Какая там, к черту, война!

Нестеровский и Лукашин вошли в лес. Ночь была безлунной. Они двигались почти на ощупь, пока не привыкли глаза.

— И где же ваши караульные?

— Тут где-то должны быть.

Внезапно Нестеровский наткнулся на лежащего в траве солдата.

— Вот они. Спят ваши караульные... Эй, браток!

Он потряс солдата за плечо.

— Браток...

Тот не отозвался.

Нестеровский перевернул его.

Солдат мертвыми глазами смотрел на него.

Второй лежал чуть поодаль. Лукашин присел над ним.

— Стреляли в голову. Почти в упор.

— Пока мы чай с вами пили...

Нестеровский, не договорив, бросился к тому месту, где был спрятан бочонок.

Бочонок исчез.

Лукашин и Нестеровский подобрали винтовки убитых и побежали через лес. Скоро они оказались на опушке.

Впереди была ничейная земля. Вдали темнели ряды проволочных заграждений.

К заграждениям приближалась черная тень.

— Вот он! Ну, сука!

Лукашин выстрелил, но промахнулся.

Он выстрелил еще раз. Опять мимо.

Тень слилась с полем.

В следующий момент с немецкой стороны ударил прожектор. В его луче стало видно, что человек уже просунул бочонок сквозь ряды проволоки и залезает в него.

Нестеровский выстрелил. Из бочонка полетели щепки.

— Прикройте меня!

— Куда вы? Убьют!

— В другой раз!

Нестеровский оттолкнул, пытавшегося его удержать Лукашина, бросил винтовку и побежал вперед. Раздались выстрелы. Пули завыли рядом с его головой. Он ничком упал на землю и пополз.

Со стороны немецких позиций к бочонку в полный рост устремились трое немецких солдат.

Лукашин выстрелил.

Один, вскинув вверх руки, упал, второй продолжал ползти. Третий, лежа на земле, стрелял в Нестеровского.

Лукашин вел ответный огонь.

Немецкий солдат первым добрался до бочонка и попытался вытащить застрявшего в нем мертвого человека. Прожектор шарил по траве, затем на мгновение осветил лицо убитого. Это был человек с большим родимым пятном на правой щеке.

Лукашин, прицелившись, выстрелил.

Немецкий солдат вскрикнул и затих.

Нестеровский подполз к бочонку. Из него торчали ноги в сапогах.

Он дернул за сапог и с трудом стащил его.

В сапоге был сверток с бумагами.

16 (29) августа

«В первый раз Распутин стал предметом обсуждения в печати. До нынешнего дня цензура и полиция предохраняли его от всякой критики в газетах. Поход ведут "Биржевые Ведомости".

Все прошлое этого лица, его низкое происхождение, его кражи, его развращенность, его кутежи, интриги, весь скандал его сношений с высшим обществом, высшей администрацией и высшим духовенством — все это выставлено на свет. Но, очень искусно, не сделано ни малейшего намека на его близость к государю и к государыне. "Как, — пишет автор статей, — как это возможно? Каким образом этот низкий авантюрист мог так долго издеваться над Россией? Не поражаешься ли, когда подумаешь, что официальная Церковь, Св. Синод, аристократия, министры, сенат, многие члены Государственного Совета и Государственной Думы могли вступать в соглашение с таким мерзавцем? Не самое ли это ужасное обвинение, какое только можно предъявить всему государственному строю. Еще вчера общественный и политический скандал, вызываемый именем Распутина, казался вполне естественным. Но теперь Россия желает, чтобы это прекратилось".

Хотя факты и анекдоты, сообщаемые "Биржевыми Ведомостями", и были всем известны, тем не менее опубликование их производит величайший эффект. Восхищаются новым министром внутренних дел, князем Щербатовым, позволившим напечатать эту злую статью. Но единодушно предсказывают, что он недолго сохранит свой портфель».

Глава шестая. Тезка императора

Едва рассвело, когда в штабной кабинет вошел полковник Якубов — человек двухметрового роста, с клинообразной седеющей бородой, очень высоким лбом и глубокими морщинами возле носа. Он гордился своим сходством с великим князем Николаем Николаевичем и не одобрял царя, который под давлением императрицы решил сменить великого князя на посту главнокомандующего всеми вооруженными силами России. Впрочем, объем и сложность текущей работы все чаще отвлекали Якубова от «общегосударственных» мыслей. Тем более что в армии знали, что на самом деле реальное руководство войсками взял на себя начальник штаба генерал Алексеев, а никакой не царь, хотя он и выезжает иногда на позиции.

— Готово! — басом сказал Якубович. — То, что вы принесли, уже прочитано. Шифр самый примитивный. Сейчас составим экстракт и передадим в штаб армии. Вашей информации цены нет.

— А что там? — спросил Нестеровский.

— Сведения о наших частях в районе Ново-Александровска и вот здесь. — Якубов шагнул к настенной карте. — Вот здесь, на линии от Подбродзе до Глинцишек и далее на Свенцяны. Мы знаем, что немцы готовят кавалерийский прорыв через наши тылы. Хотят перерезать железную дорогу и запереть нас в Вильно. По тому, какие пункты их интересуют, можно понять, куда будет нанесен удар. Успеем подготовиться.

— От меня что-то еще требуется?

— Пока нет... Отдыхайте.

Якубов вышел.

Офицер ввел в комнату человека в разодранном пиджаке.

— Вот... Вас спрашивает, — сказал он Нестеровскому.

Костин и Сабурова лежали в постели.

— Ты спишь?

— Нет.

— Знаешь, Сережа, мне кажется, что у меня две жизни. Одна длилась много лет, другая началась вчера... Она совсем новая. Я не понимаю, как мне теперь жить.

— Сначала мы поспим, а утром встанем, спустимся в ресторан и поедим «цеппелинов».

— Что поедим?

— Это такая местная еда. Картошка с творогом.

— Сережа...

— Что?

— У меня есть муж. Но я его не люблю.

— Я тоже.

Нестеровский отсчитал Кляцевичу деньги.

— Еще раз пойдешь? — спросил он.

— А сколько заплатите?

— Полсотни.

— За семьдесят — пойду.

— Ладно... Когда?

— Сегодня у нас суббота?

— Да.

— Да хоть сегодня ночью... До вечера жену повидаю, и пойду.

— Тогда смотри.

Нестеровский расстелил на столе карту.

«*Черная извилистая линия на ней была лишь небольшой частью той широкой дуги, которая охватывала весь континент. Начиналась эта дуга у северного побережья Франции, подходила к границе Швейцарии. Исчезнув под горными массивами Швейцарских Альп, вновь появлялась у их южного подножья и, опоясав Апеннинский полуостров по границе Италии с Австро-Венгрией, поворачивала к берегам Адриатики. Здесь линия перекидывалась на Балканы и от Черного моря уходила по огромному пространству России к Балтике. Линия эта — позиционное противостояние Тройственного союза и Антанты:*

500—800 м «ничейной земли», густая сеть проволочных заграждений по обе ее стороны, позади которых лабиринт окопов, траншей, ходов сообщений, убежищ, блиндажей, бетонированных укрытий. Одним словом, сплошная цепь укреплений. Ничего подобного не было никогда в мировой истории».

Костин и Сабурова по-прежнему были в постели. Замерший за окном Вильно и безлунная звездная ночь окружали их.

— Теперь я буду бояться потерять тебя, — сказала Сабурова.

— Я буду развеивать твои страхи.

В дверь громко постучали.

— Кто это может быть?

— Да есть один приятель.

Послышался знакомый голос:

— Сергей! Это я! Открывай!

— Сережа, не говори, что я здесь, — узнав этот голос, шепнула Сабурова и с головой накрылась одеялом.

— Ни в коем случае!

Костин, завернувшись в простыню, подошел к двери, приоткрыл ее и сказал в щель:

— Саша, я тебя очень прошу. Поднимись этажом выше и подожди десять минут.

— Это еще почему?

— У меня женщина.

— Ты что, заботишься о ее репутации?

— Пожалуйста, сделай то, что я прошу.

— Ага! Я ночь не спал, а ты тут с девкой валяешься!.. Пусти! — Нестеровский попытался войти в номер.

— Саша, не надо... Я тебя сейчас ударю.

— Что-о?

— Поднимись на этаж, придешь через десять минут.

Нестеровский видел бешеные глаза Костина. Пожав плечами, он отошел на двери и поднялся на этаж.

Минут через десять из коридорного окна он увидел, как Костин и женщина выходили из гостиницы. На улице женщина обернулась. Нестеровский узнал ее.

— Фью-у! — присвистнул он. — А ведь действительно мог и ударить.

Он спустился в номер, разделся и лег под одеяло.

Сабурова и Костин шли по улице.

— Итого, — сказал Костин, — мы знаем об этом человеке две вещи. Во-первых, он может достать вино. Во-вторых, он — тезка императора.

— Какого императора?

— В чем и вопрос.

— Одних римских сколько! А еще византийские.

— Ну, это вряд ли. Скорее всего, кто-то из нынешних. А их всего трое — наш, германский и австрийский. Германского отбрасываем, он сказал бы — тезка кайзера, — вслух рассуждал Костин. — Наш государь едва ли имелся в виду. Остается австрийский.

— Франц-Иосиф?

— Да.

— Франц или Иосиф?

— Иосиф по-польски — Юзеф. Звучит не по-императорски. Думаю — Франц.

Тем временем рассветало в Вильно. Прифронотовой город просыпался, теряясь в догадках, каким будет этот новый день.

Обсуждая императорские имена, Костин и Сабурова дошли до костела Святой Анны. У входя в костел стоял человек в рваном пиджаке. В руке он держал яблоко.

— Нищим теперь фрукты подают, — сказал Костин.

— А почему не деньги?

— Все по той же причине — война.

Сабурова и Костин прошли мимо «нищего» и остановились возле лазарета.

— И что теперь с нами будет? — вздохнула Сабурова.—
Каких еще ожидать поворотов судьбы?

— Все будет хорошо.

— Ты так уверенно говоришь... А у меня, между прочим,
есть муж.

— Ты на него уже намекала.

— Он ведь, правда, есть. И, между прочим, не последний
человек в Государственной Думе. Он статьи пишет и на совещания к министру ходит.

— А у меня есть кошка. Она на совещания не ходит, статей не пишет и в Думе никогда не была. Ты любишь кошек?

— Терпеть не могу.

— Значит, придется выбирать. Или муж, но без меня.
Или я, но с кошкой.

— Ты предлагаешь мне бросить мужа?

— Государственных мужей разве бросают...

— Я серьезно.

— А что делать? Кошке труднее найти нового хозяина,
чем мужчине — жену.

В то же утро неподалеку от лазарета две бедно одетые девочки на скамейке играли в тряпичные куклы. Девочки их двигали
и говорили за них по-польски кукольными голосами:

— Здравствуйте, графиня!

— Здравствуйте, здравствуйте.

— Вы поедете сегодня в театр?

— Мы не поедем сегодня в театр. У нас граф заболел.

— Какое несчастье! Бедный граф! Что с ним случилось?

— Он поел свинью, которую убило из пушки. У них прямо на поле залетел русский снаряд. Свинья два дня лежала
мертвая, потом он ее изжарил и поел с картошкой, и у него
заболел живот...

Возле девочек остановился моложавый упитанный господин в светлом летнем костюме.

— Как тебя зовут? — спросил он у одной из них.

— Марыля.

— Видишь того обшарпанного пана перед костелом?

— Там два пана. Один курит, другой просто так стоит.

— Того, что курит.

— Теперь вижу.

— Отнеси ему это письмо. — Мужчина дал девочке письмо и монетку.

Она сделала книксен и вприпрыжку побежала к костелу.

В гостиничном номере были задернуты шторы. В щель между ними пробивался дневной свет.

Нестеровский лежал в постели. Глаза его были закрыты, но он не спал.

В кресле сидел Костин.

— Ты все слышал, что я тебе сейчас рассказывал?

— Угу, — сонно промычал Нестеровский.

— Что ты слышал?

— Что он тезка императора Франца-Иосифа.

Нестеровский встал, раздвинул шторы и начал одеваться.

— Мог бы сказать мне, что это была Лёля. Я бы тебя понял.

— Подсматривать нехорошо.

Из кармана брюк у Нестеровского выпала грязная мятая салфетка. Костин подобрал ее.

— Это у тебя вместо платка? Видела бы Ольга!

— Да нет... В нее всё и было завернуто.

— То, что ты ночью добыл?

— Я же говорил. В сапоге у него лежало.

Вечером того же дня на опушке леса готовилась к бою русская батарея. Неподалеку стояли Нестеровский и Кляцевич.

— Пока стреляют, пойдешь через этот лесок, — сказал Нестеровский. — Там возьмешь правее. У немцев здесь только патрули...

Артиллерийский офицер закричал:

— Батарея, к бою!

Потом скомандовал:

— По цели номер сорок пять. Угломер пятнадцать — тринадцать. Уровень тридцать — ноль. Прицел сто сорок. Гранатой. Первый взвод — огонь!.. Первое!

Выстрел.

— Второе!

Выстрел.

Кляцевич ушел в темноту.

Под звуки глухой канонады Костин взял со стола оставленную Нестеровским салфетку. Он поднес ее к лампе и посмотрел на просвет. Затем присел к столу, достал карандаш и стал штриховать угол салфетки.

Вскоре Костин смотрел на лампу уже сквозь карандашную штриховку.

На салфетке слабо проступили две буквы:

«S» и «P».

17 (30) августа

«У меня было совещание с генералом Беляевым, начальником главного штаба. Вот содержание его ответов на мои вопросы:

1. Потери русской армии громадны. С 35.0000 человек в месяц в мае, июне и июле они поднялись в августе до 450.000. Со времени первых поражений на Дунайце, русская армия, таким образом, потеряла около 1.500.0000 человек.

2. Ежедневное производство артиллерийских снарядов равно в настоящее время 35.000; вскоре оно достигнет 42.000.

3. Русские заводы изготовляют в настоящее время по 67000 винтовок в месяц; заграничные заводы присылают по 16000;

всего, стало быть, 83.000. Эта цифра останется без изменений до 15 ноября. С этого числа иностранные поставки будут равны 76.000 в месяц. Таким образом русская пехота сможет рассчитывать на возможность ежемесячно располагать 140.000 винтовок.

4. Германская армия, оперирующая в районе Брест-Литовска, как кажется, не представляет угрозы для Москвы, столько же по причине расстояния (1100 верст), сколько в силу естественных препятствий и состояния дорог в осеннее время.

5. Для защиты Петрограда сосредоточены четыре армии, в составе 16 корпусов, под начальством Рузского, расположенные по линии Псков — Двинск — Вильна. Когда позиция на участке Двинск—Вильна не сможет быть удерживаема, все четыре армии отойдут, делая поворот вокруг Пскова. При этих условиях и принимая во внимание близкое наступление осени, совершенно невероятно, чтобы немцы заняли Петроград».

Флейшман стоял за стойкой портье. Ему было интересно проверить свою наблюдательность. Что он и сделал, не без грусти сказав:

— Ай-ай, пан капитан! Опять всю ночь не спали?

— Служба...

— Ах, эта служба. Всю жизнь по службе беспокоится человек. А что взамен? Какие удовольствия?

— Кстати, об удовольствиях. Он еще меня ждет? — интимным шепотом спросил Нестеровский.

— Кто? — не понял Флейшман.

— Горячий чай.

— А! Вы поднимайтесь в номер. Вы поднимайтесь, пан капитан. Он сейчас будет.

Утро почти уже кончилось, солнце стояло высоко, когда Гейнц ввел Ванду Броневскую в кабинет Толлера. Тот встал ей навстречу.

— Здравствуйте, пани Броневская. Как ваше здоровье?

— Спасибо. Хорошо.

— Вам нравится в Ковно?

— Скучновато. После Вильно это все-таки провинция.

— Очевидцы утверждают, что в Петрограде еще веселей.

— Я там никогда не была.

— Конечно, конечно... Садитесь... Хотите кофе?

— Не хочу.

— Наш эрзац разлюбили?

— Нет, просто не хочу.

— Вы говорили, что ваша группа подготовила взрыв склада боеприпасов в Сморгони?

— Да.

— Поздравляю вас. Этот склад взорван.

Толлер взял со стола газету.

— Вот что написано в газете «Виленский курьер». Мне только что ее доставили. Переслал мой агент в Вильно.

Толлер развернул газету и вслух прочитал:

— «Как недавно стало известно, жители местечка Сморгонь срочно нуждаются в услугах стекольщиков. От случившегося здесь землетрясения во многих домах вылетели стекла»... Действительно, польские журналисты творят чудеса. Всё понятно, а цензуре не к чему придраться.

— Я же вам говорила. Обманывать цензуру — наша профессия.

Нестеровский и Костин стояли у окна в гостиничном номере. Костин держал распяленную на пальцах салфетку с заштрихованным углом, повернув ее к солнцу.

— Видишь?

— Где?

— Вот здесь.

— Да, теперь вижу какие-то буквы... По-моему, латинские. «Эс» и «пэ».

— Верно... А салфеточка-то ресторанная! Что пишут на таких салфетках?

337

— Название заведения.

— Есть в Вильно ресторан, где бы подряд стояли буквы «эс» и «пэ»?

— Есть... «Эспаньола».

— Где это?

— Возле костела Святой Анны.

— Редактором «Виленского курьера» является Витольд Зеленский... Вы его хорошо знаете? — спросил Толлер.

— Это мой жених.

— Чудесно... Кстати, заодно мой агент передал мне очередное донесение.

Толлер не смотрел на Ванду. Он понимал, что она обо всем догадалась.

— В этом донесении мой агент пишет, что ваш жених встречался с господином Нестеровским. Сразу же после этой встречи он напечатал в «Виленском курьере» корреспонденцию о землетрясении. Вы знакомы с господином Нестеровским?

— Нет, я с ним не знакома.

— Ну как же! Капитан Нестеровский из разведки Десятой армии. Очень неглупый человек. Не будь войны, мы с ним, наверное, могли бы стать друзьями. Он мой коллега... Это ведь он вас сюда послал?

Костин и Нестеровский вышли на улицу. Костин закурил, отвернувшись от ветра. Взгляд его упал на вывеску с названием гостиницы: «S.PETROGRAD».

— Вот эти буквы, — сказал он.

— Где?

— На вывеске... Две первые. На салфетке точка между ними стерлась... Есть тут какой-нибудь Франц?

— Да... Сам хозяин.

Костин и Нестеровский вошли в ресторан. Там, возле стойки стояли Флейшман с Полеком и официантами.

— Посмотрите на нее! — говорил Флейшман, показывая официантам вилку. — Разве так чистят вилки? Думаете, немецким офицерам понравится такая вилка? Это русским все равно, а когда придут немцы? Они разве станут есть нечищенными вилками? Нет, такими вилками они есть не станут. Это культурная нация!

Нестеровский окликнул Флейшмана:

— Пан Флейшман! Можно вас на минуточку!

Флейшман подошел к ним.

— Ваше имя — Франц? — Костин в упор смотрел на него.

— Да. Франц Флейшман.

— Скажите, не у вас ли офицеры Литовского полка заказывали вино для своего полкового праздника?

— Какое вино? Во время войны царь запретил пить вино.

— Штабс-капитан Зотов с вами имел дело?

— Не розумею, пан.

— Разучились понимать по-русски? Это вы продали вино в Литовский полк? — спросил Нестеровский.

— Бог с вами, панове!

— Собирайтесь, — приказал Костин.

— Куда?

— Пойдете с нами. Там разберемся.

— Я... Я арестован?

— Да.

— Пан капитан, — обратился Флейшман к Нестеровскому, — вы же меня знаете! Скажите ему, что я честный человек!

— Если вы ни в чем не виновны, вам нечего бояться, — холодно ответил Нестеровский.

— Боже мой, Боже мой!.. Могу я написать пару слов жене?

— Пишите.

Один из официантов подал ему бланк ресторанного счета. Флейшман перевернул его и начал писать.

— Это ваш ресторан? — спросил Костин.

— Нет. Гостиница моя, а ресторан — его, — кивнул Флейшман на Полека.

Он встал и, сложив листок, попросил:

— Полек! Передай это моей Броне.

Полек взял листок и отошел к стойке. Костин сказал Флейшману:

— Прошу поторопиться.

И не без иронии добавил:

— Тезка императора...

— Погоди, — внезапно сказал Нестеровский. — Пан Флейшман, вы сказали — Полек?

— Так, пан капитан. Его так зовут. Меня — Франц, его — Полек.

— Это уменьшительное имя. А полное?

— Фамилия?

— Нет. Полное имя.

— А-а... Як в паспорте пишут.

— Полек — это Наполеон? — негромко спросил Нестеровский.

— Так, — подтвердил Флейшман.

— Черт! Как я раньше не догадался!

— Наполеон? — не понял Костин.

— У поляков это распространенное мужское имя, — объяснил ему Нестеровский.

— Наполеон был умный император. Он хотел дать Польше независимость, — сказал Флейшман. — Польских мальчиков часто называют в его честь.

Тем временем Костин, незаметно передвинувшись между столиками, встал таким образом, чтобы отрезать Полеку дорогу в кухню.

Но Полек заметил маневр. Увидел он и то, что Нестеровский потянулся к кобуре.

Не дожидаясь, пока он достанет револьвер, Полек бросился на Нестеровского и сбил его с ног. В следующую секунду револьвер оказался у Полека в руках. Он выстрелил, ни в кого не попал, плечом отпихнул Флейшмана и ударом ноги вышиб стекло. Стекло с грохотом лопнуло. Полек выпрыгнул на улицу.

Костин с револьвером подбежал к окну.

Спокойно прицелившись, он выстрелил.

Полек упал, схватившись рукой за плечо.

Он лежал на мостовой, над ним стояли Костин и Нестеровский.

— Я вас ненавижу! — побелевшими губами шептал Полек. — Ненавижу!..

— Вставайте! — приказал Костин.

Полек с трудом поднялся на ноги, зажимая рукой рану на плече. Внезапно он откинул голову и срывающимся голосом выкрикнул:

— Виват Польска!

18 (31) августа

«Генерал Поливанов, военный министр, отвез великому князю Николаю Николаевичу письмо, которым император освободил его от командовании. Прочтя высочайшее послание, великий князь перекрестился и произнес только эти слова: "Слава Богу, государь освобождает меня от беремени, которым я был измучен". Потом он заговорил о других вещах, словно происшедшее его не касалось. Нельзя с большим достоинством встретить столь громкую немилость».

19 августа (1 сентября)

«Общее собрание московского торгово-промышленного съезда закончило свои труды, приняв резолюцию, в которой утверждается: во 1-х, что жизненные интересы России требуют продолжения войны до победы; во 2-х, что необходимо немедленно призвать к власти людей, пользующихся общественным доверием, и дать им полную свободу действий; наконец, собрание выражает уверенность, что «верноподданнический голос московского народа будет услышан государем».

Это воззвание к государю о немедленном установлении ответственного министерства тем более знаменательно, что исходит из Москвы, из священного города, очага русского национализма.

Еще знаменательнее те суждения, которыми сопровождалось голосование резолюции, и опубликование которых запрещено цензурой. Нынешние министры были подвергнуты сильнейшей критике, и самая особа государя стала предметом обсуждения.

Мне сообщают о возбуждении в рабочих кругах».

20 августа (2 сентября)

«Графиня Гогенфельзен, морганатическая супруга великого князя Павла Александровича, недавно пожалованная титулом княгини Палей, телефонировала мне вчера вечером, приглашая меня сегодня к себе обедать; она настаивала на моем согласии, говоря, что со мной желают переговорить.

Я застал в гостиной г-жу Вырубову, Мих. Ал. Стаховича и Дмитрия Бенкендорфа. Здесь же был и великий князь Дмитрий Павлович, приехавший сегодня утром из Ставки.

Тревожное, мрачное настроение господствует за столом. Дважды, пока мы обедаем, дворцовый швейцар в красной ливрее, расшитой золотом, с шапкой в руках, подходит к великому князю Дмитрию Павловичу и шепчет ему на ухо несколько слов. Каждый раз великий князь Павел Александрович глазами спрашивает своего сына, и тот ему коротко отвечает:

— Ничего... Все еще ничего нет.

Княгиня Палей говорит мне шепотом:

— Великий князь расскажет вам потом, отчего Дмитрий вернулся из Ставки; как только он приехал, утром, он просил аудиенции у государя. Ответа добиться невозможно. Швейцар только что звонил в канцелярию Александровского дворца, чтобы узнать, не давал ли его величество распоряжений. Но все ничего нет. Это плохой признак.

Когда в гостиной подали кофе, г-жа Вырубова предлагает мне сесть около нее и говорит без всякого вступления:

— *Вы, конечно, знаете, господин посол, о важном решении, принятом только что государем. Ну, что же... как вы об этом думаете? Его величество сам поручил мне спросить вас об этом.*

— *Это решение окончательное?*

— *О, да, вполне.*

— *В таком случае, мои возражения были бы немного запоздалыми.*

— *Их величества будут очень огорчены, если я не привезу им другого ответа, кроме этого. Они так желают узнать ваше мнение!*

— *Но как же я могу высказывать какое-нибудь мнение о мероприятии, истинные причины которого от меня ускользают? Государь должен был иметь самые важные основания для того, чтобы к тяжелой ноше своей обычной работы прибавить ужасную ответственность за военное командование... Какие же это основания?*

Мой вопрос приводит ее в замешательство. Уставившись на меня испуганными глазами, она бормочет несколько слов; потом говорит мне запинающимся голосом:

— *Государь думает, что, в таких тяжелых обстоятельствах, долг царя велит ему стать во главе своих войск и взять на себя всю ответственность за войну... Прежде чем придти к такому убеждению, он много размышлял, много молился... Наконец, несколько дней назад, отслушав обедню, он сказал нам: «Быть может, необходима искупительная жертва для спасения России. Я буду этой жертвой. Да свершится воля Божья!» Говоря нам эти слова, он был очень бледен; но его лицо выражало полную покорность.*

Эти слова императора заставили меня внутренне ужаснуться. Идея предназначения к жертве и полного подчинения Божественной воле как нельзя более согласуется с его пассивным характером. Если только военное счастье еще несколько месяцев будет против нас — не найдет ли он в послушании Высшей воле повода или извинения для ослабления своих усилий, для отказа от надежд, для молчаливого принятия всевозможных катастроф».

Нестеровский и Костин находились в служебном кабинете.

— Этот польский Наполеон во всем признался, — сказал Нестеровский. — Знаешь, через кого он сообщил немцам о празднике в Литовском полку? Через того телефониста, с которым ты разговаривал.

— Ляшко?

— Да.

— Хм... А ведь он сам говорил мне, что без предателя тут не обошлось. Хитрый черт!.. Ты его арестовал?

— Нет. Он куда-то исчез.

— Нужно сообщить его приметы. У него на левой щеке родимое пятно.

— Вот тут? — показывая на себе, быстро спросил Нестеровский.

— Да... Откуда ты знаешь? — удивился Костин.

— Сам видел... Не надо его искать.

— Почему?

— Он убит.

— Где?

— В деревянной бочке.

Через час караульный офицер открыл замок на двери тюремной камеры.

— Говорят, Вильно со дня на день сдадут немцам. Не слыхали? — спросил он.

— Нет, — ответил стоявший рядом Нестеровский.

— Завтра генерала отправляют в Петроград, — сказал офицер, распахивая дверь.

Нестеровский вошел в тюремную камеру.

Генерал Григорьев, не вставая с лежанки, молча смотрел на него.

— Здравствуйте, ваше превосходительство... Узнаете меня? — спросил Нестеровский.

— Да, — равнодушно ответил Григорьев.

— Прекрасно. В таком случае попрошу вас кое-что вспомнить... Два месяца назад вы приезжали из Ковно в Вильно. Вы сняли номер в гостинице Флейшмана.

— Да.

— С вами было несколько офицеров. Вы провели вечер в гостиничном ресторане.

— Да.

— Вас обслуживал хозяин ресторана. Его зовут Полек. Помните?

— Да.

— Вы были пьяны, за столом громко обсуждались работы по переоснащению крепости новыми пулеметными гнездами. На салфетках даже остались чертежи подземных укреплений.

Григорьев с изумлением смотрел на Нестеровского. Тот пояснил:

— Этот Полек работал на немецкую разведку... Теперь вам понятно, почему немцы вели по крепости прицельный огонь?

21 августа (3 сентября)

«Дважды в течение этого дня — в первый раз на Троицком мосту, второй — на набережной Екатерининского канала — я встречаю придворный автомобиль, в глубине которого вижу императора с императрицей; лица обоих очень серьезны. Присутствие их в Петрограде так необычно, что заставляет всех прохожих вздрагивать от удивления.

Их величества проехали прежде всего в крепость, в Петропавловский собор, где помолились перед гробницами Александра I, Николая I, Александра II и Александра III. Оттуда они отправились в часовню в домике Петра Великого, где приложились к образу Спасителя, сопровождавшему постоянно Петра. Наконец, они приказали везти себя в Казанский собор, где долго оставались распростертыми перед чудотворной иконой Божьей Матери. Все эти моления показывают, что государь накануне выполнения того высшего деянья, которое кажется ему необходимым для спасения и искупления России.

Я узнаю, с другой стороны, что утром, прежде чем выехать из Царского Села, государь принял великого князя Дмитрия Павловича и категорически отвергнул мысль сохранить великого князя Николая Николаевича в Ставке, в качестве помощника главнокомандующего.

Когда я припоминаю все тревожные симптомы, отмеченные мною в эти последние недели, мне кажется очевидным, что в недрах русского народа назревает революционный взрыв.

В какое время, в каких формах, при каких обстоятельствах разразится кризис? Будет ли последним, случайным и побудительным поводом военный разгром, голод, кровопролитная стачка, бунт в казармах, дворцовая трагедия... Я не знаю. Но мне кажется, что событие это отныне предвещает себя неотвратимо, как историческая необходимость. Во всяком случае, вероятие его уже столь значительно, что я считаю нужным предупредить французское правительство; итак, я посылаю Делькассэ телеграмму где, изложив опасности военного положения, пишу в конце: "Что касается внутреннего положения, оно ничуть не более утешительно. До самого последнего времени можно было верить, что не произойдет революционных беспорядков раньше конца войны. Я бы не мог утверждать этого теперь. Вопрос заключается в том, чтобы знать, будет ли в состоянии Россия, через более или менее отдаленный промежуток времени, выполнять действенным образом свое назначение, как союзница. Как бы ни была недостоверна такая случайность, она должна отныне входить в предвидения правительства республики и в расчеты генерала Жоффра"».

6 (19) сентября

«На всем громадном фронте, который развертывается от Балтийского моря до Днестра, русские продолжают медленное отступление.

346

Глава шестая. Тезка императора

Вчера обхватывающее и смелое наступление передало Виль-ну в руки немцев. Вся Литва потеряна».

10 (23) сентября

Флейшман бледный, но по-прежнему аккуратный стоял у окна. Взгляд у него был глубокий и печальный. За его спиной в буфете звенела посуда. По улице строем шли немецкие солдаты. Он сказал сам себе:

— Культурная нация пришла и вывеску сменила. Был отель «Санкт-Петроград», теперь стал «Берлин».

Толлер и Гейнц сидели в этом сменившем название ресторане. За соседними столиками громко разговаривали и смеялись немецкие офицеры.

— Вильно мы взяли, но похоже, это наш последний успех, — сказал Толлер. — Свою задачу Гинденбург не выполнил. Восточный фронт продолжает существовать. Русская армия не уничтожена.

— Теперь уже вряд ли можно надеяться, что Россия подпишет с нами сепаратный мир, — ответил Гейнц.

— Тем хуже для России.

К ним подошел официант и, немножечко согнувшись в спине, спросил:

— Вина красного или белого, господа офицеры?

— Мне красного, а вам, Гейнц?

— Мне тоже красного.

— Сухого или полусладкого?

— Лучше полусухого.

— «Цеппелинчиками» закусите или фруктами?

— И тем, и другим.

Они пили вино и ели «цеппелины». И ели, надо сказать, с аппетитом, когда под голубым безоблачным небом возле кирпичной стены на коленях стояла Ванда Броневская. На ней была белая блузка с красным галстучком.

Молитвенно сложив руки, католический священник благословил ее и отошел.

Ванда с трудом встала, ей завязали глаза. Напротив нее в ряд выстроились немецкие солдаты с винтовками.

Офицер скомандовал:

— Готовьсь...

Солдаты вскинули винтовки.

Ванда встряхнула головой, поправляя волосы.

За каменной стеной раздался ружейный залп.

Гейнц вздрогнул и оглянулся.

— Что с вами? — спросил Толлер.

— Да, так. Показалось.

— Я догадываюсь, что вам могло показаться. Вы подумали, что вот мы здесь сидим, а в нескольких километрах отсюда...

— Неужели ничего нельзя было сделать?

— Ровно ничего. Хотя мне искренне жаль эту женщину. Я пытался ее спасти. Увы, военно-полевой суд не счел возможным сохранить ей жизнь.

— Я не должен...

— Что, Гейнц?

— Я не должен так говорить, но я... Я ненавижу эту войну, — вдруг произнес Гейнц. — Вы понимаете? Ненавижу!

— Всякая война — это эпидемия психической болезни, — спокойно отозвался Толлер. — Но никогда еще подобные эпидемии не охватывали весь мир. Нам с вами выпало несчастье жить в такое время... Ешьте. Здесь довольно вкусно готовят.

Они опять стали есть.

И продолжали трапезу, когда вдруг Гейнц посмотрел на Толлера и замер.

— Что с вами, господин майор?

— Что, Гейнц?

— Что с вашим глазом?

— А что с моим глазом?

— Он открыт у вас шире другого!

— Ах, это! Это не страшно. Из него когда-то выпал монокль. Он разбился, а нового я так и не купил. Все как-то недосуг... С тех пор глаз у меня иногда бывает открыт шире другого. Особенно это заметно тогда, когда я сижу в ресторане, а сам о всеохватных эпидемиях размышляю.

Тут в паре-тройке километров от ресторана, в лесу зажужжал и с треском разорвался шрапнельный снаряд.

Опала взметенная взрывом земля. Немецкие кавалеристы вереницей медленно ехали через лесное болото. Все были забрызганы грязью, некоторые ранены.

Опять послышался вой летящего снаряда.

На этот раз он разорвался низко над водой, подняв столб болотной жижи. Испуганно заржали лошади. Их ржание было похоже на хохот.

В тот же день

Нестеровский шел по дороге с группой солдат.

Рядом с ним остановился автомобиль. В машине, на переднем сиденьи возвышалась фигура полковника Якубова.

— Нестеровский! — позвал он. — Садитесь. Подброшу до штаба.

Нестеровский открыл дверцу, сел. Автомобиль тронулся.

— Прорыв под Свенцянами ликвидирован, — сообщил Якубов. — Германская кавалерия оттеснена в нарочские болота. Перерезать железную дорогу немцам не удалось. Во многом это благодаря вам. Мы знали направление прорыва и заранее стянули туда артиллерию... Вообще немцы выдохлись. Судя по всему, отступлению — конец. В ближайшие дни фронт стабилизируется.

— Дай-то Бог.

— А Николая Николаевича император отправил своим наместником на Кавказский театр. Говорят, великий князь очень спокойно воспринял новое назначение.

Автомобиль приблизился к сожженной деревне.

— Да, забыл вам сказать. Эта полька, которую вы завербовали... Ванда, кажется. Забыл фамилию.

— Броневская... Что с ней?

— Человек, бежавший из Ковно, рассказал, что немцы ее расстреляли.

Нестеровский на мгновение прикрыл глаза. Перед ним возникло лицо Ванды.

Затем он приказал шоферу:

— Останови!

Тот затормозил. Нестеровский вышел и захлопнул за собой дверцу.

— Езжайте, — сказал он Якубову.

— А вы куда?

— Езжайте, езжайте.

Автомобиль отъехал.

Нестеровский остался стоять у дороги.

На одной ее стороне был красивый осенний лес. На другой — женщины рылись на пепелище, выкапывая уцелевшую утварь.

В клубах паровозного пара возле платформы остановился поезд. Из окна вагона с красным крестом Сабурова увидела на перроне Костина.

— Сережа! Сережа! — закричала она.

Костин подбежал к дверям вместе с встречавшими поезд санитарами. Когда она спустилась по вагонным ступеням, Костин подхватил ее.

— Отпусти! На нас смотрят.

Костин бережно опустил ее на темные плиты платформы.

— Господи, Сережа! Что творилось в Вильно! Ты даже представить себе не можешь. До сих пор не могу поверить, что мы вырвались из этого ада... Осторожнее! — Она бросилась к санитарам, которые помогали выйти из вагона раненому на костылях.

— Ты куда сейчас? — спросил Костин, когда она вернулась к нему.

— В госпиталь. Надо разместить людей.

— А потом?

— Потом домой.

— К мужу?

— Да.

— А как же я?

Она промолчала.

— Сестричка! — позвал ее раненый, которого проносили
мимо.

Сабурова подошла к нему и стала поправлять на нем повязку.

— Это ваш муж? — спросил он, глазами указывая на Костина.

Она не ответила.

Санитары понесли раненого по перрону. Сабурова шла
рядом с ним, поправляя на нем повязку.

Костин догнал ее.

— Лёля, ты не ответила на мой вопрос.

— Иди, Сережа, иди... Я сейчас ничего не знаю... Иди,
пожалуйста. Я тебе позвоню.

Она ушла. Костин долго смотрел ей вслед.

Раненых все выносили и выносили из вагона. Носилки
вереницей плыли по перрону. Белые простыни на фоне темных плит. И конца не было видно этой страшной веренице.

*«Сосчитать всех погибших зачастую было просто невоз-
можно. Тяжелораненые умирали на оставленных полях сраже-
ний или добивались неприятелем. При отступлении торопливо хоронили своих и чужих убитых. Все чаще при отпевании у
свежевыкопанных братских могил-рвов звучали скорбные слова священников: "Имена же их ты, Господи, веси"».*

Литературно-художественное издание

Вест Владимир

ГИБЕЛЬ ИМПЕРІИ

В 2 томах
Том 1
ДЕМОН

роман

Корректор *Н. Кондратович*
Компьютерная верстка *А. Щукин*

Издательство «Зебра Е»
Изд. лиц. № 05017 от 07.06.2001
119121, Москва, ул. Плющиха, 11
тел./факс (095) 631-25-55
e-mail: zebrae@rambler.ru
zebrae@awax.ru

По вопросам приобретения книг обращаться
в Издательскую группу АСТ:
129085, г. Москва, Звездный бульвар, д. 21, 7 этаж.
Тел.: (095) 215-01-01, факс: 215-51-10
E-mail: astpub@aha.ru, http://www.ast.ru

Подписано в печать 21.02.05. Формат 84×108$^{1}/_{32}$.
Усл. печ. л. 18,48. Тираж 10000 экз. Заказ № 687.

Издание осуществлено при техническом содействии
ООО «Издательство АСТ»

Отпечатано с готовых диапозитивов в типографии
ФГУП «Издательство «Самарский Дом печати».
443080, г. Самара, пр. К. Маркса, 201.
Качество печати соответствует качеству предоставленных диапозитивов.